それでも
会社は辞めません

和田裕美

双葉文庫

CONTENTS

それでも会社は
辞めません

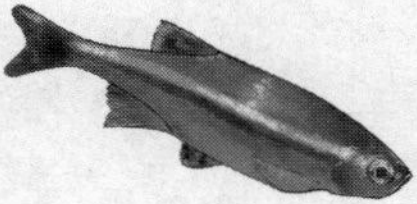

第1話
福田初芽（23）の反逆

明日、また一日をなんとか乗り切ることができるだろうか？

最近、毎晩その言葉が自分の中で生まれてしまう。

海に飛びこんでから「あ、わたしは泳げないんだ」と気づいて、海水をガボガボと飲みこんでもがいているみたいだ。ぶくぶくぶく。どこまでもどこまでも、深い暗黒の海に沈んでいくわたしの体は、まだそれでも溺死してはいない。だからちゃんと明日がやってくるし、朝になって重い瞼を開けたら、そこに社会という現実がある。

そんな時、福田初芽《ふくだはじめ》はほんの少しだけ「生きていること」が恨めしくなる。同時に、本当に明日がやってこない人が世の中にいることを想像して、とたんに申し訳ない気持ちでいっぱいになり、布団からずるっと体を出す。

わたしはまだ大丈夫だよね？

「自分の頭で考えたらわかるだろう」

今日も頭上からふりかかったこの言葉で、初芽は折れた花の茎みたいに頭をカクンと下げた。

下を向くと、営業部長の石黒《いしぐろ》の黒光りした靴先がまるで刃先のようにこっちを向いている。この靴を履いている人は、つい一週間前まで初芽の直属の上司だった。

初芽はさきほど総務の女性に「これを十二人分コピーして石黒部長に渡して」と頼まれたのだった。データではなくわざわざプリントする資料は、お偉いさんが会議で見るための大切なものだと聞いていた。だから、言われたとおりその企画書を人数分コピーして、きちんとクリップで留めて石黒に手渡したのだ。

営業部のフロアで他の人よりも一回り大きなデスクに座った石黒は、眉間に皺《しわ》を寄せながらコピーの束をめくり、怪訝《けげん》な顔で初芽に言った。

「福田さん、これ、全部カラーでプリントしているね。カラーの印刷は一枚四十円、白黒なら七円、すべてカラーで印刷するのは経費の無駄になる。社内のものは白黒でいい。君、この差額いくらか計算できる?」

「えっと……」

企画書は八枚だった。十二人分の印刷だ。初芽は頭の中で計算をしつつ、子供の頃そろばん塾にちゃんと通っていなかったことを後悔する。暗算が苦手なのだ。

石黒は体温のない視線でじっとこちらを見てから、初芽がやっと言おうとした数字を先に告げる。

「だいたい三千二百円だ。それだけ経費を無駄に使ったんだ。考えないから損をする」

石黒はそう言うと黙った。沈黙は饒舌《じょうぜつ》だ。

『まったく使えないやつだな』

『さっさと辞めたらいいのに』

『お前と話す時間さえ無駄なのだ』

想像される言葉が初芽の頭の中で洪水のように溢《あふ》れて思考を独占する。

会社説明会で初めて石黒を見た時、俳優さんみたいだと初芽は思った。背が高く、彫りの深い顔立ちをしている石黒は、青いストライプのシャツに黄色のドットが入ったネクタイを合わせ、その上にいかにも生地のよさそうな光沢のあるジャケットを羽織っていた。スーツブランドのモデルと言ってもいいくらいで、彼が登場すると会場の温度が上がった気がした。「我が社は」と語る口調もソフトで、背筋が伸びた立ち方も、そのすべてがメタリックボディのスポーツカーみたいにスマートでかっこよかった。

けれど、今となってはその顔立ちも、テキパキとした動きも、本当の意味でクール。冷たいだけの人にしか思えない。

初芽は「はい、すみません」ともう一度頭を下げた。

「自分の頭で考えたらわかるだろう」

言いながらため息をついて、石黒はコピーの束を持ったまま会議室に向かっていった。

今そのことを学んだわたしにはわかる。けれど、それは指示を受ける前のわたしにはわからないことだった。自分の言葉がカニの吐く泡みたいに心でぶくぶくと音を立てる。

「どうして言われたことしかできないのかなあ」

「最近の新人ってそうですよね。考えないっていうか」

どこからかそんな声が耳に届いていたたまれなくなった初芽は、フロアの出入り口へ足早に向かう。その途中、物置のようになった一つのデスクに目が吸い寄せられた。島のように固まったデスクたちの一番端っこ、出入り口近くの空席は以前、初芽が座っていた席だった。

デスクの上のパソコンは撤去されて、イベントで使う備品の段ボールが積まれている。段ボールには「パンダスタッフ」とロゴマークが入っていて、添えられたイラストの白黒のパンダと目が合った。

初芽の働くパンダスタッフは人材派遣会社だ。

パソナやテンプスタッフのように業界一位、二位の大手ではないにしても、創業四十年、従業員が三百名ほどの中堅会社として、そこそこ名が知れている。創業当時は主に軽作業、物流、引っ越し、清掃、工事現場の警備など日雇い派遣が主だったが、次第に年間単位の事務やエンジニア、コールセンター、販売員などの派遣へとシフトしたことでイメージアップし、一流の仲間入りを果たしたのだ。

パンダスタッフからは、ありとあらゆる業種に人材が派遣される。

登録スタッフは十万人、実際に稼働しているのは五千人ほど。その「パンダスタッフ」に七ヶ月前、初芽は新卒で入社した。

入社試験に続々と落ち、折れた心がさらに粉々になる寸前に、ようやく決まった採用だった。家賃手当がつく待遇はありがたく、神様はいると思えた。

そして実家のある福島から、初芽は多くの地方出身者と同じように、東京に来るだけで自分も洗練されるような気がして——それはあまりにも漠然としていたけれど——上京したのだった。

初めて出社した時、千代田《ちよだ》区にあるこの十一階建ての本社ビルを見上げて初芽は高揚した。建物の外壁にはロゴマークとパンダが少し浮き上がるように描かれている。

あの日見上げたビルのパンダは、明るく笑いかけているようだった。でも目の前の段ボールのパンダは、同じパンダのはずなのに、今はまったく違って見える。

営業部を出た初芽は廊下を歩き、エレベーターに乗って十一階のボタンを押す。上昇するエレベーターの中で、新入社員研修で外部から来た男性講師が言ったことを思い出した。

「最近の新人はよく〝言われたことしかやらない〟と言われます。けれど、それではロボットです。そのような仕事をしていればいつかAIに仕事を奪われてしまいます。皆さんはもっと自分の頭を使って、それ以上のことを想像して仕事をしてください」

しかし、同じ日にその講師はこうも言った。

「上司の指示には的確に従ってください。言われたことを素直に受け取り行動することが大切です」

その時初芽は思った。そもそも「言われたこと」というのは、そのシーンによって意味が変わるのではないか。

入社して七ヶ月経《た》った今は、それがまざまざとわかる。「言われたこと」というのは状況に左右されることが多く、その中には上司の感情、人の好き嫌いも加味されているのだと。

言われたことをすれば、「言われたことしかしない」と嘆かれる。逆に、言われたことをしないでいると、「言うことを聞かない」と彼らは憤る。「もっと意見を言いなさい」と煽《あお》りながら、実際に意見すると扱いにくいと思われる。

まるで右手と左手を両方から引っ張られているようだった。ネットで同じようなことを誰かが相談しているのを見かけたけれど、同調する意見がある中で「会社ってそういうものだよ」というどこまでも優柔不断な正論に蹴散らされていた。

十一階の廊下をまっすぐに歩くと、その一番奥に、小さな部屋がある。

ドアのプレートには《AI Department》と書かれているが、ところどころ塗装がはがれかけていて、いかにも雑に扱われているという風情だった。

《AI Department》、通称「ＡＩ推進部」。

この部署が、一週間前に営業部からの異動を命じられた初芽の新たな配属先だった。

一歩近づくごとに、自分自身からわずかに残っていた生気がしゅるしゅると消えていくのを感じながら、初芽はその空間に入っていく。

室内は寒い。そしてどんよりと空気が重い。

営業部のフロアとはまったく違う、古く黴《か》びたような臭いがつんと鼻を突いた。

フロアには重そうなグレーのデスクが四つずつ向かい合わせになって並んでいる。ここにあるものは昔、小学校の先生が使っていたような古いもので、ところどころに黒い汚れが付着していた。

他の部署は背もたれが黒いメッシュの座り心地のよい最新の椅子だったが、ここは使い古しのくったりとした椅子だった。

デスクにはまばらに人が座っていて、それぞれスマホやパソコンを見たり、肉まんを食べている社員もいる。

「福田さん、おはようございます」

一番奥の全体を見渡せるデスクに座っている水田《みずた》速雄《はやお》が、下がった眉と垂れた目をこちらに向けていた。少し地肌の見える丸い頭も相まって、お地蔵さんみたいだと思った。

五十代半ばで年長者の彼は、このＡＩ推進部の部長だ。寒いのか、グレーのトレンチコートを羽織り、首元には茶色のチェックのマフラーをしたままだ。

水田の後ろの窓からは、寒々しい曇り空が見える。

「今日は立冬だってね。特別に寒いからコート着ていてね」

異動初日、「ＡＩ推進部取り扱い説明書」と記されたノートを読みながら、水田がこう教えてくれた。

「ここは昔使っていたメインフレームがある場所でね、あ、コンピュータのことね。それをまだ保管しているらしくって、あったかくしちゃいけないって言われてるんだよね。一応エアコンはあるんだけど」

水田は悲哀と慈悲深さが混じったような笑顔を作った。耐えてくれと言わんばかりに。

「今みたいに寒い時期になると、部署にいる人間はダウンを羽織ったり、カイロを体に貼りつけて過ごしているんですよ。あとはほら、こうやってあったかい飲み物をとっておけばいいんです」

水田はフロアの片隅に置かれている給湯ポットから、湯気の立つお茶を紙コップに入れて初芽に差し出した。

初芽が受け取ると、水田は自分のデスクに置いてあった水色の水筒を傾け、コップに注ぐ。水筒に描かれているシロクマは、両手を広げて笑っていた。

お茶を一口飲んでから、初芽は訊《たず》ねた。

「あの、わたし異動先についてあまり説明を受けていなくて。ここでの仕事はどんなことをしたらいいんでしょうか？」

「いろいろとあるんだけど……あ、三浦《みうら》さん、説明してあげてくれる？　僕今日の割り振りがあるんだよ」

「はーい」

低めの声がして振り返ると、やや釣り上がった目で、すっと鼻筋の通った狐顔《きつね》の女性が会釈してくれた。彼女がその時放った二言目は「ここに来ちゃったのねえ。若いのに、最年少か」だった。

初日に三浦駒子《こまこ》から聞いた仕事の説明は、この部署に一歩足を踏み入れた時からなんとなく感じていた不穏な空気そのままの内容だった。

「ここでやる仕事は、営業部で抱えきれなくなった案件のフォロー。つまりは、ほら、派遣のスタッフさんがばっくれて無断欠勤した時の穴埋め要員とか、クレームのめんどくさいやつの対応とか、それから雑用全般ってやつ？　ビルの清掃業者さんがお休みの時に掃除するとか、データ管理になってから不要になった書類の処分とか……。この間トイレットペーパーの芯を五十個集めろとか言われて、ないから仕方なく自腹でメルカリで買ったんだけど、それ総務の野田《のだ》部長の、あの嫌味な植毛男ね、あいつの子供が学校の図工かなんかで使うものだったらしくて。むかつくわあ」

「トイレットペーパー……？」

「まあ、そんなところ。この部署には今何人いるのか正確にはわからないんだけどさ、大方の人は辞めるつもりで有休消化中ってとこなの」

はあ、と呆然《ぼうぜん》とした心持ちで応える初芽にかまわず、駒子は続けた。

「もう見てわかったと思うけどここは……会社の使えない人の引き取り先っていうか、有休消化中の人にとってはこれから旅立つための空港みたいなところだけど……辞めない人にとっては墓場？　いや墓場だったらもう死んでるよね。あ、回収される前のゴミ置き場みたいな感じ？」

駒子は大きな口を開けて、やけくそみたいに笑う。

「いや、自分のことゴミとか言いたくないわ。自分で自分にモラハラしてどうすんのって。え？　ＡＩ推進部っていう名前は、昔のコンピュータを置いてあるし、表向きはＩＴ化を促進する部署とか言われてるけど……。実際のところ、ＡＩにとって替わられる人たちの部署って意味で呼ばれてるのよ。残念だけど、ここに来たらもう……」

隣で言葉を失っている初芽に気がついたのか、駒子は慌てたように話題を変える。

「それにしてもあなた、なんでこんなとこに来たの」

「なんでって……」

頭が混乱し、思わず口籠った。辞令は初芽にとってもあまりに突然だったが、その理由は、自分自身でもおおよそわかっていることだった。

「ま、概《おおむ》ねは生産性だよね」

駒子は口をきゅっと閉じて、「うんうん」と頭を縦に二回振ってから、口角をやけにわざとらしく上げてみせた。

その時水田がか細い声で「今日のスケジュールです」とフロアに呼びかける。凍ってぽきっと折れそうな、つららみたいな声が室内に突き刺さった。

「福田さん、来週から異動だってさ」

異動の数日前、初芽にこう告げたのは郡司《ぐんじ》という男性社員だった。

初芽より年次が二つ上の彼は、営業チームのグループリーダーという立場で、営業成績がよく、何よりも部長の石黒に気に入られている存在だった。

なんとなくスーツも髪型も似ていて、まさに石黒のミニチュアというところだ。石黒に憧れているのがわかりやすく、自分から寄せているのだろう。しかし石黒のような奥二重できりっとした目でなく、どちらかというと塩顔で細い目だったので、切れ味がいまいち出ていない。

入社して七ヶ月、郡司が上司へ使うバーゲンセールのようなお世辞や、舞台役者のような大袈裟《おおげさ》で調子のいいリアクションを、初芽は目の当たりにしてきた。

そして、その人自身が信用できるかどうかよりも、クライアントのお偉い様や上司の自尊心をくすぐって、いかに相手の承認欲求を満たすかが評価に繋《つな》がるということを学んだ。無論、自分にはそれができないということも。

「急になんですか？」

初芽は意味がわからず聞き返した。

「だから、部署の異動が正式に決まったの。それで君の仕事は僕が引き継ぎしないといけないんだって。こっちも忙しいんだから参ったよなあ。まあ、福田さんはそう担当も多くないからいいだろって」

突然のことに唖然《あぜん》としていると、うんざりした様子だった郡司が突然、笑いを噛《か》み殺すように続けた。

「けど、福田さんの今度の部署ってさ……ＡＩ推進部……くっ」

「ＡＩ？　わたし、文系なのですが」

郡司が堪《こら》えきれないように、もう一度笑う。

「くく……っ、君にもできる仕事がたくさんあるから大丈夫、安心して」

「急にそんな……」

郡司はそれ以上説明することもなく会話を終わらせようとした。

「だから、早くそのデスク片付けてね。ああ、そんな顔しないでよ。うちの会社の辞令って、こういうものだから」

郡司は軽い調子でそう言いおいてから、パソコンに目をやって他の社員に声をかける。

「おい、山本《やまもと》商事のイベント要員五十名の受注、人員確保できてる？　うん？　接客の適性？　いいんだよ誰でも。五十人入れるって言っちゃったし、大きな売上なんだから頼むよ。人がいないって？　いいんだよ誰だって、手と足がついてたら。大勢つっこむ時は頭数揃《そろ》えておけばおかしなやつが交じってても」

まだ隣に立っている初芽を見ると、鬱陶しいものを振り払うように郡司は声色を変えた。

「福田さん、会社に損させて、どういうつもりだよ」

郡司の目線につられて初芽はフロアの壁にかけられたボードを見る。上部には「目標達成率」と赤い字で書かれ、その下には営業部員の名前が連なっていた。郡司、大槻、山田、萩原、沖、村井、相川……福田、友井。

それぞれの名前の上にマーカーで書かれた赤いブロックは、案件の達成数に応じて積み上げられていく。

今月一位の郡司のそれは他を見下すように高く伸びていた。

そんな中、右から二番目にある福田という名前のところだけ下手なテトリスみたいにブロックが埋まっていない。

でも先月まではわたしだって少しはブロックが積み上がっていたんだ。きちんと結果を残せていた。

「めっちゃ不思議なんだよね、なんで無駄なことすんの？」

一瞬眉間に皺を寄せた郡司は、首を左右に振って話を打ち切った。

新卒の三割近くの人は、三年以内に辞めてしまうという。

ぎゅうぎゅうに詰めこまれる満員電車や、社会保険やらの税金を引いたらびっくりするほど少なくなる給料、がんばっても認めてもらえないこと、そもそも上司の言うことに「はい」と言いながら心の中では「なんで？」とぜんぜん納得できないこと、辞めたい理由を掘り出していけば井戸の深さほどになる。

嫌ならさっさと辞めて転職したほうがいいと考える人も多い。当然だ。

初芽だって、何度も転職をしようと思った。毎日のように検索するキーワードは「転職　第二新卒　家賃補助」だった。

なんとか今日のAI推進部での仕事を終えて（午後はひたすら書類をシュレッダーにかけるだけだった）、自宅の最寄り駅についた。

改札を出てすぐコンビニやコーヒーショップがあり、その少し先に商店街の入口がある。

五分ほどで端から端まで歩けてしまうこの商店街には、昔ながらの揚げ物の惣菜《そうざい》屋さんや、おばちゃんが着る洋品店、青いざるに野菜を並べている八百屋さんなどが今も残っていた。

最近の昭和レトロブームに乗っかって、下りたままになっていたシャッターが上がり、そこに若い女性たちが天然酵母のパン屋さんやチーズケーキ専門店を出し始めている。

しかし、もっと安いものがネットで買える時代においては、まだまだ崖っぷち感がところどころに垣間見える。

初芽の住まいはそんな商店街を通り抜けた先にある。築三十五年、四階建てワンルームマンション二十一平米。四階の角部屋で、そんなに広くないのに家賃は六万三千円である。

この金額は初芽にとって決して安いものではなく、会社から出る家賃補助の三万円と、日々の質素な暮らしによって成り立つ生活だった。

初芽はゆっくりと歩を進め、惣菜屋さんやクリーニング店を通り過ぎる。

そして商店街の中ほどにある、小さなお団子屋さんの前に立った。ガラスケースに並んだお団子は、みたらし、あんこ、胡麻《ごま》の三種類。でもここには、お赤飯のおにぎりといなり寿司も売っている。

引っ越してきた時、初芽が初めて買った食べ物がここのいなり寿司だった。

上京してすぐの頃は何もかもがきらきらと目に映ったのに、今はその目が曇った鏡になったかのようにどんな光も映さなくなっていた。それでも、狐色の三角の皮がしっとりと濡れた、噛むとじわっと甘い汁が出てくるこのいなり寿司だけは、今でも輝かしかった。

初芽は恐る恐るガラスケースに近づき、息を呑《の》む。

あ、あった……。

狐色の三角がちょこんと並んでいる。それも三つ。実は食べたのは二回きりで、売り切れていることが多いのだ。

「あの、これ、お、おいなりさんを」

初芽は途切れがちな声で言った。

けれど初芽の声が小さいからか、店番のおばあちゃんの耳が遠いからか、ガラスケースの向こうでおばあちゃんは赤い丸椅子に座ったまま振り向いてくれない。

初芽がもう一度声を出そうとすると頭上から、

「いなり三つ」

という野太い声が降ってきた。その声にようやくおばあちゃんは振り向く。

「はい、三つね」

見上げると、緑色のエプロンをつけた大柄な男の人が立っていた。胸元あたりに「WISH FISH」と白い字で書かれている。

「あ」

思わず声が出た。そこでようやく初芽の存在に気がついたらしいその男性は、同じく「あ……」と言って初芽の顔を見た。そしてその状況を素早く判断したのか慌てて、

「やっぱ一個でいいです」

と数を訂正した。

呆然としつつも、初芽は残った二個の輝くいなり寿司を手に入れた。

そして、その男の人がいなり寿司を一個だけ入れた袋をぶら下げて隣のビルへ入っていく後ろ姿を目で追いかけた。

人生にはいろんなシーンで勇気が必要だ。

あまり積極的な性格ではない初芽にとって「初めてのドア」というのは、どんな場所でも緊張する。

たとえば東京で初めて美容院に行った時は、入口の前で五分ほどうろうろした。ドアを開けた向こう側は完全なるアウェーだ。敵がいるわけでもないが、場違いな人間が来たと思われる気がする。

これはたいてい自尊心の低い、それでいて人の目が気になる人見知り、ようは異様に自意識の高い人間における共通点だと聞いたことがある。

あんたのことなんてそんなに誰も見てないよ、と大学時代の活発な友達には言われた。だからこそ、どうして自分がこんなにも勇気を発揮しなければならないのかと情けなさも感じるのだけど、やっぱり開けたことのないドアの向こうは、初芽にとっては異空間でとても怖い。

そんな初芽は今、商店街のお団子屋さんの隣の、白いタイルばりの雑居ビルの前に立っている。

ふぅーっと息を吐き小さな声で「よしっ」と言うと、初芽は地下に通じる階段を降りた。そこには小さな踊り場があり、その左側にこげ茶色の木製のドアがあった。ドアはところどころにサイダーの泡のようなものを閉じこめたガラスが埋めこまれている。

ドアノブにかかった木の札には〈WISH FISH〉と書かれていた。

初芽はそのドアの前で、スースーと音が漏れるくらい深く息を吸って吐いた。

そして、右手でそっとドアノブを回して手前に引いた。

ドアからほんの少し顔を出して、中を覗《のぞ》きこむ。

まず初芽を包みこんだのは、店内に響くブーっという機械音やぶくぶくという気泡の音だった。すぐ後に、薄暗い店内にぼうっと浮かび上がるようにして、いくつもの青白い水槽が目に飛びこんできた。

「うわ」

声が出てしまって、とっさに口を塞ぐ。

さっきまでの緊張を忘れて、大きな波に呑まれるようにその店内へ足を踏み入れた。照明の絞られた店内を見渡すと、右側には光沢のある分厚い木のカウンターがあり、その後ろの木の棚には本とレコードと缶が陳列されていた。

カウンターの向かい側には四角い水槽がいくつも並べられ、その中でいろんな色の魚がゆらゆらと光っている。水槽と水槽の間に通路があり、その奥にはやはり木の棚に、餌や古い木の枝のようなものが置かれていた。

「いらっしゃいませ」

水槽の陰から、さっきの緑エプロンの男性がひょいと顔を出した。

「あ、わたし」

初芽はとっさに頭を下げる。

コポコポコポコポ……水槽からあぶくの音がする。何を話していいのか、どうしてここに来たのか、言葉がうまく出てこない。

そうだお礼だ、お礼を伝えに来たんだった。そう思ったのだけれど、口からは違う言葉が出てくる。

「あの、ここは……?」

「見ての通り魚屋です」

緑エプロンは陽気な声で言い、初芽の不思議そうな顔を見てから付け加えた。

「観賞用の魚を販売している店です。前はバーだったので、居抜きで使えるものはそのまま残してあるんです。だから時々飲食店と間違える人もいて」

目がだんだんと暗さに慣れてきて、男の表情がさっきよりもはっきりと見えた。初芽は向き直って、頭を下げる。

「さっきは、ありがとうございました」

「え?」

素っ頓狂な声を出す。もしかするとこの人は、さっきいなり寿司を譲ってくれたことなど認識していないのかもしれない。そう思っていると、

「ああ。どうぞ、せっかくなんで店内をぜひ見ていってください」

彼が口角を少し上げた。目が優しい人だ。緊張が再び蘇《よみがえ》ってきて、初芽は慌てて伝える。

「すみません、わたし魚をすぐに飼えるような身分ではないのですが……」

「大丈夫、見てもらうのも仕事ですから」

そう言って、魚たちの水槽の方へ視線を向けた。

不思議な空間だった。

水槽はすべて立方体で、テレビモニターがずらっと並んでいるようだ。初芽は水槽に貼りつけられた魚たちの名前を順番に目で追っていく。エンゼルフィッシュ、オトシンクルス、ランプアイ、ブラックファントムテトラ、ラスボラ、プラティ……。

薄暗い店内の照明に照らされたその子たちは光って見えた。その中でポンプから泡が次々と生まれる。魚たちに酸素を供給しているこの小さな泡は、水面に出ると割れて見えなくなる。消えるんじゃなくて見えなくなるのだ。

光も泡もうっとりするくらいきれいで、まるで海底にあるバーのようだった。水槽の中にいるから、少しだけ魚たちは窮屈そうに見えるけれど。

ふと、魚たちを見ている自分の顔が水槽のガラスに映った。その目の暗さにぎょっとする。自分はこんな乾いた雑巾みたいに疲れた顔をしていたのか。初芽は目に力を入れて口角を上げてみた。けれど、こんな顔だったっけ？　と思うほど引き攣《っ》っている。その顔の前を、お腹のところだけが赤くなった、青光りする魚が通り過ぎていった。

「かわいいでしょ」

魚に笑いかけたように見えたのか、緑エプロンが声をかけてくれた。

「観賞用の中でも、ここでは小さな魚しか置いてないんです」

緑エプロンがそう言ったところで、会話は終わってしまった。自分がまだここにいていいのかわからず、でも、もう少しここにいたい……というか家にまっすぐ帰りたくない、誰かと話をしたいという思いが滲《にじ》んでくる。

それは初対面の人と話すのが苦手という意識よりももっと大きなものだったので、初芽はどうにかして会話を続けたいと思った。

「あの、この魚たちは……幸せなんですか？」

緑エプロンは少し驚いたような顔をした。

思わず出てきた言葉に自分も驚く。魚が幸せですかってなに？　変な人って思われるに決まっている。初芽はその質問をひっこめようとして口に手をあてた。

「すみません、失礼なことを訊《き》いて」

「それは……」

緑エプロンは意外にも、その質問に真剣に考えて答えようとしてくれた。

「餌が上から落ちてきたらやっぱり楽です。川や海と違って天敵もいないし、だから幸せと言える。だけど、毎日同じ餌だし、水槽は狭いし、いじめもあるし、自由じゃない。いやこんな商売をしてて言える立場じゃないんだけど、正直、そう考えると不幸かもしれない」

顎に手をあてて緑エプロンは下を向く。

「でもこの子たちも海や川にいたら大半は死んじゃうわけだから、やっぱり幸せかな？　魚に訊かないとわからないですよね。どっちもどっちかな。人間で言えば、会社員と起業するのどちらがいいかと同じ概念かもしれない。自由と安定はいつもトレードオフというか」

ほう、と初芽は小さな感嘆の声を出した。それは質問の答えにというよりも、失礼な質問にこんなに真摯に向き合ってくれる態度への感動だった。

沈黙のあと、緑エプロンが訊いてきた。「東京の人じゃないですよね？」

「福島です。訛《なま》りわかりますか？」

初芽は少し気恥ずかしくなる。

「いえ、東京なんてみんな地方からの集まりですよ。いつからですか？」

「今年来たばかりで七ヶ月です」

「新卒さん？」

「そうです」

「こっちに友達できました？」

「いえもう、ぜんぜん。田舎の友人で上京している人はいるんですが、誰とも会ってないんです」

緑エプロンが頷《うなず》いて奥の水槽のほうに歩いていった。何か機械を調整しているのか、ぶーという音とばしゃばしゃという音が交互に聞こえる。初芽はその大きな背中を目で追う。

「会社は慣れましたか？」

背中を向けたまま緑エプロンが訊いてきた。会話を繋げようとして質問してくれているのがわかる。

「いえ……ぜんぜんです。失敗ばかりで」

そう答えた時、ふと一つの水槽に目が吸い寄せられた。

体にすっと一本青い線が引かれた、尾びれの赤い魚だった。「アカヒレ」という名前のシールが水槽に貼られている。

その魚の群れのうち、とりわけ小さな一匹のアカヒレが、大きなアカヒレに囲まれて時折体当たりをされているのだ。まるでいじめられているような光景に背筋がぞわりとして、初芽は緑エプロンに訊ねた。

「この子、大丈夫ですか」

緑エプロンは初芽の見ている水槽を覗きこみ、ああ、と頷いた。

「群れだと、時々こういうことがあるんです。仲間はずれにして弱い個体を攻撃することが」

まるで自分を見ているようで、初芽は心が痛かった。無意識に呼吸が浅くなっていく。

「人間と一緒」

そう言葉にした途端、毎晩眠る前にやってくる溺れるような息苦しさが押し寄せてきた。自分を巻きこむ波に流されないように足を踏ん張る。

何か摑《つか》むものはないか視線を走らせる。その目の奥が、泣きたいわけじゃないのに熱くなってくる。

「あの」

喉がつかえて言葉が出なかった。思わず目をつぶった。

海底に落ちていくようだ。本当は、このまま水を飲みこんでもがくことなく落ちた方がいいのかもしれない。這《は》い上がるよりも沈んでいくほうがずっと楽だ。

「深呼吸して」

声が上から聞こえた。息を吸って吐いてみたら、それは簡単にできた。水が大量に体内に入ってくることはなかった。

気がついたら背もたれのある椅子に座らされていた。溺れてはいなかった。緑エプロンが顔を覗きこんでいる。

「すみません。わたし……なんだかふらっとして」

「びっくりしました。急にかがみこんだので」

「過呼吸かな……」

椅子は魚の餌が陳列された棚の前に置かれていた。立ち上がろうとするのを制して、緑エプロンが言う。

「少し休んでいったほうがいいですよ、コーヒーは好きですか？」

「コーヒー？」

「僕コーヒーが好きでドリップしているんです。もっぱら自分だけのために。今からちょうど飲もうと思っていたので」

そう言いながら、緑エプロンはカウンターの内側に入っていく。シルバーの円筒の缶がいくつも並んでいる棚から、一つの缶をとった。

「あ、ごめんなさい。苦いのがダメなんです。スタバのコーヒーが飲めなくて……お湯で割ってもらってもいいですか？」

「それ、大丈夫ですよ」

初芽が首を傾《かし》げると、緑エプロンは言う。

「僕、浅煎りのコーヒー派なんです。よかったらこちらにどうぞ」

初芽は促されるままカウンターに移動してスツールに座った。背を向けている緑エプロンの手元からがりがりがりと音がして、それから、白い湯気がもわっと広がり、香ばしい匂いがしてきた。

マグカップに注がれた茶色の液体が目の前に差し出される。

「ありがとうございます」

恐る恐るその液体を口に運んだ。風味と深さと香りが一緒に手を繋いでこちらにやってくるような味がして、緑エプロンを上目遣いで見る。

「おいしいです」

「はい、でも薄いわけじゃないでしょ？」

「こんなコーヒーがあるんですね」

心からの声が出た。

「うん」

緑エプロンはちょっと嬉《うれ》しそうに笑った。

「お仕事時間ですよね、すみませんでした」

「いいんです、暇なんで……あ、ちゃんと忙しい時もあるんですよ。でもこんな地下で魚を売ってるから、なんか怪しいことでもやってるんじゃないかって思う人もいて、おまけにコーヒーとかいれているし」

緑エプロンが慌てたように言うので、初芽はくすっと笑った。一度笑うと、その笑いは次の笑いにバトンを渡していく。さらにおかしくなってきた。

「そんなに笑わないでくださいよ」

そう言いながら緑エプロンもつられて笑う。そのくすぐったさを感じながら、初芽は数ヶ月前の自分の姿を思い出した。

「わたし、東京に出てきたばかりの頃、表参道《おもてさんどう》のおしゃれなカフェに勇気を出して入ったんです。でもお客さんも店員さんも田舎で見たことないくらいスタイルがよくておしゃれできれいで、わたしだけ違う生き物みたいで……。それからドアを開けるのが怖くなって。浮いちゃうかな？　場違いかな？　って。でも今日は勇気を出してよかったです、本当に。さっきはご迷惑をかけて……すみませんでした」

緑エプロンは心の奥底を覗きこむようにこちらをじっと見つめて、限りなく遠慮がちに訊いてきた。

「……何かあったんですか？」

初芽は笑みを作る。会社員になって唯一上手になったのは、心と裏腹に笑顔を作ることだった。

こうすれば、なんでもないことのように話せる気がした。心配させてしまったのだから、こちらの事情を説明したほうが礼儀正しいような気もした。「たいしたことないんで」と遠慮するよりも、ずっと誠実なことのように思えた。

「実は……最近仕事がうまくいってなくて。それで急に異動になったんですけど、明らかに仕事がない部署に放りこまれて。なんというか、小学校の時、勉強のできない子を集めた居残りの授業があったんですけど、それみたいな感じの。使えないって思われた人が集められて、自分から辞めるのを待つようなところで……。精神的にけっこうきつくって、もう限界が来ていたのかもしれないです」

なるべく明るく話したつもりだったが、笑顔を作れたのは最初の方だけで、言い終える頃には涙が滲んできた。それでも口にしたことで張り詰めていた体の力が抜けて、少しだけ息がしやすくなった気がする。

「どんな状況かは知らないけど、少なくともさっきの状態はかなりですよ」

「そうですよね。わたし新卒入社して七ヶ月経つんですが、自分なりにがんばっても報われなくて……。『仕事なんてそんなもんだ』って言われてしまうんですけど」

「誰に？」

「ネットです。でも『苦しいなら逃げた方がいい』という意見もあって」

「ああ、わかるなあ」

緑エプロンは小さく息を吐いた。

「それで……会社辞めるんですか？」

唐突にやってきたその問いに初芽は戸惑う。少し考えてから口にした。

「辞めようとは思っているんです。でも……なんでか辞めたくない自分もいて」

「しんどい時は無理しないで逃げるのもありですよ。心を壊す前に」

緑エプロンはさっきより熱心に言う。その言葉は、初芽の中でひっかかっていた気持ちに輪郭を与えた。

「違うんです。わたし昔から何かを迷った時にやっていることがあるんです。たとえば、今日はカレーにするか肉じゃがにするか迷った時に、スーパーの前でちょうど信号が赤になったらカレー、青なら肉じゃがという風に決めるとか。それで今日も、わたしは決めていたんです。あのおいなりさんがなかったら辞める、あったらもうちょっと仕事を続けようって。九十パーセントはおいなりさんがないと思っていた上での賭けでしたけど」

緑エプロンは驚いたように目を見開いた。

「じゃあ、あの時」

「そうです。この二個を譲ってくださいましたよね？　だからわたし、あの時に辞めないことになっちゃったんです」

「え、そんなことで？」

初芽は困った表情を打ち消すように笑みを作り、「それだけじゃないけど……」と濁した。緑エプロンも冗談だと思ったのか、おかしそうに言う。

「占いとか、コインの表裏とか、おみくじとかもあるけど、いなりで決めるとはなあ」

訊かれてもいないのに自分のことを話すのは厚かましいと思う。けれど言葉はそう思う前に、もう体から抜け出ていた。

「わたし、派遣会社に勤めていて、営業をしていたんです。企業様からの案件をもらってそれにマッチする人を紹介して成約させるという仕事で、ノルマがあって大変ではあったけど、その仕事は嫌いじゃなかったんです。少しだけど結果も出て、ノルマを達成できた月もあったんです。だけど、わたしは一人一人に時間をかけすぎてしまって、無駄なことばかりして、休日出勤とかもしちゃうから上司からは生産性が低いって。向いてないって何回も言われました。自分の頭で考えろとか。結局、その無駄が原因で……大損を出してしまったんです」

一度だけ深く頷くと、緑エプロンはそれ以上の質問をしてこなかった。

初芽はマグカップを両手でぐっと摑んでから水槽のほうを見た。そして気づかれないように苦笑いをする。

わたしはこの人に「どんな損を？」みたいな質問をして欲しかったのだ。一人で抱えきれない、重く心にぶらさがるものを放ちたかっただけだ。たとえ言っても明日は変わらないのに。

そうだ、単に仕事のできない新入社員がぐずぐずと心を病んで辞めようか悩んでいるというありきたりな話なのだ。きっとさっきの泡みたいにぶくぶくと生まれる、どこにでもある話。

しかし、緑エプロンは穏やかに言ってくれた。

「何もできないけど……また魚を見に来たらいいです。辛《つら》い時は心を違う場所に持っていけばいい。会社って人生のすべてじゃないし」

取り繕うように緑エプロンは続ける。

「えっと……僕も過去にしんどい時期があって、その時釣り堀に通っていたんです。最初はぼうっと釣り糸を垂らしていても、当時の仕事の嫌なことしか頭になくてまさに『心ここにあらず』だったんですけど、だんだんと釣りをしていると心が戻ってきて」

緑エプロンは胸ポケットのあたりを人差し指でとんとんと叩《たた》いた。

「悩んでいる時や苦しい時って、そのことばかりずっと考えてしまうから。ほら、ご飯を食べてても、お風呂に入っている時も、寝る時までも、ずっと脳がジャックされてるみたいにそのことでいっぱいになるというか」

まさしくその通りで、初芽は自分の生活を思い返す。ここ一ヶ月ほどずっと悩んでばかりだった自分のことを。

「でも世界ってそれだけじゃなくて、もっと笑えることも、楽しめることも、きれいだなって思えることもたくさんあって。犬の鼻先を見て『かわいいな』と思ったり、買い物した時に笑顔でお礼を言われて『嬉しいな』と思ったり……そんなこと最近ありました？」

考えたこともなかった。溺れないように、傷つかないように心に蓋をして、今日をしのぐことに必死になっていた。そうしているうちに、自分の輪郭が溶けてなくなりかけていた。

「心がジャックされると、世の中の『いいこと』が全部見えなくなって、どんどん辛くなるんです。辛いことしか考えられなくなると、人は潰れていく。仕事や上司って自分の人生に登場しただけであって、脇役なんです。本当に自分を痛めてじわじわと殺していくのは、主役である自分の心なのかもしれません」

「わたしの心が？」

胸をぎゅっと摑まれたような気がした。自分の心が自分を傷つけるとは、どういうことだろう。

「どうして自分で自分を苦しめてしまうのかは、僕もよくわからないんだけど……辛い職場や嫌いな上司のせいで、自分の心が占領されるのはまっぴらだと思いませんか」

「だけど、わたしはもうだいぶ奪われてるみたいです」

初芽はため息をついた。

「ちょっとずつでいいんじゃないですか？　辞めると決めた時には辞めちゃえばいいんだし、どうせやるなら、ちょっとでも楽しいことに意識を向けていたほうがいいから。自分の心を二十パーセント、三十パーセントと取り戻していけばいいんです。魚でも見ながらね」

初芽は水槽を振り返った。黒いフレームの中に並ぶ同じサイズの四角い水槽は、それぞれ違う世界を作りながら縦横に整列している。小さな世界の集合。その世界を見つめている自分。揺れる水草、光る魚たち、白いあぶく。

「いっぱいですね、命が」

そう言ってから、初芽はようやく緑エプロンの胸元に名札があることに気づいた。丁寧な字で「大森《おおもり》」と書いてあった。

初芽の視線に気がついたのか、彼はポケットをまさぐって、あったあったと一枚の名刺を差し出した。

端が折れて曲がった名刺には、お店の名前と「店主　大森元気《げんき》」と書いてあった。

「わたしは福田初芽です」

目がちょっと離れて、すっとした鼻……これはいわゆる魚顔だと思いながら、名刺と大森の顔を交互に初芽は眺めた。それからスマホを鞄《かばん》から取り出して時間を確認すると、えっと声が出た。もう一時間近く経っている。

「ここは海の中の時間なんですよ、静かに過ぎていくんです」

「浦島太郎《うらしまたろう》みたい」

「地上に出たら十歳くらい歳とってますよ」

それは困りますと笑うと大森も子供みたいに大きく笑った。初対面の男性とこんなにたくさん話したことが急速に現実味を帯びてきて、初芽は次第に恥ずかしくなった。

「また、魚を見に来ます」

初芽はそそくさと立ち上がり、自分の鞄を抱えこむと頭を下げ、ドアのほうに足早に向かった。

その背中に、大森の声が届いた。

「さっき、『自分の頭で考えろ』って上司に言われると言ってたじゃないですか」

ドアに手をかけたまま振り向いた。

「それは、大事なことでもあるんです」

こちらを見据える大森の言葉に、初芽は少しだけ身構えた。どうしても嫌な言葉のように思える。

「福田さん、知恵をつけていけばいいんです。空っぽの頭で考えても何も生まれないけど、知恵をつけていけば育っていきます。ほら、空っぽの水槽からは何も生まれないでしょう。けど水を入れて、生体を入れて、水草を入れて育てていくことができます。そうしたら、向き合えます」

「何と……」

「社会と」

床の黒いタイルに初芽は視線を落とした。あまりにもまっすぐに投げられた言葉は、ドンという音でも聞こえそうなほど強く体にぶつかった。

そうなのだ。わたしの頭はまるで材料がないキッチンだ。何かを作る意欲があったとて材料がないのだから何も生まれない。

「……知恵をつけます」

初芽が言うと、大森は「うん」と大きく頷いてから続ける。

「辞めるか辞めないかで迷うくらいなら、我慢せず、後悔のないように、自分の頭で考えたことを言葉にして人に伝えてください。……これは僕ができなかったことなので」

大森はそう言うと頭を掻いて、くるっと向きを変えてカウンターに引っこんだ。

初芽はその背中に頷いた。そして今度は自分に向かって「うん」と力強く頷いた。

木製のドアを開けて階段を上り、地上に出る。すっかり暗くなった空から、優しい吐息のような風が吹き抜けていった。

思い切り空気を吸いこむ。カットしたスイカみたいな月を見上げる。点滅する飛行機が左から右に飛んでいく。東京タワーが紅葉《もみじ》色に輝いている。

初芽はもう一度空気を肺の奥まで入れてから「きれいだな」と口にしてみた。

翌日、初芽は総務部の野田部長の前にいた。顔も話し方もねちっこい人だ。

「福田さんは、二度手間が好きなの？」

野田が鼻の穴を膨らませて自嘲気味に笑う。

「いやね、僕も唐揚げは二度揚げするわけよ。そっちのほうがおいしいからね。手間をかけるっていうのは、すごく大事。そう、いいことなのよねえ」

「はあ……」

「だけどさ、君、まさか唐揚げ作っているつもりなの？　おもしろいよねえ」

野田はフロア全体に響かせるように声を張り上げる。わざと周囲に聞こえるように言っているのだ。

「いや、これは……」

「僕は言い訳聞くのは苦手なの。理由とかはいいのよ、ようは結果。なんでサインをもらわずに書類だけ持ってこようと思ったわけ？　君がやると余計に無駄が増えていくんだよ。働くってさ、『はたを楽にする』って意味だって知っているよね？　君の場合、『はたを損させる』って感じ。それでお給料がもらえるんだって、僕は今日も驚いていますよ」

初芽はさきほど、頼まれた書類のコピーを営業部に届けた時に「この書類ついでに総務に持っていってくれる？」と新たに頼まれた。サインをもらえという指示はなく、封筒に入っていた書類だったから中身を見てはいけないと思ったのだ。

以前、クリアファイルに入った書類を渡されて見るともなしに見たところ、営業の成績とコミッションが書かれていたことがある。それを見ている初芽に気づいたのか「それは個人情報だから見ない」とその時は怒られたのだった。けれど、反論しても意味がない。結果でもなく事実でもなく、いじめる材料が欲しいだけなのだから。

野田はまだ何か言い足りなそうだが、一刻も早くここを去りたい。初芽は書類に手を伸ばして言った。

「すみません。今からサインをもらってきます」

その手を野田が振り払う。

「いいよ、もう。僕が行くよ、だって僕は働いているからね、君と違うしねえ」

野田の語尾はねちゃねちゃと伸びて、初芽の顔や手に絡みつくようだった。昔水族館で見た、目が皮膚にめりこんだようなヌタウナギを思い出す。ねばねばの粘液を出して天敵を窒息させる、海底の生き物だ。

「君って偽善者？　っていうか疫病神？」

初芽は返答せず下唇を噛んだ。

「君、わかっているんだよね？　異動の理由」

野田の目の奥が意地悪く光る。初芽は言い返したい気持ちをぐっと堪える。

「まあ、無駄なことに時間がかかってしまうとか、あげればきりがないほどいっぱいあるよ。だけどさあ、君が担当したメーカーの案件が解約されたでしょ？」

野田が急に語尾を強めて、小さな厚ぼったい目でじろりと見る。野田の言わんとするメーカーとのやりとりを思い出すと、初芽は胸のあたりが途端に重苦しくなった。

「君があのメーカーに太鼓判を押して薦めた派遣の女性、覚えてる？　あの人、不当解雇で精神的な被害を受けたって言いがかりをつけて、契約期間の三ヶ月分の給料を補償しろと言ってきたでしょ、七十六万円もね」

どくどくと心臓が脈を打ち、血が体を駆け巡った。

「その損害賠償金、結局メーカーじゃなくてうちの会社が支払うんだから、困ったもんだよね。労働基準法のこと研修で習ったでしょ？　派遣会社ってそういうの丸かぶりなんだよ。最近はわざと遅刻して、契約解除になったら訴えるような悪知恵を働かす常習犯もいるって知ってるよね。営業っていうのはもっと早めにそういうたちの悪い人間を見抜いて、ぶちぶち切っていかないとダメなんだよ。君はそれがまったくできてない。それどころか――」

心拍数の上がった体に、ヌタウナギが追い打ちを掛けるように声を荒らげた。

「君も君で、現場をもっと働きやすくしてください！　って企業さんに交渉して、さらに怒らせたんだよねえ？　メーカーさんとの案件が解約になったのみならず、こっちが損害賠償まで負担させられて、大損もいいところじゃないの！」

憎らしそうに言葉を投げつける野田に、初芽は拳を握りしめてようやく小さな声で反論を試みる。

「しかし部長、あの現場は……」

「だからさあ」

野田は大きな声で遮り、虫をはらうように顔の前で手を振った。

「それが偽善者だっていうんだよ。しかたないよね。僕ら企業様からお仕事もらってんだもん。郷に入っては郷に従えっていうでしょ？　お金をもらうならそれに従うしかないじゃん。派遣の代わりは他にいるんだもん。嫌なら辞めるしかないんじゃないの？　わがまま全部聞いてたら派遣会社が潰れてしまうって。福田さんうち潰したいの？」

ちゃんと成約も取っていました、わたしなりに貢献したつもりです、という言葉を初芽は飲みこむ。

悔しい、悔しい、悔しい。誰にもわかってもらえることはない。息が荒くなって、目の奥が熱くなった。言葉が喉に詰まって苦しい。

まただ。また海底に落ちる……。

ふとその時、「深呼吸して」という大森の声が聞こえた気がした。

そして昨日地下で見た、ライトに照らされる魚たちが頭をよぎった。

初芽は深く息を吐く。

「もう消えていいよ偽善者さん。売上あげるどころか、いないほうがましってレベルなんだから」

野田はこちらを見下ろしながらこれみよがし手を振った。

あっと思う。不思議な光景だった。

初芽は今度はゆっくりと息を吸いながら、野田の顔をまじまじと見つめる。

ヌタウナギのようだった野田の顔が、今、間の抜けたフナのような顔に変貌して見えたのだ。

一瞬、昨日見た水槽の中の魚のように、野田の顔はガラスを隔てた向こう側にあるような気がした。彼の言葉はだんだんと水中で話している言葉のようにぐわんぐわんとくぐもって聞こえてくる。

そうやって水の中で口をぱくぱくとさせている野田の顔を見ていると、悔しくて惨めな感情とは別のものが込みあげてきた。

思わず初芽は下を向いた。ここで笑ったら完全にアウトだ。

けれど、たった今わたしは確かに「なんか面白いな」と思ってしまったのだ。

こんなにぬめぬめと嫌味を必死で言い続けるおじさんが目の前にいるという事実を、なんだか初めて知ったような感覚だった。

そう思ったところで、初芽は言葉のナイフをぎりぎりでかわした気がした。

「すみませんでした」と初芽は頭を下げた。そして下を向いたまま口を横一直線に結んだ。

今まで何度も言い続けてきた謝罪の言葉は、同じセリフなのに今日はずいぶんと軽かった。

周囲を見渡すとやりとりが聞こえたはずの総務部の人たちは、まるで初芽と野田が透明人間になったかのように我関せずという態度で無表情のままパソコンを叩いていた。

二日連続で来てしまった。地下に向かう階段を降りながら、初芽は思う。普段の自分なら絶対に遠慮してできない行動である。けれど昨日から今日にかけて、救われたような気持ちでいっぱいだった。溺れて死にそうになっていた自分が息継ぎできた事実を、初芽はなんとしてももっと摑んでおきたかった。だから来ないという選択肢がなかったのだ。

初芽は店に入るなり、カウンターにみたらし団子の白い包みを置いた。

「昨日のコーヒー代の代わりです」

大森はちらっとその包みに目をやって小さく笑った。

「いなり寿司は今日も売り切れてました。もっといっぱい作ってくれたらいいのに」

「希少なものこそ価値があるんですよ」

「でも、おいなりさんが食べたかったです」

初芽は少しむきになる。

「そう？　僕は今日はこっちで幸せかな。ありがとう」

大森が団子の入った白い袋を指差して嬉しそうにするのを見て、はっとした。

「あー！　そっか、わかりました！」

「え、何？」

「わたしは今ここにないものを欲しがっていたんだなって。だって大森さんは、目の前にあるものを見て幸せになった。すごいです、そこが違うんですね。それ三本全部食べてください！　感動です」

もともと自他共に認める単純な性格だけど、一度気づきが起こるとコツがわかってくるような気がする。

「今日も心を占領されましたか？」

カウンターのシンクでポンプのようなものを洗いながら大森が訊いた。初芽は少しだけ笑って首を横に振った。

「今日は回避できたと思います」

「よかった。じゃ今日も魚を思う存分見てください」

シンクの水を止めて、大森は段ボールを抱える。魚の餌が並んでいる棚に向かっていった。

「あの、それから……」

初芽は話を続けたくて、その背中に言葉を発した。

昨日は家に帰ってからまったく違った。

まず、買ったおいなりさんをちゃんとお皿に入れて、お味噌《みそ》汁も家にあった大根で作って、納豆もつけて食べた。そしておいしいという気持ちに心を集中させてみた。

そしたら「おいしい」がやってきた。それはやっぱり一瞬顔を出しただけだったけど。寝る時も、溺れるような感覚がなかった。

ぎりぎりの段階で大森と出会えて話ができて、少しだけ自分が変われた。まるで餓死寸前のところにおにぎりを恵んでくれる人に出会ったくらいの運のよさじゃないか、と初芽は真剣に思ったのだ。捨てる神あれば拾う神あり。子供の頃によく聞いた言葉だ。石黒や野田は神では絶対にないけれど、この人はもしかしたらわたしにとって神様なのかもしれないとも。だから三分でもいい、話がしたい。

「ちょっとお話したいんです、それ並べるのをお手伝いしながらでも、なんでもやりますんで」

「手を動かしながらでいいなら」

大森は笑ってくれたので、受け入れてもらえたと思って初芽は安堵《あんど》する。

やっぱり、いつものわたしならこんなことは言えない。

だけど、「いつものわたし」はもういないのかもしれない。

世界の毎日がまったく同じでないように、わたしの毎日だって同じってわけじゃないんだ。

「あ、この子」

並んでいる四角い水槽の脇に、一匹だけ小さなアカヒレが入った小ぶりの水槽が置いてあった。この水槽にも、水草や隠れる岩場が入っていて、居心地がよさそうだ。

大森があぁ、と頷いた。

「福田さんが昨日見つけてくれた、いじめられてたアカヒレです。少しの間別の水槽に棲《す》み分けようかなと。成長して体が大きくなったら、群れの中に入れても大丈夫かもしれないし」

初芽はほっと胸を撫《な》で下ろす。敵がいなくなった場所でのびのびと泳ぐ小さなアカヒレに、よかったね、と心の中で呟《つぶや》いた。

そして、ぽつぽつと話し始めた。

「わたし、前の部署の営業にいた時、携帯電話の大手メーカーさんを担当したんです。急に辞めてしまった先輩の代わりとして引き継いだのですが、その派遣先の量販店の現場がちょっとしんどいところだったんです」

「量販店ってなんとか電気とかいうところ？」

「はい、そうです。そこに女性の方を派遣しました」

初芽が担当した三十五歳の田中《たなか》さんは、大学卒業後に新卒で入社した会社を辞めてから、ずっと派遣で働いていた。

毎日派遣の仕事をすれば手取りは二十三万円くらいになるし、交通費ももらえる。さらに厚生年金、健康保険料、雇用保険料は派遣会社が本人と折半しているので、決して条件は悪くない。

ただ、一年契約ならまだ安定するけれど、派遣の仕事には三ヶ月などの短期のものもある。東京で一人で生活する以上は、仕事が途切れたら終わりだ。ボーナスだってない。前の仕事が契約切れになり、短期の仕事でもいいから紹介して欲しいと彼女は頼みこんできた。

だからすぐにできる仕事を探した。そして紹介したのが家電メーカーの携帯端末の販売だった。大っぴらにはしていないが、メーカー側の希望は三十歳までだったところを、初芽は「やる気のある人なのでぜひ」と採用担当者に頭を下げたのだった。

ところが、実際に仕事が始まると、彼女は初芽に泣きそうな声で連絡してきた。

「その女性は、『辛くて続ける自信がない、せっかく紹介してもらったのにこのままでは福田さんにも迷惑をかけてしまう』と悩んでいたんです」

事情を聞きに仕事終わりに会いに行くと、目の下にくまを作ってやつれた田中さんは、溜《た》めこんだ不満を一気に吐き出した。

たまたま新しいスマホが売り出しになった時期だったため、お客さんがひっきりなしに来て、立ち仕事でずっと接客を強いられたこと。トイレにも行けない状況だったこと。そこまでは仕方がないと我慢していたが、追い打ちを掛けるように量販店の社員から圧力をかけられたという。

「彼女に会って話を聞いたところ、量販店の社員さんの中に厳しい人がいて、売上をあげないと『もう明日から来なくていいよ』って言われたんだそうです。そのために、情報に疎い年配の方になるべく高額な必要もないＳＤカードを売れ、クレジットカードの申しこみをさせろって迫られると。何も知らないおじいちゃんにその説明をする時すごく辛くってできなかったそうで、それを拒否したら量販店のスタッフから余計にひどいことを集中的に言われるようになって、精神的に参ってしまったんです」

それが現場の実情だった。初芽はそんな状況をどうしていいかわからず、同じ営業部の郡司に相談した。すると彼は呆《あき》れたように、「その人仕事選べる年でもないんだから。それに他のスタッフは我慢してるんでしょ？」と吐き捨てた。

薄暗い店の中で、初芽は水槽のコポコポという音に耳を澄ませる。

「それで、わたし一人じゃどうしようもなくて、『現場ではこんなことが起こっています』ってメーカーの担当に掛け合ったんです。メーカー側の担当者もその時は『そうですか』って困った顔をしてくれたけれど……そもそもメーカーさんは派遣をうちに依頼しただけで、現場の管理は量販店さんなので、量販店さんのことをいわゆる告げ口したようになって、ますますうちの派遣スタッフへのパワハラがひどくなってしまったんです」

さらに初芽が直接量販店のパワハラ社員に文句を言いに行ってすっかり嫌われた上に、スタッフの体調不良で欠員を出してしまったこともあり、「おたくはもういいわ」と、パンダスタッフが切られるという最悪のシナリオが出来上がってしまったのだった。これだけでも大損だ。

野田が言っていたとおり、解雇となった田中さんは契約期間分の給与の補償を求めてきたので、その賠償は人材を派遣したパンダスタッフが支払うはめになった。やっぱり自分は偽善者なのかもしれない、と今でも初芽は思う。

「わたしってどうもずれているみたいなんです。その時にはもう異動が決まっていたのですが」

こうして大森に聞いてもらったところで何の解決にもならないことはわかっていた。もう終わってしまったことなのだ。

「う〜ん、たしかに……」

大森が唸《うな》って天井のほうを見た。そして、あははっと声を漏らした。

「それは会社から嫌われる」

「やっぱりそうですよね。反省しています、異動も当たり前だって」

初芽は肩を落として首をすくめた。

「でも、まあそれは半分正解だし」大森が語尾を強めて言う。

「半分？」

「うん。会社から見たらダメなことって、すべての場面に当てはまらないでしょう。なんか、わかるなあ。僕なら同じことしたかもなあ。福田さん、案外勇気ありますね」

声を上げて肩を揺らし、大森が豪快に笑った。

息が楽になる。「同じことしたかも」という言葉が今までのすべてを肯定してくれた気がしたからだ。

大森が続ける。

「何が本当の正義かはわからないけれど、世の中、お金を持っている人が勝つし、権力を持っている人が正義になるのは事実です」

「でもそれって……理不尽ですね」

「そう、そんな理不尽の中で生きているんです、僕たちは。理不尽を鞄に詰めて電車に乗ってる人で社会はできているんです。まあみんな電車じゃないけど」

重そうな鞄を想像しながら、初芽は頷く。

「でも、十年後、二十年後には、そうやって誰かのために一生懸命になったことって心に残っているんじゃないかな」

「十年後？」

「うん。自分のことを好きになるって、けっこう難しいですよね。だからこそ振り返った時に、少しでも自分を好きになれることがあったほうがずっとずっと人生は報われる。僕はそう思っているんです」

その時、「すみません」と入口のほうから声がして、大森が動く。

お客さんが来たようだ。タッパーみたいなものを抱えて、「鱗《うろこ》が白くなって弱ってて……」と不安げに大森に見せている。

「でしたら、ちょっとこっちの水槽に入れてみましょう、ちょっと塩水につけましょうか？　元気になりますよ」

大森が対応しているのを聞いて、そろそろ帰ったほうがいいのかもしれないと思った。彼の接客が終わったら挨拶して帰ろう。

さきほどの会話を反芻《はんすう》しながら、初芽はなんとなしにスマホを見る。すると、ラインに一件のメッセージがあった。

開いて読みながら、見間違いではないかと手が震える。

しかし、次の瞬間には胸の奥から熱いものが込みあげてくる。画面のメッセージにぽたぽたと涙が落ちていった。

〈福田様、その節はありがとうございました。やっと念願の正社員になれました。本当に、本当にありがとうございます。〉

接客を終えて戻ってきた大森が、カウンターに顔を伏せて泣いている初芽に驚いて

「どうしましたか？」と問う。

「さっき話していた、例の女性から連絡が来て」

大森の差し出したティッシュの箱を受けとり、初芽はスマホの画面を彼に見せる。

「あの時……実は会社に賠償請求したほうがいいって伝えたのは、わたしなんです。こんなこと絶対ダメなんですけど……」

初芽はしゃくり上げた。

「へっ？」

ティッシュを渡してくれた大森が、口を開けたまま首を傾げる。

「労働基準法があるから大丈夫って。不当解雇扱いにすれば派遣会社がいくらか払うことになるからって」

「えっ、なんで、そんなことを……」

大森が驚いて初芽を見つめている。

「新人研修で習ったんです。派遣会社はスタッフの休業補償をしないといけないことを。スタッフは支払われる予定の六割は請求できると。ただし、そういうことを知っていてわざと休んで訴えを起こす常習犯や、遅刻や欠勤が多くてクライアントから変えて欲しいと言われたのに不当だとお金を請求するひどい人もいます。わたし、習ったことだけはきっちり頭に入るんです。だからこの時は自分の頭で考えました、彼女が安心して休養できて、次の仕事をゆっくり探せる方法は何かって」

最後に田中さんと会ったのは、会社近くのチェーン店のカフェだった。一番安いコーヒーを頼んだ田中さんはVネックの黒いセーターを着ていて、カップを包みこんでいた両手の袖口には毛玉が見えた。もしパンツスーツなどを着ていたらしゅっとして見えそうだった。しゅっとして見えるというのはとても重要で、わりと大きめな会社の事務でも決まりやすいのになと思いながら、ただ彼女の話を聞いていた。

「派遣って大変なんですよ。ちょっと体を壊して仕事ができなくなれば終わりです。私、貯金はあまりないし、田舎の親は片親で貧乏だし、妹は結婚してて子供もいるから帰りにくいんです。おまけにもうこんな年齢で事務しかできないと、派遣も仕事少ないでしょう？　正直」

「今は年齢で企業様も選べなくなっていますので……」

「とはいえ、断られるし、契約更新も不利ですよね」

まあ、と正直に言ってしまって初芽は慌てて口を塞いだ。

「あ、すみません、でもわたし、がんばります」

「いいんです。正直な人のほうがいいです」

田中さんはその時やっと笑ってくれた。

「私は新卒で入った会社、上司のセクハラで辞めちゃったんです。でも今から思うと、無理やり我慢すればよかったなあって。だって今のほうがもっとしんどいです。昔はボーナスもあったしお休みもあったし、ああ、辞めなきゃよかったって思っています」

「そんなことは……」

初芽が言いかけると、田中さんは制するように首を横に振る。

「よく『しんどかったら逃げたほうがいい』って言いますよね。でもあれは、逃げ場がある人向けの言葉です。私みたいに、どこそれ？　って言われそうな田舎の短大出て、一年未満で会社辞めて、若さ以外に取り柄がなくて、あのお祈りメールばかりもらう就活なんてもうしたくなくて手軽に派遣登録してから……今までずっと非正規ですよ」

田中さんは袖口に手を伸ばして毛玉をむしる。

「こんな人間には、逃げても逃げても逃げ場なんてない。鬼ごっこがエンドレスに続くんです。鬼は逃げても逃げても追いかけてきて、いっそ捕まえてくれたらいいのに、追い詰めても捕まえてはくれないんです。逃げ疲れて死ぬまで続くんです。なんか地獄にありそうですよね、こんな刑」

むしった毛玉を、まるいふわふわした塊にして、田中さんはテーブルの脇に置いた。そして袖口を折って残りの毛玉を隠して、初芽をじっと見てこう言った。

「だから福田さん、今の正社員辞めない方がいいですよ。その席は自分から手放さないほうがいい。これ、私からの最大のアドバイスです。どんなことがあっても、戦ってください。私も本当はそうできたらよかった」

最後は消え入りそうな声だった。やがて田中さんはふっと全身の力を抜いてから、婚活したくて始めたマッチングアプリでも派遣というだけでモテないんですよと付け加えて、化粧っ気のない顔で悲しそうに笑っていた。

パンダスタッフに江戸川《えどがわ》区の工場から派遣スタッフの問い合わせがあったのは、初芽が異動になる一週間前だった。

事務を手伝っていた奥さんが介護で忙しくなり、急な依頼だった。依頼を担当した初芽が、派遣で二千二百円の時給を払えば月に四十万円近くなると伝えると、その社長は難しい顔になった。家族経営の会社がいきなり派遣社員を雇うのは負担が大きい。

だから初芽は考えた。今とても困っている人たちを助けたいと思った。月に二十六万円ほどで真面目な社員を雇うほうがいいのでは、と伝えた。そして、求人広告を出す予算がないなら……と、初芽はこっそりその会社のことを田中さんに伝えた。お金にならない、ただの紹介。誰も損はしていない。会社の利益にならないだけだ。

あとは田中さん次第だった。

「それが福田さんの……」

「はい、正義だったんです」

初芽はぐちゃぐちゃになった顔で、もう一度ラインの「ありがとうございます」と笑顔の絵文字を見つめた。そして返信を打つ。

〈田中さん、鬼ごっこ終わりましたね〉

顔を上げると、大森がコーヒーを目の前に差し出した。

湯気の向こうで微笑《ほほえ》んでいる彼の顔が透けて見える。

自分は決して正しいことをしたわけではない。だけど……透けた顔が、またゆらゆらと揺れてぼやけた。

疲れた体で、倒れこむようにベッドに入る。天井を見上げた。

つい数日前までは、明日をなんとか乗り切ることができるだろうかと、毎晩考えていたんだった。

会社での毎日に変化はなく、むしろ悪化しているようにも思うけれど、今日は昨日とは違う。

初芽は枕元にあったスマホを手に取りラインを立ち上げた。

〈福田さんは私にとってヒーローです〉

その文字をじっと見つめていると、内側からふーっという音とともに大きな息が吐き出された。

嬉しかった言葉は、ずっと何度も味わえるとっておきの心の栄養剤なのだと、その日初めて初芽は知った。

この場所で歯を食いしばって耐えてがんばる気なんてなかった。そんな根性などないし、明日会社に行くのはやっぱり嫌だ。なんの評価もない職務にはやりがいもない。生産性を上げることができない自分は、会社にとってはただのお荷物なのは間違いない。

それでも、こんなわたしでも、たった一人の人生の中でヒーローになれた。一人の人生をほんの少しだけ、手助けすることができた。

そう思うと、自分の鬼ごっこも少しだけ終わったような気がした。

初芽はベッドから起き上がると、キッチンに行って冷蔵庫から水の入ったペットボトルを取り出して、コップに注いで口に含んだ。

とくんとくんと水が喉を通って体内に落ちていく冷たい感覚をしっかりと味わった。その水はおいしかった。思わずペットボトルのラベルを見る。わかっていたけれど、それはいつもと同じ銘柄だ。

あとちょっとだけ。

辞めないと決めよう。

明日、また明日とずっと迷いは続くかもしれない。考えが変わるかもしれない。けれど、今は辞めないと決めよう。

まだまだ心の水面は渦を巻いていたけれど、初芽はこの瞬間、そう決めた。

第2話
山川拓真(27)の乱心

僕はデブだ。運動をしている筋肉系の（たとえばお相撲さんのような）パツパツのデブではなく、筋肉のないブヨブヨ系に属するデブだ。生まれてから一度も痩せたことがないのでこのデブに関してはすっかり諦めているが、ちょっと誤解があるように思う。

よく言われるけど、デブは冬でも汗をかいているからって「寒くない」わけじゃない。

いや、もちろんちょっと歩いただけでも汗はめっちゃかく。皮下脂肪という分厚い要塞が運動によって体内で生まれた熱を外に出してくれないからだ。ブヨブヨ系のデブの体の中はエアコンが壊れた真夏の蒸し暑いサウナ部屋みたいになってしまうから、なんとか発散しないと！　となって汗が出るわけだ。

だから誤解が生じる。

「そんな分厚い脂肪を着ていたら寒くなくていいよね」という誤解だ。

は、寒くないだと？

それは違う。ブヨブヨ系の脂肪は自ら熱を作り出せない。

だから、普通の人より寒がりなのだ。ちょっと歩くと汗をかいてしまう僕は、今日も寒いのだ。

熱を発散できない脂肪、熱を生み出せない脂肪。それを体中にまとった僕。

それを人は自己責任という。そしてしまいには、自己をコントロールできない意志の弱い人間というレッテルを貼られるのだ。

そんなことを考えながら、山川拓真《やまかわたくま》はどんよりとした灰色の空を見上げて「うへっ」と言った。まだ一日が始まったばかりの今朝の空気は冷えこんでいて、今日も会社には行きたくない。

熱々の豚骨ラーメンをずずっと啜りたいという気持ちを抑えて、駅前のコンビニで買った肉まんの袋をそっと抱きしめた。ほかほかだ。袋から漏れ出た匂いを嗅いだらオフィスに近づくにつれて強張《こわば》っていく心がほんの少しだけ、ほぐされた。

僕にとってこれはゼロになりかけたやる気を十パーセント（十パーセントも！）引き出してくれる神だ。

うん、豚骨ラーメンならば三十パーセントだ。

株式会社パンダスタッフのビルに着くと、山川はエレベーターに乗りこんだ。従業員数のわりにこの会社のエレベーターは小さく、すでに大方が埋まっている。太り気味の自分は少しでもスペースを無駄にしないよう、さっき買った肉まんが入った袋を慌てて鞄におしこみ前に抱きかかえ、身を縮める。

ドアが閉まりかけた時、駆けこむようにして一人の男が押し入ってきた。すみません、と謝りながらも無理やり人を詰めこんで自分の体を収めると、ボタンを押してドアを閉めた。エレベーターが動き始めるのと同時に、彼は扉の近くにいたこちらの存在に気がついたようだ。山川を見るなり、わかりやすく顔をしかめ、目を逸《そ》らした。

営業の郡司だ。山川の二年後に入社した彼は、山川が営業部だった時に同じチームで動くことが多かったから、時々昼飯を一緒に食べることもあった。飲みに行ったりすることも、あったかもしれない。けれど今では、ほとんど接することはない。

会社のお荷物となった自分は、彼とも気軽に話すことはできなくなってしまった。

営業部のある六階に着くと、郡司は足早に降りていく。ほかにも何人かが降りて、エレベーターの中はほどよくゆとりができた。やっと、息がしやすくなる。さっきから額に汗が滲んでいた。

十一階で降りると、廊下をまっすぐに歩いて、一番奥にある扉へ入る。ここは営業部で失態を演じた山川の異動先。ＡＩ推進部とは名ばかりの、無能の烙印《らくいん》を押された社員たちの収容所である。

この部屋は冬は暖房が弱くて寒いが、規律によりなかなか温度を上げてもらえない。つまり汗の引いた僕にとってはすごく過酷な場所なのだ。薄暗いフロアを見渡すと先輩の三浦駒子がすでに来ており、デスクで暇そうに携帯をいじっていた。

始業までまだ時間はある。山川は鞄から肉まんの袋を取り出す。想像通りにそれはもうふっくらとはしていなかった。へしゃげた白い皮に茶色の肉汁がしみ出ている。けれど温かさは残っている。外見が悪くなっても味は同じだ。山川はそう思って頬張る。
「おはようございます！」
張りのある声がして、扉の向こうからスーツ姿の女の子が現れた。入社一年目という
ことを差し引いても、年のわりに童顔で、田舎から都会に出てきたばかりのようなおぼ
つかなさがあり、つい女の子と言いたくなってしまう。最近異動してここへ来たばかり
の福田初芽という社員だ。
「おはよう、福田さん」
隣の席なので、山川も挨拶をする。手に持ったぺたんこの肉まんを、初芽はちらっと
見た。
「だってさ、寒い時はあったかいものを食べるしかないじゃん」
訊かれてもいないのに、山川は彼女に言い訳する。肉まんを持っていないほうの手で、
最近ますます肉のついた腹をごしごしと擦《こす》る。
「半分食べる？」
初芽は眉間に皺を寄せて後退った。
「なんだよ、こんなだけど味は同じなんだって」
そう言いながら改めて手元の肉まんを見たが、誰が見てもそれはもう肉まんではなか
った。
その時、「みなさん」と部長の水田の力ない声がした。今日の仕事が伝えられる。

会社中から集めてきた、雑用という名のとことん自分を情けない気持ちにさせる業務の内容を聞いて、心が躍ることはないし期待もない。ただ淡々と受けるだけだ。

今日はなんだ？

せめて内勤だといいな。

山川は重量のある空を窓から見て小さな願いをかけた。

パンダスタッフでよく募集のかかる警備員や清掃員の仕事は人が抜けやすく、急に人手が足りなくなる。派遣したスタッフが足りない時は、ここＡＩ推進部のメンバーが駆けつけることになっている。

「福田さん、昨日のあの仕事大変じゃなかった？」

山川が小声で訊ねると、初芽は困ったように眉を八の字にした。

「はい……きつかったです」

山川と初芽が昨日回されたのは、工事現場での交通誘導員の仕事だった。おじさんたちに交じって黄色い反射ベストをつけてヘルメットを被り、朝から夕方まで交代しながら立ちっぱなしで車を誘導した。

会社のサイトの派遣スタッフ募集欄には、

「びしっと締まった制服を着てきびきびと動き、お客様やクライアントのニーズに対応したり、緊急時にしかるべき措置を迅速に行う警備員は、老若男女を問わず人気のある仕事です。」と書かれているけれど実際はそんなもんじゃない。

「やばい現場だからさあ」

「あの……こんなこと言ったらダメですけど、すごい……臭かったです」

「おじさんたち日雇いで現場から現場に移動しているし、現場のプレハブで寝泊まりしている人もいるしね」

「ホームレスの方もいますよね？」

「ああ、歯がなかった？」

初芽は小さく頷いて苦笑いをする。

「いろんな事情があって定職につけない人が、たくさんいるんだよね。国は正社員雇用をって声高に言うけれど、普通の正社員にはなれない人たちがたくさんいる。でも、生活保護に頼らずに日々を生きてる人たちなんだよな」

山川にとっては、往来する車をただ立って誘導する仕事はそんなに大変じゃなかった。大変じゃないからこそ、立っている時間が永遠に続くのではないかと思うほど退屈だった。

それに休憩中のおじさんたちの会話はほとんど、次はどこの現場警備があるのかと、どこそこの風俗に行ってきたという二つの話題だった。働くことから逃げない彼らの毎日はただ「今日」のためにある。未来のことを考えると圧《お》し潰されそうになるから、今日の中でひたすら生きる。

昨日の現場では歯の抜けたおじさんが「俺は大手商社にいたんだ」と何度も話しかけ

てきた。ベネズエラでのカカオ畑の話とかチャベス大統領の話を延々としていたかと思うと、会社組織とはこういうことができてないとダメだという話になり政治批判へと繋がった。政治の話はよくわからなかったけれど、気持ちはちょっとだけわかった気がした。

きっとおじさんは自分なりにがんばったんだけど、それはちょっと会社のゴールから逸れていて、おじさんが正しくても会社では面倒な厄介者だったのだ。そしてきっとこの部署にいる人たちも会社にとっては、あのおじさんと変わらないのかもしれない。

ここから出て違う部署に行くと、自分が透明人間になったような気がしてしまう。誰かとすれ違ってもほとんどの人が目を合わせようとしないからだ。

今朝、エレベーターで乗り合わせた営業の郡司もそうだった。おはようと声をかけてみても、白い目で見られるだけだ。

「あ！　僕、福田さんに大変だったねなんて言ってる場合じゃなかったよ」

水田が申し訳なさそうに渡す用紙を受け取り、書かれた文字を読んで思わず漏らす。昨日と同じ工事現場の名前が書かれてあって、しかもその勤務時間が夜の七時から朝の四時となっていた。

「山川さんは昨日から連勤なんですね。しかも、徹夜で」

「さすがに過酷」

「一回家に帰って寝てから、現場に入りますか？」

心配そうに訊く水田に、山川は首を横に振った。

逆に今帰ってしまうともう二度とここに戻れない気がした。

だからあえて笑って言う。

「大丈夫です、おっさんの風俗話に巻きこまれてくるの、僕嫌いじゃないんですよ。おっさんたちの臭いを除けばね」

「あのあたり安い食堂が多いからいいよね」と後ろの席で三浦駒子が投げかける。それからパソコンの画面に目をやった彼女は、ぎょっとするような大声を上げた。

「うわっ、嘘《うそ》！」

駒子が指さすパソコンのモニターの前に、部署にいたみんなが集まる。

画面を覗くとそこには「たこ八、内部告発か！　賞味期限切れ小麦粉使用」と書かれたニュースがあった。たこ八は全国三位ほどの規模のたこ焼き屋のチェーン店である。

「たこ八さん……？」

初芽が首を傾げるので、山川はいてもたってもいられなくなった。

「まさか福田さん、たこ八を知らないの？　化学調味料を使わず天然の出汁と旨味で作っているってことで体によし、味よし、財布によしの三よしのたこ焼き屋！　僕、大好きなんだよ。たこ八のたこ焼き、外はかりっと中はとろっとしてうまいの。おまけに業界初の小麦粉日本製なんだよね」

「食べたことなくて。名前は知ってます」

「うちではたこ八がイベントとかに出店する時に、急遽《きゅうきょ》スタッフが必要になると派遣してんだよね。いわゆるお得意様でさ。僕も数回ばっくれたやつのカバーに行ったけど、ここはたこ焼き界のキング。業界一位エースの金だこにはまだまだ届かないけどフランチャイズもようやく八十店舗を超えたんだよ。ああ、これからって時に……」

熱のこもった山川の説明に初芽はくすりと笑う。

「山川さん、添加物とか気にしなそうなのに」

「体にいいものは素晴らしいの！ 僕は添加物の誘惑に負けてるだけ」

山川は渡された用紙にもう一度目をやる。そして自分の今日の業務（工事現場での交通誘導員、夜の七時から朝の四時）を確認して、ため息をついた。これから勤務開始時間までデスクに突っ伏して休んでおくか……と思った。

もともと太ってむくんでいる顔が、今日はさらにひとまわり膨らんでもたついている。みんなの前では強がっていたものの、さすがに深夜の交通誘導は堪《こた》える。現場には七十代の男性もいた。自分の何倍のしんどさを彼は感じているのだろうと想像すると、耐えきれなくなって彼から目を逸らした。

山川は自分の体をくんくんと嗅いでみた。シャワーをあびてもおっちゃんたちの臭いが残っている気がした。

会社のデスクでコッペパンとコーヒー牛乳の朝食をとっていると、出社してきた初芽が驚いたような声を上げた。

「あれ、山川さん徹夜明けじゃ？」

「そうなんだよ、十一時でいいよって言ったんだけど」と水筒のお茶を飲んでいた水田が困り顔で言う。

「だって、帰って寝るのめんどくさいし、サウナ行ったらすっきりしちゃって。だから水田部長、今日の業務はなんとしてもシュレッダーでお願いします」

山川は水田に手を合わせる。

思えば、自分は肉体労働や面倒な案件を請け負うことが多いような気がする。

たとえば、あいつ。山川はちらりと視線を走らせた。フロアの隅っこにいる、白いシャツを着ているあの細身の寺山《てらやま》なんて男は、パソコンに強いとかでほぼデータ管理系の仕事を専門に割り振られ、僕のような肉体労働の現場には行かされない。

彼はこの部署の人間とは関わりたくないのか、山川ともほとんど口を利いたことがない。

そもそもITに強いならどこか行くあてもあるだろうから、そのうち辞めちゃうんだろうな。

ほっといても辞めてくれる人間にはしんどい仕事はあてがわれないのだ。

水田はそうですね、と言いながらパソコンを覗きこむ。途端に「あ」という顔になり、音を立てて印刷を始めるプリンターの前へ向かった。吐き出された一枚の紙を手に水田は言う。

「山川さん、福田さん。たこ八グループ本社の緊急対応です。至急、営業部の石黒さんのところに行って指示を受けてください」

「たこ八」という名前が出た段階でＡＩ推進部のメンバーはどよめいていた。

「なんで僕ばっかり……」と思わず口に出すと、水田が無念そうに言った。

「お二人が石黒部長から指名されています」

パソコンのモニターの中では、賞味期限切れの小麦粉を使って業務停止になっているニュース画面が開かれたままだった。本社の声明では事実確認中となっているが、ＳＮＳを開くとすでに誹謗中傷が飛び交っている。

山川は途端に眠気を忘れ、コーヒー牛乳を一気に飲み干すと、エレベーターを目指して歩き出した。

山川は水田から受け取った指示用紙を見る。渡されたその紙には、不明瞭な指示が格式ばった言い回しで続き、山川の頭には何も入ってこない。

言いたいことを飲みこみながら、不安げな初芽と二人でエレベーターに乗り、六階のボタンを押す。

ちょうど十階で、ぱりっとしたスーツに身を包んだ営業部の郡司が駆けこんできた。

昨日よりも疲弊した顔色を感じて、いつになく慌ただしそうな彼に、山川は思い切って声をかけてみる。

「忙しそうだね」

郡司は山川を見ると、あからさまに嫌そうな顔をしてため息をついた。

「はあ……。まあ、山川さんは神経も体もぶっとくできてて羨ましいですよ」

郡司は片方の口の端を意地悪く上げて早口にまくしたてる。

「なんか、ウケますね。いやだって、営業にいた時より血色よさそうだし。そっちでハードな仕事してるんですよね？　少しは痩せたかと思ってました」

「あ、痩せにくい体質なんで」

無視をすればいいのに反応してしまう。それも情けない笑顔つきだ。

郡司は数秒の間黙ってこちらを見返した。悲しそうな顔でもしないと気が済まないのかもしれない。

「でも、山川先輩ほどの方なら転職したほうがよくないですか？　あの部署にいてもなんのキャリアも積めないしもう取り返しつかないですよ」

「あ、まあね」

「いやこれ本当に山川さんのための、真剣なアドバイスなんですよ」

「ありがとう」

悔しい気持ちを堪えて礼を言う。ほんの挨拶のつもりだったのに、あっという間に不快になった。なぜ彼に話しかけてしまったのだろう。今はとにかく一刻も早くこの会話の強制終了ボタンを押したい。

「たいした仕事してないのに給料だけもらってぶら下がっている立場っておいしいですよね。こっちはもう大変なんですよ、扶養家族多くって。助けてくださいよ」

山川が黙っていると今度は初芽の方を見て、郡司は冷ややかに笑った。

「福田さんもまだいたんだ。営業部にいた時にそのしぶとくしがみつける忍耐力を見たかったなあ」

人が傷つくことを堂々と言える人たちを山川は見てきた。相手の痛みをまったく気にしない人のほうが神経が図太い。そしてそんな冷淡な人間のほうが社会では上に上がれるものである。後輩にまで尊大な態度をとることに山川は呆れを通りこして感心してしまう。

エレベーターが六階について、郡司と一緒に廊下に出る。その瞬間、意地悪くにやついていた郡司が急に表情を変えて背筋を伸ばした。彼の視線の先には石黒がいた。

石黒は今日も整った顔だちに険しげな表情を浮かべている。彼から放たれる威圧的なオーラのせいで、至近距離に立つと思わず圧倒され息苦しくなる。

「石黒部長、お疲れ様です！」

郡司が声を張り上げ、ぴしっと頭を下げた。そうだ、上に上がれる人間の共通点がもう一つあった。こうやって人によってころころと態度を変えられることだ。それがこの社会では王道であり、自分ができなかったことだ。

山川と初芽の前に立つと、石黒は汚いものでも見るような目つきで言い渡した。

「たこ八の件だが、今回の内部告発をした人間がパンダスタッフからの派遣社員らしい。その店のフランチャイズオーナーは自分のやったことだから何も言えないが、本社は相当憤慨している。とりあえず店に行って現場を片付けること、終わったら報告をしろ」

「現場はどうなっているんですか？」

山川が訊ねると、石黒はやれやれと肩を落として首を振る。

「わからん、店長は姿を消して連絡もつかないそうだ。昨日の今日だから営業部はメディアと本社対応をする」

郡司はそれを聞いてから、

「土下座ですかね。あ、山川先輩は得意か」と営業スマイルでこちらに笑いかけた。

駅まで歩きながら、ぶるっと震えがした。寒いのに汗が出る。腹が立ちすぎて脂肪がおかしくなっている。

なんでこんな風に真正面から人を虐げることができるのだろうか？

わかっている。同じ会社にいて生産性がない僕らを許せないのはわかる。

だけど、言い方ってもんがある。ちょっと遠慮したりできないのかな。傷つけて楽しいのかな。そんなことで？

山川さん、と隣に座っている初芽から声をかけられる。電車に乗ってからも考えこんでいたのか、いくつか駅を過ぎていた。いつの間にかビルが消えて、二階建ての住宅が箱に詰めたまんじゅうのように窮屈に並んでいる。

「もうすぐですね」と初芽が言うので、山川は反対側の窓の景色を見つめたまま答える。

「うん、といってもあと三駅だ」

「はい」

沈黙が降り、山川は初芽の様子をちらりと窺った。AI推進部に異動してきて二週間。営業部で使えないと言われた経験なら自分も同じだからよくわかる。慣れない汚れ仕事にそろそろ心が折れる時期だろう。たいていは一ヶ月ももたない。

「山川さんは、どうして……この会社に？」

ふいに、初芽が口にした。こちらを覗きこむ目は、訊いていいのか躊躇《ちゅうちょ》したように、揺れている。

どうしてこの部署に？　と訊こうとして、会社と言い換えたような気がした。

「僕、親のコネ入社で入っててさ」

山川の父親は社員六十名ほどの中堅の広告代理店を経営していた。パンダスタッフから数名のスタッフを派遣していた取引先だったのだ。

父親は子供の教育に口出しせず、仕事で平日のほとんどは食卓で顔を合わすこともなく、週末は接待ゴルフに行くという仕事人間だった。小さい頃から優秀な兄の陰でいつも比較されてきた山川に母親は重圧をかけた。

「なんでできないの?」と繰り返す母の不安と怒りを浴び続け、自分はなんてダメなんだと思いながら三流大学に入って、そのまま就職活動でもことごとく失敗していたところ、父親がパンダスタッフに頭を下げてなんとか社員になれたのだ。

父親は昨年、脳溢血《のういっけつ》で亡くなってしまい、大手広告代理店で働く兄は父の会社を継ぐこともなく会社を閉じてしまった。

「親父とあまり関わってなかったんだけど……この会社に繋いでくれた時に言われたんだ。人間にはそれぞれの花を咲かせる場所があるから、お前はお前なりにとにかくここでやればいいんだって。その代わりに自分から辞めずに必死で尽くしなさいって言われてさ」

山川は手元を見て両手をぎゅっと握った。それから汗をハンカチで拭いた。

「それが遺言みたいになっちゃったんだよね。それでさ、結果的に誰の役にも立てないままこの部署に異動になった」

「そうなんですね」

「僕、いらんことしちゃうんだよ。仕事があまり要領よくできないスタッフって契約期間中に切られることあるでしょ？　なんか不良品みたいな扱いしてる気がして。まあ、金にならない人材を切れないからいつもクレームだらけだったってことで……」

顔を上げると降りる駅の名前が表示されていて、話は途中で終わった。

問題となった店舗は、駅のロータリーのすぐそばにある路面店だった。大家さんから預かった鍵で店のシャッターを開ける。

入口にはテイクアウト用のカウンターがあり、その奥のイートインのコーナーにはカウンターと小さなテーブルが二つ備え付けられていた。

一歩足を踏み入れた山川は「あれ?」と首を傾げた。

賞味期限切れの食材を使っていたり、店長が姿を消したりしたと聞いていたので、もっとモラルのない店舗、つまりは不潔で、ソースや青のりや粉があちこちに散らかっている景色をイメージしていた。けれどここは、そんな想像とは真逆だった。

きれいに磨かれたシンク、手入れの行き届いたたこ焼き台、キャベツのかけらも落ちていない。

床にはソースのシミがついた箇所もあるが、それは本当に微々たるもので、とにかく掃除の行き届いた清潔な店舗だった。

片隅にベージュの大きな袋が置かれている。「たこ八」と印字されたその袋の中身が、今回の問題の品だというのは一目瞭然だった。黒いマジックで「廃棄」と書いてあった。

五袋あるうちの一つは開封されていた。

袋の底に明記されている数字を確かめると、賞味期限は二週間ほど過ぎている。

ふと思い立って、カウンターの中に入り冷蔵庫を開けてみた。そこにはきちんと密封容器に小麦粉が入っていた。丁寧に日付も書いてあり、こちらの賞味期限は過ぎていない。

うーん、と山川が言うと初芽が「何か?」と訊ねてきた。

「いや、ちゃんとしてるなって思って。小麦粉、とくにたこ焼きとかお好み焼きの粉って粉ダニが湧きやすいから、基本開封したらすぐに使い切る。使いかけのものは密封容器に入れて冷蔵庫で保管するんだよね。この店、厨房《ちゅうぼう》も清潔だし小麦粉の管理もできているからさ、なんでかなって。さっきから気になって」

「でもこの賞味期限が切れている袋は開いているので、使用した感じがしますよね」

「わざわざこっち使うかな?　廃棄って書いてあるのに?」

山川は腑《ふ》に落ちない。けれどここは仕事を進めるしかない。自分たちは事実を解明しに来たのではなく片付けに来たのだから。

「まあ、しばらくは店を開けられないだろうし、とにかく小麦粉も冷蔵庫の中にある食材も全部処分するように指示に書いてあるから、捨てようか。てか、これ、全部捨てるんだよね……」

廃棄するものは例の粉だけではない。タコも、天かすも、鰹節《かつおぶし》も、青のりも、マヨネーズも、ソースも、キャベツも、今この店にある食材すべてだ。

山川は持ってきた黒いゴミ袋にそれらを入れていく。初芽もそれに続く。

「もったいない……」

しかし少し作業をしただけで山川は手を止めて固まった。そうして持っていた黒い袋を床に置いて呟いた。

「あーっ、これまだ食べられるのに。日本も会社も、なんでも捨てすぎなんだ。やなんだよ、食べ物を捨てるのは本当にやなんだよ……」

その時、「あの……」と入口のほうで声がした。

「すみません、見ての通り今日はたこ焼き売ってないんです」

山川が言うと、食い下がるように声が重なる。

「いや、わたしここのフランチャイズオーナーの杉本《すぎもと》と言います」

関西弁特有のイントネーションを含んだ声のほうを向くと、憔悴《しょうすい》し切った顔の中年男性が立っていた。前もって写真を見ていたのですぐに本人とわかった。生きていてよかったという安堵が、まず込みあげた。

「オーナー！　どこにいたんですか？　連絡取れないって聞きました！」

少し責めるような口調で初芽が問いかけるのを慌てて遮って山川は深く頭を下げる。

「この度は内部告発したスタッフの件、誠に申し訳ありませんでした！」

「あ、いや、ちょっと店を離れていてすみません、病院行ってまして……」

「病院？」

「はい、妻がちょっと入院していまして」

杉本のげっそりとこけた頬を見る限り、その病状をこれ以上聞いてはいけない気がした。

「それと、その……派遣会社さんから来たスタッフも病院に連れていっておりました。体調はよくなったんで大丈夫です」

「スタッフも？」

「彼が賞味期限切れのを、その、食べちゃったんですよ。自分で作って。それで吐き気が出てしまって」

どういうことだ？　オーナーが賞味期限切れを使って焼いたんじゃなくて？

混乱している山川と初芽を前に杉本はすまなそうに説明する。

「今回は三日だけ……妻の手術の間だけ派遣スタッフさんをお願いしたんです。昔、フードコートでたこ焼きを焼いたことがあるって方を紹介してもらって。それでわたしが見舞いに行っている間に、本当は一人にしてはいけないとは思っていたんですが、数時間だけお願いしたんです」

「その間に彼がこれを？」

山川は粉の入った袋を指さした。

「そうです。廃棄するようにお願いしていたんです。たった二週間過ぎただけですが、開封してなくても、粉ダニって怖いじゃないですか。いや、わたしも本社の営業さんから期限間近のを安いからって勧めてもらって買ってしまったんですが……」

杉本は頭を垂れる。

「正直、全部使う自信なかったんですが『それくらいの目標でやんないと！』って言われて、大量に買ったんです。けれどやっぱり無理でした。それでその派遣さんに廃棄をお願いしたんですけどね。彼、わたしが戻ってきたらそれを自分用に作って食べたって言うんです。食費を浮かしたいからって」

山川は真剣に耳を傾けた。いったいこの顚末《てんまつ》、誰が悪いのか？　もうわからなくなっていた。

「タコは使ってません、生姜《しょうが》はもらいました〜って、あっけらかんと彼は言うんですよね。で、わたしが『ダニがいてアレルギー反応出たらどうするの？』と言うと彼ビビってしまって……そしたら本当に吐き気がするとか言って、それで慌てて病院に」

「じゃ、本社へのクレームは彼が？」

山川が訊いた。

「いえ、それは気が動転した彼のお母さんなんですわ。彼がラインで『もしかしたらアナフィラキシーショックで死ぬかも』なんて大袈裟なこと送ってしもうたんです。それを鵜呑《うの》みにしたお母さんが、ひぃ〜〜ってなって、『息子が粉ダニ入った賞味期限切れのたこ焼き食わされた。たこ八訴えます』みたいにSNSに書きこんだんです。いやあ、すごいですね、こういうニュースの拡散力っていうのは。結局は粉ダニの吐き気やのうて、ただの寝不足やったっていうことで、思い込みやったんです。もちろんこちらの粉も調べましたが、ダニは湧いてませんでした。無事でよかったです、はい……」

関西弁だからか、杉本はなんだかお笑い芸人がネタを披露するような口調で説明した。山川は、ついちょっと半笑いになってしまったのを慌てて堪える。しかしそれにつられて、隣の初芽も口に手を当ててぐっとこもった音を立てていた。

呼吸を整えてから山川は少し考えて、訊ねてみた。

「えっと、実際にその程度の賞味期限切れって微妙だと思うんです。未開封だったら、家とかじゃみんな使ってるだろうし。そもそも使いきれない粉を売ってしまう営業に問題がありますよね。杉本さん一人が責められちゃってますけど」

「そうやんなぁ……」

杉本の目の下にくまができていた。

「とにかく噂《うわさ》が広がる前に、一店舗だけということにしてここを閉めて謝罪して……あとはフランチャイズの権利を返して罰金払って終わりですわ」

杉本は下を向いてため息をついてから、二秒ほど間をおいて顔を上げた。

「すぐに廃棄せず置いといたわたしが悪いんですわ。ただ……まだ開業資金も返せてへんかったし、もったいないと思ったのも事実です」

杉本は袋の前にひざまずいてそれを抱きしめた。

「この粉、わたしの資金で購入したんです。調べたらまだまだ使えるきれいな粉でした。ほんと捨てるのはもったいないですよね。そこの冷蔵庫のものだって全然使えるし……」

杉本はおんおんと泣き始める。

山川は途端に胸が苦しくなった。わかる、わかります。その気持ちが僕には百パーセントわかります。心の中でそう叫んだ。

「じゃ、僕にここの使えるもの売ってもらえませんか？　どうせ捨てるなら格安で……でお願いがあるんです」

へっ？　と素っ頓狂な声を上げる杉本に向かって山川は言う。

「杉本さん、僕が食べるんで作ってください。杉本さんのたこ焼き」

「山川さん、そんなことしたら……」

止めようとする初芽に、山川は大丈夫、と笑いかけた。

「僕ね、まだ使えるものを捨てられないんだ」

小麦粉を水で溶いて出汁を入れて、温めた鉄板に流し入れる。刻んであったキャベツ、紅生姜、天かす、そしてタコをどんどん投入し、くるくるとたこ焼きを回す。杉本は器用に球形の美しいたこ焼きを完成させていった。

「わたし、たこ焼き作るのが大好きなんですわ。そして腕には自信があります。関西本場のたこ焼きに負けないものを焼きますんで」

杉本が得意げに腕捲《うでまく》りをした。

舟皿に載ったあつあつのたこ焼きから、湯気が上がる。杉本はハケでこげ茶のソースをペタペタと塗ってから、鰹節と青のりをかけた。マヨネーズの容器を持って「いるか？」と山川に合図した。

「あ、半分だけかけてください！　半分は純粋なソース味で食べます」

山川は差し出されたそれをうっとりと見つめた。

「アッツ～」

と言いながらも、冷めるのなんて待っていられない。たこ焼きは熱いからうまいのだ。口の中を何度やけどしたことか。しかし、冷めてから食べるなんてそれはたこ焼きに失礼だ。とにかく口に入れて、口の中で激アツのトロトロが冷めるのを数秒待つ。この数秒間の感覚がずれると、やけどするか、一番おいしい瞬間を逃してしまうかだ。さあ、たこ焼きと向き合うのだ。

山川は、はふはふと言いながらたこ焼きを口に入れた。ソースがやってくる！　そろそろか。そろそろ嚙むぞ。外のこんがりからトロトロが口に広がる。ぎりぎりのやけどしない熱さ。サイコーだ。生姜のバランスもいい。タコが主張しすぎていないのも素晴らしい。うまい。ああ、庶民のソウルフードよ、ありがとう！

山川は感動した。そして咀嚼《そしゃく》しながら気づくと涙を流していた。

「山川さん……？」

初芽が顔を覗きこんでくる。

「いや、おいしくって感動しちゃって」

杉本が嬉しそうに頷いていた。

どうせ捨てるものにだって、誰かの役に立つ方法は必ずある。

僕はまだ生かせるものを捨てられないのだ。効率が悪く、生産性も低く、評価も悪い。

そんな三重苦のくせに、それでも自分にとって大切にしたいことを曲げられない頑固者だ。

涙をこぼしながら噛みしめていると、初芽がこちらをじっと見ていることに気づいた。

「僕が食べたいだけだからね。賞味期限切れのものだし、処分受けるのは僕だけでいいよ」

「……わたしも食べたいです！」

初芽は杉本のほうを向いて頼みこむように頭を下げると、杉本は嬉しそうに笑った。

出来立てのたこ焼きが新たにカウンターに置かれると、初芽は白いブラウスを腕捲りして、たこ焼きを頬張りながら歓喜した。

「おいしい～！　杉本さん、お腹がはち切れるまで食べたいです」

店の片隅で、まだまだ小麦粉の袋は積まれている。すべてを食べきることは無理だが、捨てなければならないものへのせめてもの供養だった。

たこ焼きをふうふうと冷ましながら、初芽が言う。

「山川さんって実家はお金持ちなんですよね？　なんか『もったいない』って意外です」

「まあ、家はね」

「お金持ちってなんだか、食べ物に困らないからもっと贅沢《ぜいたく》なのかと」

「僕は、まったく取り柄がなかったからさ」

新たに焼き上がったたこ焼きを受け取り、揺れる鰹節を見つめながら山川は言う。

「僕はのろくて運動神経も悪いし、母も兄貴ばかり褒めていたから、親を喜ばすことができなかったんだ。でもある時さ、おばあちゃんちで兄貴よりも沢山食べて全部残さなかったら、おばあちゃんが『嬉しいわ〜全部食べてくれて』って、好き嫌いが多い兄貴よりも僕をめっちゃ褒めてくれたんだ」

おばあちゃんの優しい笑顔が山川の脳裏に蘇る。

「僕はただ、『おいしい、おいしい』って言って全部食べただけなんだ。それだけで何もできない僕でも、人を喜ばすことができるんだって思った。それからは食べ物を残したことがない。それが僕の唯一の取り柄なんだよね」

おかげでこんなデブになっちゃったけど、とお腹を触りながら顔を上げる。

おばあちゃんは山川が高校生の時に亡くなった。今は、父が死んでから料理をあまりしなくなった母と二人暮らしだ。もっぱら山川が何か適当に作っている。生姜焼きと味噌汁とか、卵とアスパラの炒め物とかだ。

母はあまり食べないので、母の残した分は自分で食べる。茶碗にご飯一粒だって残さず全部、食べている。

「これ捨てるくらいなら、まあ仕事が終わってもいいわ」

杉本はそれを聞きながら、涙を堪えるような顔で笑ってくれた。

胸に込みあげる思いとともに彼の作ったたこ焼きを頬張る。その時「あの」と外から声がした。

扉の向こうに、気づけば数人の人影が集まっていた。


「お前、一体なんてことを……」

翌日、AI推進部に到着すると、石黒が鬼のような形相で席の前に仁王立ちしていた。その隣で郡司も睨《にら》みを利かせている。周囲もその雰囲気のせいで凍りついて、寒い部屋の温度を余計に下げていた。

「おはようございます」

山川の挨拶を無視して、石黒は低い声で唸った。

「おい山川、たこ八本社から電話があって、お前が廃棄食材を使って勝手な行動をしたという報告を受けた。これは事実か?」

やはりバレたか……。わかっていたことなので、開き直って謝った。

「はい。すみません」

「お前は懲りずに……ふざけるなよ、謝って済むことじゃないだろう。業務報告に『食品を処分しました。ただし処分の方法は指示どおりでなく所有者の方からいただきましたので山川個人の私物として使用させていただきました』なんて書いたそうだな。どういうことなんだお前」

石黒の声に一瞬胃が縮み上がりそうになるが、山川は冷静に答える。

「はい、事実を述べたまでです」

山川は石黒の顔をじっと見た。体に温かいものがまったく流れていないような表情がそこにあった。

「山川、懇意にしてきたたこ八からのクレームだ。パンダスタッフへの大きなイメージダウン、与えた損害は計りしれない。解雇だけでなく会社への損害賠償金を払ってもらう」

石黒の言葉に、山川はぐっと唸った。思っていたより重い罰だった。クビにする材料を与えてやったのだから自業自得か。山川は今となってはそれはそれでいいように思えた。不合理で納得できないことよりずっとましに思えた。

「俺たちの顔に泥を塗ったんですよ」

郡司がまたそのあとを受け継ぐ。

「すみませんでした」

「もっと頭を下げろ」

山川はさらに前屈するくらい深く頭を下げた。

「どうせプライドなんてもうないですよね。ほんとひどすぎますよ。謝ることしかできないんだったら何時間でもそうやって頭を下げててくださいよ」

吐き捨てるように郡司が言い、山川は膝を床につく。見上げると石黒は腕組みをしながら山川の頭を見下ろしていた。

一体いつまで続くのか。自分の体重が膝に掛かって少し痛かった。

その時、高い声がフロアに響いた。

「あの、わたしも山川さんと一緒にたこ焼きを食べました」

今しがたフロアに入ってきたのだろう初芽が、この状況を見て驚きの声を上げたのだ。

「また君か……これ以上会社に損害を与えると、ここにはもう君の居場所はなくなるぞ」

石黒が嫌らしげな笑みを作る。三浦駒子が初芽のジャケットの裾を引っ張って、前に出るのを止めようとする。しかしそれを振り切って、さらに二歩、三歩と初芽は前に進んだ。そして山川の隣まで来ると、石黒を見上げて大きく息を吸った。

「わたしは退職願を書きません。処分は会社のほうで決めてください」

「どういうことだ？」

「だって、わたしは自分から辞めないんです」

ごくりと唾を飲みこむ初芽と石黒の顔を、郡司が交互に見ている。山川はよつんばいになりながら驚いて彼女を見上げていた。

なんだこの子。いきなりなんなんだ？　いらんことするな、いらんこと言うな。長引くじゃないか。僕はもう膝が限界なんだって。そんな山川の心の中など知るはずのない初芽は、肩を上下させながら続けた。

「石黒部長、たしかに従業員が会社に損害を与えた場合は『債務の不履行』として民法第415条において示されるように社員も損害賠償責任を背負うこととなります。だけど、会社の指揮命令に従って業務に従事していた場合、その全ての責任を労働者に負わせるべきではなく、信義則を根拠として労働者の責任を制限するべきだという『責任制限の法理』が判例法理として確立しています。昨日わたしたちは『小麦粉の処分をするように』と石黒部長から指示を受けました。結果的には処分をしてますので石黒さんの指示通りです、その指示に従った山川さんに損害賠償を払う義務はありません」

初芽が一気に言うと、水田、駒子、その他のAI推進部の人間が驚いて初芽を見た。

山川もさっきよりもさらに驚いた。この子、めっちゃ頭いいじゃん。

「おい、どこでそんなの覚えたんだよ」

小声で訊く山川に、

「ちょっと、勉強しました。自分の頭で考えられるように」

初芽はえへへと笑顔で返した。

「お前……」石黒の顔から嫌らしい笑みが消えた。

「それに、日本の一年間の食品ロスは……えっと、あ、覚えたんだけど……」

急に失速したように、えっと、と繰り返す初芽を見て、山川は首を傾げた。おそらく初芽の暗記はここまでだったのだろう。それなら、と山川はバトンを受け取る。

「食品ロスは五二二万トン、東京ドーム約四杯分！」

よつんばいになったまま山川は叫ぶ。

「だからなんなんだ」

語尾を強くして石黒が声を荒らげた時、ＡＩ推進部に総務部の野田が慌てて走ってきた。

「た、大変です。たこ八の社長様が、いらっしゃいました。アポイントはなく突然……例の件です、ど、どうしたら」

野田がせっぱつまって言う間に、その後ろにはすでに、グレーのスーツを着た貫禄のある初老の男が立っていた。山川は何度もホームページで見たことがあるからすぐにわかる。たこ八グループ代表の永井《ながい》健介《けんすけ》だった。

石黒は引き攣った顔のまま言う。

「代表がわざわざ……誠に申し訳ありませんでした。うちの社員が多大なるご迷惑をおかけしてしまいました。今、今後の処分を決定していたところです。処分だけでは足りないのは承知しておりますので」

石黒が頭を下げて話し始めると、永井は一瞥《いちべつ》し、それを遮った。

「廃棄食材を使ってたこ焼きを作ったのはどなたですか？」

彼はＡＩ推進部のみんなに向かって声をかけた。静かに響く凛《りん》とした声だった。

地面に手をついていた山川は顔を上げて、恐る恐る、僕ですと言って立ち上がった。膝ががくがくしていた。

山川に次いで初芽が、わたしもですと永井の前に飛び出した。

「あなたたちですか。一体どんな人があんな常識外れでとんでもないことをしたのかと顔を一回見てやろうと思ったんです」

永井はよれよれのスーツを着て汗を流している山川を見て言った。郡司が取り乱して割って入る。

「すみませんでした！　こいつらは頭がよくないんです。懲戒解雇、損害賠償もさせますのでどうかどうかお許しください。お前らももっと頭を下げろよ！」

永井はがなり立てる郡司に対して首をゆっくり左右に振ると続けた。

「これを見てください」

永井がスマホの画面を見せると動画が流れだし、そこには山川と初芽がたこ焼きを配っている姿が写っていた。

店の前にはざっと二十人ほどの人が並んでおり、その周辺ではしゃがんだり立ったりしたまま、たこ焼きを食べる人たちが映っていた。あつあつを頬張る顔。ソースがついた唇。みんな笑顔だ。

そうなんだ。おいしいものを食べるとみんな笑うんだ。

「これは捨てる予定なので、無料でいいですよ。でも、全然まだ食べられます、そして杉本さんのたこ焼きめちゃおいしいです〜！』

そう言っている初芽の声もはっきりと聞こえてきた。でっかい声だ。

「お前たちまさか、客にまで配っていたのか」

「……とんでもないことをしやがって！」

顔面蒼白《そうはく》となった石黒と郡司の前に手のひらを向け、永井は再び首を横に振る。

「いや私も、確かに最初は何てことをしてくれたんだと思いました。指示もルールも守らないなんてね。しかもお客様に何かあっては取り返しのつかないことになる。けれど、私は今日、直接お礼を言いに来たんです」

パソコンの前に座っていた水田が、「おっ」と口を開けてモニターをこちらに向けた。

そのSNSの画面を覗くと、信じられないコメントが並んでいた。

『月末でお金がなくて、風邪ひいてバイトも休んで、お腹空いていた時に一皿のたこ焼きは助かった。そしておいしかった。たこ八さんありがとう！』

『いい匂いがして店を覗いたら私もあの場でもらえました。賞味期限が過ぎて捨てるものだけど、まだまだ食べれますってちゃんと説明があったよ。もらえてラッキーでした』

『なんでも捨てる時代に勇気ある行動』

『たこ八かっけ〜』

『たこ八ってアンパンマンじゃん』

『ものを大事にする精神、困った人を助ける精神、素晴らしいです』

『たこ焼き配ってる二人が楽しそうでファンになった』


山川は自分のスマホを取り出してSNSを検索する。初芽が隣から覗きこむ。それぞれのスマホを取り出して見ている石黒と郡司も啞然としているようだった。

汗が出なかったかわりに、目から大量の水分が溢れた。やばい、なんだこれ。

拡散された動画の再生数はすでに二十万を超えていた。

最初は「病気になったらどうするんだ！」「たこ八って危険！　もう食べない」「不買運動しましょう」という言葉も上がっていたが、意外にも称賛の声の方が圧倒的に多かった。

「我々の会社はあなた方のおかげで、一夜にして『賞味期限切れを使おうとしていたひどい会社』から『ものを大事にして人を助ける会社』に変わることができました。創業時、安くておいしいものをお腹いっぱい食べさせてあげたいという気持ちで屋台から始めたのに、いつしかそんな気持ちを忘れてしまっていました。もう一度原点に戻って食材を無駄にしない会社になります」

永井は目を赤くして言うと、頭を下げた。

「本当に大事なことに気がつきました。ありがとうございます」

「社長、そろそろ」

後ろの秘書が言うと、永井は「ではまた改めて」とさらに深く頭を下げて出ていこうとした。

その背中に向かって、山川は大きな声を上げた。これだけは伝えないといけない。

「あの、オーナーの杉本さんにたこ焼き屋を続けさせてあげてください。病気だった奥さんもやっと回復に向かっているそうです。もう無理なノルマで材料を買わせるのもやめてあげてください」

永井は振り向いて山川を見た。そして何も言わずに、頷いてから出ていった。

しんと静まり返ったAI推進部の中で、こほん、と小さな咳《せき》払いが響く。

初芽が何やらスマホの画面を見ながら、棒読みで読み上げ始めた。やはり、暗記できたのはさっきのところまでだったようだ。

「石黒部長、あの……えっと、ちょ、懲戒解雇は、通常、失業給付（基本手当）の受給制限を受け、退職金の全部または一部の、ふ、不支給を伴い、……ええと、また再就職も困難になるなど労働者の生活に著しい不利益をもたらします……ので、したがって、不正行為があったからといって当然に懲戒解雇とされるわけではありません。懲戒解雇であっても、当然に解雇予告の手続きを踏まずに、そ、即時解雇できるわけではありません。労働基準監督署の認定が必要になります」解雇予告を行わずに即時解雇するには、労働基準監督署の認定が必要になります」

なんだよこいつ、なんでこんなこと言えるんだよ。山川は今日何度も思ったことをまた思った。そしてグフフと笑った。

石黒はじっと初芽の顔を見て「君に教えてもらわなくても」と言い淀《よど》んだ。そして首を左右に振ってから、

「とにかく、命拾いしたんだ。世論に感謝だ」

と捨て台詞を残して去っていった。


「で、結局、福田さんも山川くんも、まだ会社にいられることになったわけね」

駒子が肩をすくめて言う。けれど、その顔はほっとしているようだ。

ＡＩ推進部は暖房の効きが弱く、山川は今日も汗をかきながら寒さと戦っている。

「それだけじゃなく、山川さんはたこ八でメニュー開発と店舗スタッフ教育係としてパンダスタッフから派遣されるかもしれないんですよ。先方から強い要望が来てて」

初芽が嬉しそうに駒子に報告する。山川は喜んでいいのかわからず、返事を曖昧に濁しながらハンカチで汗を拭った。

「それにしても、福田さんのあの啖呵《たんか》はすごかったね。石黒さんもびっくりしてたんじゃない」

初芽は、照れたように俯《うつむ》いた。

「この間、近所の魚屋さんと知り合って、わたし考えが変わったんです。ここでできる

ことを、自分なりにもう少し考えてみようかなって。何か考えた時に、答えが出る頭になりたいなって。だから知識をつけておこうと」

「魚屋？」

「はい、魚屋さんです！」

どこかの経験豊富で世話焼きな魚屋のおっちゃんに出会ったのかな？　と山川は想像しておかしくなった。

ここに来たばかりのころは、彼女をおどおどした女の子のように思っていたけれど、今はすっかり印象が変わっている。これって知識をつけたから？

だけど多少の知識をつけたくらいであんな風に堂々と「辞めない」なんて、言えるんだろうか。

石黒たちが彼女に対して異様に冷たいのは、もしかすると、本能的な嫌悪感があるからかもしれない。そうだとしたら彼女は、この会社でとても希有な存在になる？　いやいや、まさか……。

初芽が、そういえば、とこちらを向いた。

「山川さん、前にいらんこととしてこの部署に異動になったって言ってましたが、あのいらんことってなんですか？」

「あ、それ？」

山川は初芽との会話を思い出しながら答えた。

「いや、似たようなことだよ。飲食店に派遣スタッフを紹介する時に捨てるものを持って帰っていいかとか、捨てる食材なら半額でも売れるようにしてはどうかとか、営業なのにいらんこと企業側に交渉したりして、うざいって言われてたよ」

「え、食べ物ばかり?」

「いや、食べ物だけじゃ……」

目を丸くして噴き出す初芽を見て、山川は慌てて否定する。

たとえば、僕は最近の片付けブームがちょっと苦手だ。ときめかない服は二度と着ないとか、ときめかない本は二度と読まないと言うけれど、僕にとっては違うんだ。何が違うか自分の語彙力では説明できないけれど、違う。今は必要なくても未来に必要になるものもあると思う。まだ使えるもの、まだ活躍できるものがあるんだ。

食べ物も人も物も全部が自分にとっては「もったいない」ものになってしまう。けれど、みんな捨ててしまう。

捨てることができるのは、何か素晴らしいことのように語られる。捨てられない人間がまるで無能だと言わんばかりに。

名指しでたこ八の片付けを命令されたのは、きっと僕にとっていちばん苦手なことだと石黒が思っていたからだろう。

引き金になったのは、あの〝裏紙事件〟だ。

「僕ね、営業部にいた時、大量のコピーミスの用紙が捨てられなかった。だから裏紙をメモ用紙にしててさ。ある時、裏が見積もりだった紙を派遣先の企業様に渡す書類に交ぜてしまったんだよね。うっかり」

そんなことが、と初芽が気の毒そうに呟く。

「たまたまつきあいの長い企業への見積もりで、金額が安かったのがいけなかったんだ。『うちの手数料のほうが高いのはなぜだ』と相手側を怒らせて案件先が消えたんだよね。まあ……そういういらんことといっぱいしている」

そんな失敗をした社員は、大目玉を食らって当たり前だ。

「あとは……まあね」

正確に言えば、裏紙をメモにしていたのは山川だったが、その用紙を誤って書類と一緒に企業へ持っていってしまったのは二つ下の後輩だった。山川と営業部で同じチームだった彼は、入社時から仕事に熱心で向上心の強い人間だった。

こんな失敗をするなんて、と激しく自分自身を追い詰めていく彼を見ていられず、結局すべての失敗の責任を山川が被って上に報告した。

石黒は山川がすべてのミスをしたものと信じて、一層冷たく当たるようになった。それと反対にその後輩は石黒から気に入られて、後輩もまた腰ぎんちゃくのように石黒に追従していった。

後輩はきっと、山川に助けられたなんて思いたくないだろう。彼は山川を見下しているのだから。けれど山川は、失敗する自分というものを許せない彼の頑《かたく》なさが、どこか不憫《ふびん》に思えた。だからだろうか、昨日のエレベーターで会った時のように、今でも時たま話しかけてしまうのは。冷たく返されるだけだとわかっているのだけど。

初芽は嬉しそうに笑って言う。

「山川さんの雇用延長、本当に本当に嬉しいです。あの、それで魚屋さんの近くのお団子屋さんのおいなりさんをお祝いに買ってこようと思ったんですけど……やっぱりわたしのタイミングが悪くてさっき売り切れたって店番のおばあちゃんに言われて。でもわたし他においしいの知らなくて……あの……」

昨日とは別人のように、いなり寿司ひとつで落胆している彼女を見ると、やっぱりどんくさそうな彼女が本当の姿のように思える。まあ、どちらの彼女も一生懸命なのは同じだ。

山川はにやついてしまう顔がばれないようにしながら、重たくなった足を引きずってデスクへ向かった。

今日、汗だくになって階段を上がった。十一階まで上がるとめっちゃ息が切れた。昨日石黒と郡司に責め立てられたあの時、膝が痛くなってやばかった。自分を自分で支えることができなかったのだ。

自分についた贅肉さえ捨てることができない僕。それは「もったいない」のではなく、あきらかに怠惰だからだ。

恥ずかしながら今のところまだ、痩せた自分は想像もできない。だけどちょっとでも筋肉をつければ熱を生み出せるようになる。パッパッのデブにならなれそうな気がする。

そうなればもう、寒くない。

寒くない人生を作るんだ。

いちばん「もったいない」のは、自分の人生をすっかり諦めて生きることだ。

山川はぶるるんと体を揺らしてハンカチで顔の汗を拭いた。今日は肉まんを買ってない。

第3話

三浦駒子（45）の憤怒

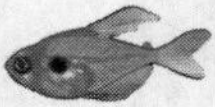

考えると憂鬱になることがある。だからなるべく考えないようにするのが三浦駒子のやり方だ。

運がいいか悪いかと訊かれたら決していいとは言えない人生だったけれど、私生活においては何より駒子は「今」が好きだと思っている。幸せって何かを得たからではなくて、自分を縛る何かが無くなったからこそ感じるものなんだよねと、自分に毎日言う。できる限り無理なく言っているように、言う。

鏡に映った自分の顔は気の強そうな目でこっちを見ている。ニッと笑ってみる。

「はあ、笑えてるじゃん、駒子よ」と独り言が思わず出てしまった時にもあははと笑った。

駒子が一人暮らしになってから一年が経った。

三年前、義母が七十四歳で亡くなった。最後の五年間は認知症となり、施設に入るまで駒子が介護をした。仕事は休みがちになったがなんとか続けた。

二年前に夫が単身赴任で福岡へ行き、去年一人息子の徹《とおる》も全寮制の高校に入り家を出ていった。

「さみしくなったわね」と近所の人は言うけれど、駒子にとってそれは四十四歳にしてようやく背中に羽が生えた瞬間だった。

旦那も子供も〝持っている〟のに自由を獲得してる今の自分は、とてつもなく幸せなんだよ、な、あたしよ。そう、あたしって幸せじゃん。うん、絶対に幸せなのよ。

一人でシリアルに豆乳をかけて食べている自分が鏡に映る。駒子は食事の時、まるで自分と対話しているように目の前に四角いスタンドミラーを置いているのだ。

「そうなの？」と問うように鏡の自分が苦笑いした。「そう思うのは自由でしょ？」鏡に話しかけるのは気持ち悪いけれど誰も見ていない。

姥捨《うばすて》山とか、リストラ部屋とか言われているAI推進部に異動が決まったのはちょうど義母が施設に入所した頃と重なる。ようやくもっと働けると思った矢先だった。

施設に入所した義母は次第に優しくなり声を荒らげることもなくなった。そして食事を取らなくなり、どんどん小さくなって彼女の人生を仕舞った。

駒子は急いで化粧をして指差し確認をすると、最後にレモンキャンディーの袋をバッグに詰めて家を出た。


「みなさんお手元に資料は配布されていますか？」

水田が今日も眉毛を下げて、そこにいる数人の人たちに声をかけた。見ているだけで寒そうだな頭……と駒子は思う。配布された手元にあるものを見ないで、彼の頭を凝視している自分に気づいて視線を下げた。

用紙を見つめながら山川が「今日もやっぱりケツ拭きか」と声をもらした。

水田の呼びかけへの返事などたいして労力もかからないけれど、水田だって肩をガックリ落としている人から元気な返事を期待してはいないだろう。そう思うと逆に返事をしたくなる。

あたしって変な性格だな、そう思いながら駒子は勢いよく「はい！」と声を出して反応した。

その時自分の声と重なって、後方で「はい！」という声がした。

自分以外に返事をする人がいることに驚いて振り向くと、新入りのおぼこい女子が手まで上げてリアクションしていた。まさかの笑顔まで見せているのは福田初芽だ。

この部署に配属になればたいていはどんどん暗くなって消えていくのに、この子、逆にやる気出てるんじゃない？

駒子は小声でその新入りに声をかけた。

「ねえ、これ『トビリスト』だよ」

「鳶職《とびしょく》の派遣ですか？」

「あっ、そっちじゃなくて……」

その時、水田が下がった眉を一層下げて言う。

「昨日、職場に何の連絡もなく行かなかった人は、全グループで五十六人です。今日の現場での穴埋めが早急に必要です」

「と、いうこと。ここでの『飛んだ』は、〝ばっくれた〟という意味よ」

「そうですか……」

「なくならないよね、パワハラ現場って」

「それが原因ですか?」

「それだけじゃないよ。精神的にダメで続かない人もいるし、人間関係がいやで逃げちゃう人もいる。気持ちがわかる時もあれば、わからない時もある。けど企業からの案件に穴をあけられないもんね」

「うわ、五十六人ってさ」山川が素っ頓狂な声を上げる。

今日もそんなにいるのか。ばっくれて逃げたって、結局は似たような仕事が待っているだけなのに……。そして、ほっぽり出した仕事は、誰かが穴埋めをしなければならない。

「いや、そのうち、うちの部で対応を指示されたのは十一件でして」

「それって人数足りないじゃん」駒子がため息混じりに言う。

AI推進部には現在十三名ほどが在籍しているのだが、退職を決めて有休消化をしている人が半分以上だ。フライパンにこびりついた焦げのようになんとかしがみついている人間で回すしかない。

パンダスタッフは中堅の派遣会社で、一般事務、エンジニア、販売員、介護、コールセンター、警備員、工場での軽作業、引っ越し作業など幅広い職種にスタッフを派遣している。コールセンターでは一日中クレームを聞きつづけることもあるし、夜中の交通誘導員は事故に遭う人だっている。引っ越しは重労働で一日二件以上の現場になると体力のない人にはフルマラソンよりもきつい。仕事があればなんだっていいと言う人もいるけれど、毎日、体を痛めたり、パワハラが日常的にある現場でメンタルをやられたりしながら働きたいと思う人なんているはずもない。

「無理無理」山川がいつものように一応駄々をこねた。

これは他のみんなの心をあえて代弁してくれているのだ。この男は無理と言いながら、一度だってばっくれたことがないのだから。年齢を考えると本当は「無理!」と言いたいのはあたしと水田さんなんだけど……。

駒子は腰が痛くなる現場だけは当たらないようにと祈りながら息を吐いて、水田を見つめる。

願いは叶《かな》わなかった。今日はよりにもよって……。手渡されたリストから自分の名前を見つけた駒子はため息を飲みこみながら言う。

「福田さん、今日あなたはあたしと一緒にジャングルドットコムの倉庫担当ね。よろしく」

「あ、よろしくお願いします」

「駅からバスで二十分のあの辺鄙《へんぴ》な倉庫。今日はけっこう肉体労働だよ」

「はい、がんばります」

顔を上げて笑ってみせる初芽を見て、若いっていいな、と声に出してしまっていた。

駒子が出かける準備をしていると山川が話しかけてきた。

「駒子さん、これいります？」

いかに過酷な現場かを表現するのにはもってこいの差し入れ、「湿布」を山川が申し訳なさそうな顔で差し出していた。

「え、あ、さんきゅ」

「すいません」

「なに言ってんのよ」

「いや、僕だけなんか優遇されてて」

山川は先日の騒動で声がかかり、週に数回はたこ八の専属スタッフとして派遣されている。

「山川くんは、たこ八でもうすぐ正社員になれるかもしれないんだから。この摑んだチャンスを離さない、それだけ」

湿布を受け取ると、早口でそう言ってさっと背を向けた。

人の幸せにもやもやしてしまう自分がいることに気がついた。もっと幸せそうな誰かと天秤にかけたら自分の心の重さが明確になってしまう。きっとあたしの笑顔、強張っていたよね？　気づかれてないよね？

いけない、今朝はどうにか幸せだと思えたのに、比較してしまったら不幸はあっという間にやってくる。

身支度をした初芽とともに一階に降りて出入り口へ向かうと、運悪く嫌なやつに遭遇してしまった。

「お二人は今日どこかな？　えっ、ジャングルドットコム？　ああ～、大変ですね」

総務の野田が、シアトル系コーヒーのおしゃれな紙カップを片手に、それとは真逆の邪悪な表情を顔一面にぬりたくってこちらを見ている。

「今日は福田さんが一緒ですから、助かります」

そっけなく言うと、野田は駒子の隣にいる初芽を見て、ふんと鼻で笑った。

「福田さん、この人手癖が悪いからね。気をつけたほうがいいよ」

野田は初芽に意地悪な笑みを投げかけると、駒子には一瞥もくれず、颯爽《さっそう》と総務部のフロアへと歩き出した。

浜松町《はままつちょう》からバスで二十分ほど走ると、灰色の四角い箱のような比較的新しいビルが見えてくる。壁面には象のシルエットを黒い折り紙で折ったようなロゴマークが描かれている。あたり一面は灰色のコンクリートの世界で、埋立地特有の無機質な匂いが漂っていた。

受付で入館証をもらい指示されたフロアに入ると、初芽は圧倒されたのか上を見上げてぽかんと口を開けている。

「広いでしょ。六階建てで、総面積は二十万平方メートルだって」

「へ？」

「東京ドーム四個分らしいよ」

「それだけの物がここに」

「そう、それだけの物がここから売れていく」

ちょっと近くに行けば買えるものでも、最近はみんなネットでクリックする。商店街のお店が潰れたのは大型スーパーができたからだ。でも大型スーパーの売上を今度はネットが奪っている。緑や海を侵食しながら巨大化するような消費の世界がある。

出入りするための青いカードキーを首からぶら下げて、指示された三階の作業現場に行くと、現場のリーダーと思しき、髪を一つにまとめた小太りの女性から説明を受けた。派遣会社からの助っ人とはいえ、穴埋め要員なので一般のバイトと変わらない扱いだ。性別、年齢もさまざまな人たちはほとんどが単発のバイトのせいか、誰も顔を見合わせたり挨拶したりすることもなく、手に端末を持って動き始める。

いろんな人がいるのに、ここにいる者たちは似ている。きっとほとんどの人にとってこの仕事に夢や目標などない。ひたすらに作業をこなす労働者たちだ。生きるためだけにやる仕事を前にした時のやるせない気配を駒子は感じる。

「ここの倉庫作業っていろいろとあるんだけど、主に言うと商品の入庫管理、棚入れ、ピッキング、梱包《こんぽう》とかね。派遣スタッフがよく配属になるのはこの中でもいちばん体力を使うピッキングなの。今日のあたしたちもそこね」

駒子は山川にもらった湿布が鞄に入っていることを思い出す。今日は使わないで済むだろうか。ゼロに近い期待を胸に秘めた。

コンクリートの上をひたすら歩く。端末に送られてくる商品をピックしてカートに入れるのを繰り返す。ピィーピィーと、近くにいた細身の男性の端末が鳴った。彼は端末を見てちっと舌打ちをした。この端末には「あと何秒で次の商品」とご丁寧なアナウンスが表示される。そして次の商品の場所までの距離によって「二十秒」「四十秒」とカウントダウンがスタートする。ペナルティはないけれど、焦燥感をかき立てられ続けるのは精神的にきつい。走っている人もいるがあのスピードでやってしまうと後半がもたない。

商品をピックすると、今度は駒子の端末が音を立てる。見ると「商品が間違っています」と赤いアラートが点滅していた。ため息さえつく暇もなかった。

「すごかったです」

食堂の椅子にどすっと座りこんだ後、初芽が言った。お昼休憩に入り、周囲では同じように一仕事を終えたスタッフたちが水分補給をしたり、机に突っ伏したりしている。

「もしかして走ったりしてないよね？」

「ちょっと小走りになりました。間に合わなかったし」

「足、痛くなるよ。言っておけばよかった」

彼女は拳でふくらはぎをトントンと叩きながら言った。

「間違えると端末がすごい音でピーピー鳴ってびっくりしました」

「あれさ、もっと優しい音ならいいと思わない？　ピヨピヨとか、小川の音とかさ。

『間違えましたよ、気をつけてね』って聞こえそうな音ね。なのにすごい意地悪な音で
ビービー鳴るじゃん？　人間の声にしたら『間違ってんじゃねーよ』って感じで、音にむかつくわ。中指立てたくなった」

「はい、それに端末に次の商品をピッキングするためにあと何秒って出るの、すごいプレッシャーになりますよね」

「本当にね。でも足痛くなるし、あえて無視してやってた」

「年配の方も多くいらっしゃいましたよね」

初芽はあたりを見渡しながら声を潜める。

「うん。六十代の人もいるんだよ。うちからも派遣しているし。この仕事、年中人を募集してるからいつでも来れるしね。他がダメだった人も」

「あと、時間内にピッキングできた順位が電子掲示板に出るのもびっくりでした」

「名前が載ると嬉しい人もいて、同じ時給でも走る人が出てくるわけで」

「煽られていたんですね」

「福田さんの名前順位に一度も出てなかったよ、走ったのに？」

「はい……ピックミスもあって」

初芽はしょんぼりとした様子で言った。

「でもさ、生きるためとはいえ、ここ過酷じゃん？　だからすぐ人がいなくなる。うちらの会社はずっと補充しないと。もちろんここは食堂もあるし清潔だし、人と会話したくない人にはうってつけの仕事だから、うちらも人を決めやすいところもあって。いや、だけどピッキングは肉体労働、体力勝負だから年配の人にはきついよね。ロボットみたいになった気分になるし……。営業としては三十人とか五十人とかで契約取るから手足ついてたらもう誰でもぶっこんでこいって感じでしょ？　あーあ……」

駒子はコーヒーをごくりと飲んでから続けた。

「頼んだ商品が翌日に届くってなんて便利なんだろうって思っていたけど、ここに来て知ったんだよね。あたしの荷物が今日届いてるのは、もしかしたら首も腰も痛めて走った人のおかげなのかもしれないって」

「ここ、時給いいんですか？」

「ううん、同じ。派遣会社は一人あたり契約で一日二千三百円くらいもらうけど、派遣されたスタッフがもらうのは平均で時給千百円か、よくて千三百円じゃない？　最低賃金よりは高いね」

「一日働いて八千円くらい……」

「今はそこに交通費がプラスされるようになったの」

「じゃあ、直接のバイトと変わらないんですね。直接のバイトは時給千五十円くらいって聞きました」

「こっちの企業さんも直接アルバイトを雇ったほうが安くなるけど、来なくなる人多いし、一回一回面接する手間のほうが実は人件費かかるし、コスパ悪いわけよ。外資の会社はそういうところにお金かけない。だからわれわれ派遣会社ってすごく役立ってるわけね」

自分に言い聞かすように言ってから駒子は周囲を見渡した。

休憩時間に誰かと談笑している人は少しだけだ。企業に直接雇われたアルバイトか、長く続ける契約の人たちが、一部顔見知りになって小さなグループになっていた。

しかしほとんどの人はみんな隣の人と席を一つ空けて、一人で食事をしている。スマホは持ちこめないのでどこか手持ち無沙汰で、海で遭難して無人島にたどり着いたような顔をしていた。

その光景を見ていると、おい、あの頃のあたしよ、バカだったよな？　と駒子は思わず舌打ちをしたくなった。

人と関わることが好きだったから、好きな仕事をしたくて駒子は自ら人材派遣会社に就職することを選んだ。

初めは営業部に配属され、人に仕事を紹介するのが楽しかった。

「正社員じゃ無理だった大企業に籍を置けて嬉しいです！」「居酒屋バイトより、ずっと時給もいいしありがたいです」とお礼を言われたし、企業側からも「普通の募集だとなかなか見つからないようないい人を派遣してくれて助かった」と感謝された。人の役に立てている自分が好きだったし、何よりも自分には人材派遣の仕事が天職に思えた。

しかし、好きを仕事にしている！　と自負できたのは最初の数ヶ月だけだった。

生花の仕分け作業現場に入れば時に怒鳴り声が聞こえてくる。

交通誘導は事故と隣り合わせだ。

正社員にパワハラされる現場はいまだにたくさんある。

あたしが人に斡旋《あっせん》している一部の仕事は「食べていくための手段」だった。すべての人が「好き」を見つけて仕事にするのは難しいからだ。あの当時は自分だけがバカみたいに「好き」に浮かれていたのだ。

まるで機械の一部のように扱われる、この過酷な現場が唯一の生きる手段になっている人たちは、「好き」を仕事にしている人たちには見えないところに住んでいる。

「世の中ってのは、不合理の塊なのよね」

「はい？」

「ここの本社にいる正社員は三十代でも年収二千万とかもらってる人もいるんだよ。エリートね」

「えええ、二千万！」

てしまう。

「まあ、優秀な人だろうけど、それだけもらえるのはこの末端の現場のおかげ」

そう言うと駒子はもう一度周囲を見渡す。

ラップで包まれたおにぎりをもさもさと食べるおじいさんの背中に視線が張りついてしまう。

あたしがこの現場に助っ人で来るのは三日間だけだ。

けれど彼らにはまだ続きがある。ばっくれない限りは契約期間中ずっと、このコンクリートの塊に通う日々が続くのだ。

生活に支障が出るから、どんなに腰が痛くてもばっくれることさえできない人も中にはいるに違いない。

朝起きた瞬間、本当は自分がばっくれたいと思う。反対方向の電車に乗って山でも海でもなんでもいいから、あの場所以外のどこかに向かいたい。

駒子はそれでも歩く。ちゃんと浜松町の駅で降りて、バスに乗ってあの場所に向かう。

そうだ、これでもあたしは幸せなんだ。自分に言い聞かせるのはかすかすの干からびた声だ。

昨日出たばかりの灰色の巨大な倉庫にたどり着いた時、入口のドアのガラスに反射した自分の顔が漂流者のようでぎょっとする。

慌てて明るい顔を作る。それと同時に、昨日かなり疲れて帰った様子だった初芽がきちんと今日も来ていて、駒子は内心ほっとした。

「おはようございます」

「おはよう初芽ちゃん」

「あ、はい！」

初芽は目を大きく開き、勢いよく返事した。駒子が目を瞬かせると、

「すみません、なんか、ちゃん付けで呼ばれるのが初めてかもしれんくて」

この子は照れると訛るようだ。面白いな。

「まあ、駒子でいいよ」

「あの、駒子さん」

「何？　あと十分だよ、水飲んでね」

「はい、わたしの知り合いに魚屋さんがいるんですが」

「魚屋？」

商店街の魚屋の、エプロンをつけたおじさんを駒子は想像した。

「昨日立ち寄った時に、ここの現場が過酷だってことを愚痴ったんです。そうしたら、そっかあって、ＬＥＤ電球をこう手に持って」

初芽が片手を上げてみせた。

「『ジャングルドットコムのヘビーユーザーの僕としては、便利さの陰にそうやって日々がんばってくれている人がいるって、想像もしてなかった。これさ、表に出て、商店街を三百歩くらい歩けばあの金物屋さんに売ってるんだよ。でも三百歩を僕は歩かなかったんだ。そっかあ』って。便利さの陰に人がいること、考えていなかったって」

初芽はめずらしいものを発見した子供のように言う。

「みんな、本当のことは見えないんだよ」

時計を見た。そろそろコンクリートを歩き回る時間だ。時間の終わりまでやればいいのだと自分に言い聞かせるけれど、すぐに「今日は最後まで持つのだろうか？」という思考に脳を占領されてしまう。

「まあ、今日も機械にこき使われましょ」と駒子は不安をかき消すように首を振って言った。

二日目の作業は、昨日の疲れが累積して余計に辛かった。足に、腰に、腕に、どんどんとおもりがぶらさがっていくようだ。目がかすみそうになった頃、ようやく休憩時間となった。

休憩室では、駒子も初芽もほとんど無言だった。買ってきた二つ目のおにぎりをもさもさと頬張っていたところに、ふいに一人の男性が声をかけてきた。

「パンダスタッフから派遣されている市川《いちかわ》といいますが、三浦さんですよね？」

駒子は中肉中背の彼の、目が少し垂れた愛嬌《あいきよう》のある顔を見つめる。

ええと、どこかで見たような顔だけど誰だったか……。

「ああ、市川くん！」

思い出した。以前担当した派遣スタッフの男性だった。

「お久しぶりです」

「お芝居どお？」

「今度来てくださいよ、下北《しもきた》でやるんで。といっても本多《ほんだ》劇場じゃなくてもっと小さいとこですけど」

「行くけど……セリフあるの？」

「けっこうあるんです、今回は」

「よかったー！　あれ、そういえば市川くん、いくつになった？」

「三十二です」

「大器晩成だね」

二人を交互に眺める初芽に気づき、「彼ね、前に担当してて」と紹介すると市川が明るい笑顔で会釈した。

「たしか二十六歳くらいの時だったね」

「そうでしたね」

「ここに入、派遣先でレジのお金をちょろまかしてさ」

駒子が冗談っぽく言うと、市川も頭を掻きながら「あれね」と笑った。

「それで派遣切られて、それからずっと会ってなくて……戻ったんだね」

「ちょ、ちょろまかす？」

会話を聞いていた初芽は目を丸くする。真面目そうな彼女が急に神妙な顔つきになって黙ったので、駒子は慌てて補足した。

「いや、それにはいろんな理由があったから、彼は悪くないの」

「あはは、駒子さん、その説明だけじゃこの人引いてますよ」

市川が続きを話そうとした時、ちょうど向こうから彼を呼ぶスタッフの声がした。

「あ、俺休憩もう終わりなんで行きますね」

立ち去ろうとした市川のポケットに目が留まり、駒子は「あっ」と声を上げた。

こいつ、性懲りもない。

どんだけ勇気あるんだよ、と駒子は呆れて、彼を追いかけていって背中を叩いた。市川と話した後、再び休憩室に戻ると、初芽は不可解そうに首を傾げてこちらを見ていた。

十七時になり、ようやく今日が終わった。足がぱんぱんだ。

ロッカールームで着替えると、仕事の終わった解放感に浸る駒子と対照的に、初芽が憂鬱そうな面持ちでため息をついている。

「会社説明会の準備を手伝うために、この後一度会社に寄るよう言われていて……」

「えっ、今から？」

初芽はこくりと頷く。こんなにくたくたになった後で呼び出しを受けるなんて、たまったものじゃない。

何か励ましの言葉をかけるべきだろうかと迷って、上着を脱ごうとした時、服の間からボトンと何かが落ちた。青いカバーをしたスマートフォンだ。

「これ、駒子さんの……？」

初芽が拾いながら訊いてくる。

「ううん、あたしのはこっち」

ロッカーの中を指さした。

「えっ、これどうしたんですか？　この現場にスマホは持ちこみ禁止のはずじゃ……」

「ふふふ、ちょっとね」

駒子は小声で笑って誤魔化した。今はまだ説明できない、誰が聞いているかわからないのだから。

答えをはぐらかしたせいか、初芽は「はい」と言いつつも、何か納得いかないといった表情だった。

これは世にいる真面目な人がやる表情だ。真面目というのは裏を返せば融通が利かない。疑問がいっぱい混じっている顔の「はい」はもちろんイエスではない。

駒子は、こうやって思ったことが表情に出てしまう人はむしろ素直でわかりやすくて好きだった。嫌悪感を隠して明るく振る舞う人のほうが怖い。

けれど、こんなたったの二文字だけでも思っていることがバレてしまう人というのは、よほどの飛び抜けた才能がない場合は――この社会で生きるのはけっこう大変だ。素直な人が伸びるのは本当だけど、それは素直になんでも信じるという、会社にとって都合がいい意味で使われる。「これはおかしいんじゃないか?」と自分の感覚に素直になると、それは会社からすれば頑固という扱いになるのだから。駒子は初芽の生きづらさを想像してしまう。その正義感や真面目さは諸刃の剣だと駒子は思う。

人生のドミノを倒すのは簡単だ。ほんの少しの力を最初の一枚に加えるだけであとは、どんどん倒れてくれる。

たった一度の過ちでなし崩しに倒れる人もいれば、たった一度のミスで、仕事ができない人というレッテルをずっと貼られることもある。

でも、その最初のドミノの一枚が違う方向に倒れたら、そこには全然違う人生があったかもしれない。

そのことを駒子は、身をもって知っている。

今朝の鏡に映った自分は、昨日よりもさらにおばさんっぽいと思う。

もちろんジャングルドットコムの現場に入って二日分歳をとったのだから、それは当然なのかもしれない。けど、たった二日の肉体的なダメージが、あちこちにその痕跡を残している。

こんなこと二十代なら思わなかったのに。目の下にくまをつくって唇がかさかさして、重力に抗えない顔をした鏡の向こうの自分はちっとも幸せそうに見えなかった。慌てて鏡の前の自分が笑顔を作る。

笑うと口角が上がって、少しは若く見えた。

でも、そうすると今度は目尻に皺ができてしまう。最初は小さな皺でも何度も折り畳まれていくうちに、笑っていない時でもうっすらと溝ができてしまう。あちらを立てればこちらが……と駒子は思った。誰も見ていないのだから、今はむすっとしていてもいいか。

食欲がないのでバナナだけで朝食を済ませてから、駒子は一昨日山川にもらった湿布を鞄から出した。トレーナーを捲って最終日まで我慢したそれを腰に貼る。

「ああっ」湿布の隅っこ四分の一くらいが折れ曲がってくっついてしまった。思わず舌打ちをする。

以前、テレビで独身の女性タレントが言っていた。

「一人でいることって気楽で特に困ることないんです。脚立があれば高いところの電球だって換えられます。けどね、背中に湿布を貼るのだけは無理。そういう時に誰かいたらいいなって思うんです」

そうだろうか、と駒子は独り思う。

頼んでも夫は貼ってくれないだろう。いや、あたしはあの人に頼めないのだ。

「お願い」と言った時の怪訝そうな表情を想像してしまうと何も言えない。

子育ての時も、義母の介護の時も、あの人は何度もあの顔をした。

ああ、という二文字の返事は「なんで俺が？」という声だった。

誰かがいたからといって解決することじゃない。嫌な顔をしない人がいてくれないとダメなのだ。

あたしは幸せ……そう言おうとしてこめかみを人差し指でぎゅっと押さえた。ここを押さえたら涙が止まりそうな気がする。

駒子は鞄をまさぐり、袋から取り出したレモンキャンディーを一つ口に入れた。

どんなに泣きたくたって、今日もあたしは現場に向かう。


昨日は退勤後に会社に戻ったからか、今朝の初芽はさらに疲れているように見えた。

仕事も三日目の最終日だから当然なのだけど、単なる疲労とは違う。今日の彼女にはどこかよそよそしい違和感があった。それはやる気がない時の表情と似ていたけれど、彼女のように正義感の強い人のこんな顔には必ず意味がある。だから駒子は無視することができない。

相手の中にある〝言葉にできないもの〟を察してしまったら訊かずにおれないのだ。

「どうかした？」

駒子は顔を覗きこんで訊く。

「だ、大丈夫です」彼女はあきらかな作り笑顔を向けた。

「生理中とかだったら言ってね。きついんなら休んでいいからさ」

「はい……」

話をしてくれるには時間がかかりそうだと思い、代わりに駒子は明るい声を出した。

「まあ、いいか、じゃラストがんばろ。あと十五分か。体操でもする?」

「あの」

「え、何?」

駒子はできるだけ優しく聞き返した。

「わたし、心にひっかかることがあると顔に出てしまうから、直接相手に訊いた方がいいって前に魚屋さんに言われたんです」

「また魚屋か!」

初芽は言いにくそうに駒子を見た。

「駒子さん、わたし、噂を聞きました」

「なんの?」

「駒子さんがAI推進部に来た理由です」

初芽は下を向いて、唇をきゅっと噛んでいる。

目の前で顔を真っ赤にしているこの子は、今どんな勇気をもってあたしに向き合っているのだろう。

人から嫌われることを恐れてはいけないとよく言うし、自分も「どうってことない」という顔で生きているけれど、本当はこんなにも怖い。誰かに弱いところを見せることも、誰かと正直に向き合うことも。

「いいよ、それって……あたしが、盗みの常習犯とかって話でしょ？」

初芽は泣きそうな顔になって頷く。

駒子は大きくため息をついた。

自分のことがいろいろと陰で言われているのは知っているけれど、どうでもよかった。自分は十分に幸せなのだから。

だけどこうやって真っ正面から言われると、わかって欲しいという気持ちが自分の中に潜んでいたのがわかる。自分のことは自分でわかればいい。誰かにわかってもらおうなんて期待しちゃいけないのに。

そう思いながらなぜかこの子には……ああ、もう。

「仕事が終わってから話すよ。もう始まるよ」駒子はそう言って立ち上がった。

あたしがあの部署に異動になったのは、窃盗をしたからだと言われている。

どうせ、野田あたりが言いふらしているんだろう。駒子はコンクリートの床を歩きながら苦笑いした。

市川には申し訳ないことをした。

役者の勉強をしながら生計を立てるために自由の利く派遣先を斡旋したのは駒子だった。その荒川区《あらかわ》のスーパーは繁忙期だけ派遣スタッフを募集した。駒子にとっても、パンダスタッフにとっても新しい案件だった。

しかし、その派遣先のオーナーがひどかった。キャンペーン期間中に出す「秋の特産物セット五千円」をノルマとしてスタッフに購入させていた。仕事がないと困る人たちの足元を見て自爆営業をさせる企業は見えないところにまだたくさんある。泣き寝入りをするのはいつだって弱者だ。

市川はレジのお金を盗んだわけではない。レジが合わないと帰れないので、足りない分を自分の財布からこっそり足しただけだった。その姿を誤解されて一悶着《ひともんちゃく》あり、特産物セットを断固として買わなかった市川に難癖をつけたオーナーが一方的に派遣契約を切ったのだ。

市川はそれからも時々理不尽と戦っている。いつかそういう芝居を書くのだと、それが芸術のリベンジだと駒子に言った。

休憩時間になっても初芽との会話はどこかギクシャクして、結局一度もランキングに入れないまま三日間の派遣業務は終わった。

ロッカーに向かっていると「駒子さん！」と声がした。振り向かなくても市川の声だとわかった。

「あたし今日までなのよ」

振り向くと黒いアンダーシャツの上に黒半袖シャツ、黒いタイツの上に同じく黒い半パンを穿いている市川が、額に汗を光らせて立っていた。

「なんだかジムのインストラクターみたいね」

「いやもうこんなに走ったり動いたりするんだからこれはスポーツだと思うことにしたんです。そうしたらお金もらいながら鍛えている気がして一石二鳥って」

顔を上気させた市川はスポットライトを浴びたように光って見えた。過酷な現場だと思っていたけど、こうやって楽しめる人もいるんだと知ってなんだかほっとした。

そうだよな、好きじゃない仕事でも好きになる努力は必要なんだ。

文句だらけだった自分が恥ずかしくなって言葉が見つからずに笑顔だけで返す。

初芽は黙って会話に入ろうとせず、近くにいるのに心は遠くに置いた気配を漂わせてこちらを見ていた。

「あの」

市川は歯を見せて笑ってから改めて背筋を伸ばした。

「昨日は本当にありがとうございました」

彼が勢いよく頭を下げたので、いいから、と慌てて駒子は顔を上げさせる。

「もう、ここは危険だって知っているでしょ？」

駒子は声を潜めた。

「はい……。でも、この現場を写真に」

「バカ！　見つかったら没収されて写真すべてチェック、おまけに契約切られる」

「だから昨日、駒子さんが俺のポケットから抜き出して、そのあと身体検査があって、命の恩人だって思いました」

「うん、やばいって思ったんだ。いったんここに隠したから」

駒子が胸元を指さして笑った。

「助かりました」

「あのさ、市川くんにはさ、夢があるじゃん。そのためにやってんだからバカなことせずがんばってよ」

市川はきょとんとした目をして、それから照れくさそうに頭を掻いた。

「なかなか役者として食えないんですけど」

「夢の途中よ。叶うかどうかはわからないけど、あなた素敵だもの。やりたいことがあって、それをやっていること自体がどんだけすごいことかわかる」

駒子がそう言うと、市川は顔を真っ赤にした。

「今度、下北の……」

「買う」

「お礼に招待します」

「もう、自爆営業で懲りてるでしょ？」

「いやあ……」

市川と目を合わせてクスクスと笑いあった。市川は何度も何度も頭を下げて、その場を立ち去った。その後ろ姿をじっと見つめていた初芽が訊いてきた。

「彼のスマホ、隠してあげてたんですか？」

駒子は周囲を窺いながら小さく頷く。

「すみません。あの、わたしてっきり……ごめんなさい」

「ううん、人って第一情報で判断するからね。一度レッテル貼られたら、ずっとこいつは悪いやつだ、信用できないって。だから……」

初芽は何か話したそうに、もじもじしている。

「お茶して帰る？　あたしも聞いて欲しいことがあるの」

素直に出てくる言葉に自分でも驚いた。

「はい！」と初芽は朝とは違う笑顔で返事をする。

「と、その前に」

駒子は鞄からレモンキャンディーの袋を取り出した。

「疲れたのかな、口内炎できちゃった。これビタミンC入ってるから、明日からここにくるスタッフへのわずかなサポート」

駒子は休憩室に「ご自由にどうぞ」と書いたメモとともにレモンキャンディーをどさっと置いた。

「ねえ、ちょっと舐《な》めてみてよ」

駒子は初芽にキャンディーを一つ渡す。彼女は口に放りこんでから「すっぱ」と目を閉じた。

「そう、外側はすっぱいんだ。でも中には甘い蜜が詰まってるから、舐めてるとだんだん甘くなるじゃん？　あなたの人生、ずっとすっぱいままじゃないよって、ちょっと我慢したら味が変わるからって言われているみたいでさ。あたしこれ……好きなんだよね」

浜松町駅から電車に乗り、品川駅《しながわ》で降りて初芽と二人でカフェに入った。カウンターで一緒に注文をする時、なんでもいいからと初芽を促すと、彼女は小さな声で「カフェオレを」と頼んだ。

「本当はコーヒーが飲めないんですけど、最近、薄いのは飲めるようになって、カフェオレも好きになって」

言い訳するように彼女は付け加えた。駒子は席に座るとふーっと息をつき大きく伸びをする。

「ああ、やっと脱出したね。清潔だし食堂もあるし、交通誘導と比べたら悪い現場じゃないと思うけど。なんかさ、あのコンクリートの中にいると自分が人間じゃない気がしてきてさ」

駒子は凝り固まった首を左右に倒しながら言った。

た。

「そうですね、あの……その」

そのまま初芽はカフェオレの白いカップの中に目を落として、会話が止まってしまった。

隣の席に座っていた女性の前に男性が挨拶をして座った。「初めまして」の声からマッチングアプリだなと思った。

沈黙のドアを開けてくれたのは初芽だった。彼女は小さな口を一度一直線にきゅっと結んでから、ぱっと音が出るように口を開けて言葉を発した。

「別に、知りたがりなわけじゃないんです。ただ、駒子さんのことは知りたいんです。心に……ざわざわがあるんです」

「ざわざわ？」

「ざわざわしたんです。その噂を聞いて」

「へえ」

駒子は、およそ会話に似つかわしくない声をたてた。ついなんでもない風を装ってしまったのだ。その声とは反対に鼓動は早まっていた。慌ててカップに視線を落とす。なんと言っていいかわからない。

「でも、今、目の前にいる人を見たいと思って。過去に何があっても、今その人が自分の目の前でどうあるかをわたしは信じたいです。だから……」

意を決したように初芽は口元を引き結び、それからまっすぐこちらを見据えて発した。

「駒子さん、本当のことを教えてください」

初芽の投げつけてきたその言葉はやや強く、どすんと心の真ん中に圧力をかけてきた。それは決して居心地の悪いものではなかった。

駒子はあまりにもまっすぐなその言葉に一瞬たじろいで、それからようやく「なるほど」と言った。

なるほど……今まで誰一人としてこんな風にまっすぐに訊いてくれる人がいなかったんだ。

まるで腫れ物に触るように婉曲に、大雨の後の川のようにどろどろに言葉を濁して、そのことに誰も触れようとしなかったんだ。そしてあたしは自分から言い出せなくなって投げやりになった。彼女を、あの派遣のスタッフを守りたかったというのは事実だけど。

あたしは、ただ拗《す》ねて、自分を汚したのかもしれない。

駒子は冗談っぽくかわすような言い方を封印した。それが、ど真ん中に投げてくれた勇気に対する礼儀というものだ。

「……あのね、あたし子供の時どうしても欲しい消しゴムがあって」

「消しゴム？」

「うん、ピンクと水色のキキラの。うち貧乏でさ、ちっちゃくなった消しゴムのかけらを集めて使っていたくらいで……。文房具屋さんでそっと握ったら、それとってもいい匂いがしてさ。どうしてもどうしても握った手からくっついて離せなくなって、そのままお店を出た。そしたらその文房具屋のおばちゃんがさ『待って！』って追いかけてきて」

もうおしまいだと思った。あの時の急激に心臓が冷えていく感覚は今でも思い出せる。

「でもね、その時おばちゃんこう言ったんだ。『それ、おばちゃんからのプレゼントだから、堂々と持って帰っていい。あんたにあげるから』って。『今度からはレジに持ってきなさい』って」

あの時怒られて「万引きした子」になっていたら、きっと今度はシャーペン、今度はノート、今度はシールと、どんどん万引きを繰り返したかもしれない。人の持っているものが欲しくて欲しくて、自分が惨めだったから。でも盗み続けたらもっと惨めな結果になっていた。万引きする子としてレッテルを貼られて、自分自身でも貼って生きたはずだ。

「だから、あたしは盗みだけはしない。未成年でタバコ吸ったり、バイク乗ったりしたけどさ、それだけはしないって決めてるんだ」

「そう……だったんですね」

「会社で誰かに言われたの？」

「昨日、会社に戻った時に野田部長が言いに来たんです」

初芽は、答えにくそうにしながら、ようやく口を開いた。

「むかし派遣先のロッカーで、窃盗があったって。化粧ポーチがなくなって、盗まれた人が大事なプレゼントだったのにって言って大騒ぎになって、それで、その時の防犯カメラにアシストで現場に入っていた駒子さんが映ってたって」

「そっか」

「でも、違うんですね」

初芽はまっすぐ駒子を見て「よかった」と言った。そこには「信じていて」という言葉が最初にくっついているように聞こえた。

隣の男性はさっきからずっと自分の話をしており、女性はただそれを聞いている。ぜんぜん楽しそうじゃない。相手にまったく質問ができないからお前彼女いないんだよと駒子は横目でちらりと見て思う。

窃盗事件が起こって防犯カメラを駒子が確認した時、そこに映っていたのは駒子が担当したシングルマザーのスタッフだった。

彼女が自分の鞄にポーチを入れる映像が、ばっちりと映っていた。これはやばい……。そう思った瞬間、駒子は映像をとっさに消してしまっていた。消してから「あっ」と思った。これはいけない、自分が絶対にダメなことをしてしまったとわかっていた。シンプルな機械で、もちろん復元できない。

「あたしは正社員だけど、派遣スタッフは切られたら終わるでしょ。もうずっと仕事なんかもらえなくなる。そう思ったら消してたんだよね……」

ようやく決まった仕事がなくなると生活ができなくなる、と泣きついた彼女の姿を思い出しながら、駒子は初芽の後ろの壁にかかった幾何学模様のポスターを見つめていた。

そして、あったことをそのまま話した。

「それで、なんで消したかって訊かれて、言えなくて……黙ってたら、あたしがいつのまにか疑われるようになって」

駒子はその映像をなぜ消したのか、当時の上長だった石黒に問い詰められた時、どうしても答えることができず、「だったら君が犯人ということで」と決め付けられた。駒子はそれを呑んだ。

「そうだったんですね」

「うん、そうじゃないって言えばいいのに、意地張ってね」

あの時、ちょうど認知症の義母から毎日のように「あんたがお金とったんでしょう？この泥棒が！」と罵られていた。旦那は「母さんもかわいそうだから」と何もしないで、母親をかばった。

誰かに助けて欲しかった。

だから。

「あたしさ、あの文房具屋のおばちゃんになりたかったんだ。あたしにとっての最高のヒーローだから」

駒子はやっと、目の前にいる初芽と目線を合わせることができた。

「今ではわかるの。あたしはただ、かっこよくなりたかっただけだったって。自分がいいことしたって人に言うとかっこわるいと思ってたの。バカみたい」

初芽が首を横に小さく振った。

「ねえ、盗みは確かにいけないことだよね。だけど、想像もできないストレス、先の見えない未来、抱える問題、そして、本当にパン一つが買えない人たちがいるってことを理解してからの話じゃないの？　お腹空いたら盗んじゃうよね。そしたら社会はなんて言う？　働かざる者食うべからずって言うじゃない。あれ、あたしはどうかと思っているの。今日だってあんなコンクリートの上を一日中歩き回って、年配のおじいちゃんもいたけど、足腰やられたら働けなくなるかもしれないんだから！」

駒子はぶちまけた。ここでそんなことを言ってもなんの解決にもならないとわかっているのだけど。

「それをやるしかない人たちに対して『能力がないから仕方ない』って言える？　『がんばってこなかったから仕方ない』って言える？」

初芽はさっきよりも強く首を横に振る。駒子は初芽が答える前に自分で返事をする。

「言えねーよって！」

その声にちょっとだけ涙が混じって、駒子は冷えてしまった手元のコーヒーを一口飲んだ。

「三浦さん、お疲れ様でした」

ジャングルドットコムから帰還した翌日、ＡＩ推進部に出社すると水田がねぎらってくれた。

本当は看板持ちの仕事が割り振られていたのだが、腰を痛めていた駒子には水田が社内の楽な雑用仕事を譲ってくれた。

「あ、福田さん今日は総務の野田さんからの指示があって……」

水田のようない人は、言いにくいことを申し訳なさそうな顔をして言う。これから発する言葉でがっかりさせるだろう相手に共感してしまうからだ。

初芽は案の定、心配そうな顔を水田に向けた。

「あの、資材室の掃除を一人でやっておくようにと」

「資材室？」

「うん、まあその……掃除道具とかしまう場所にゴミがあるんです。そのゴミを片付けて掃除をする。床をピカピカに拭いておくようにと」

駒子も以前地下にある薄暗い部屋で掃除を一日かけてやったことがあった。

灰色のドアを開けると、そこは埃っぽく窓のないただの物置だった。モップやら掃除機が置かれており、その空いたスペースにキャンペーンで使用し余った飲料や、薄汚れたファイルが焚《た》き火をする時の枝のような形になって積まれていた。放置し続けた空き家のようなすえた臭いがした。

ただ捨てればいいのではない。古いファイルや資料などを分別して処分するのだが、燃えないプラスチックゴミと燃える紙ゴミを分けたり、ホッチキスをいちいち外したり、飲料の中身をバケツに入れて空にしたりと作業は多い。もちろんお金を出せば業者にやってもらえることなのだけれど。冬は床がアイスリンクのように冷たく、夏はサウナのようになる。まるで独居房のようなこの場所で孤独な作業をすることを楽しめる人はそういない。

「それなら、あたしがやりますよ。姑《しゅうとめ》の遺品整理もやったから慣れてるし」

駒子はとっさに言う。そして、またおせっかいな人をやろうとしている自分に苦笑いした。

「いえ、福田さんが指名されているんです」

初芽がかすかに眉間に皺を寄せる。おおかた、野田のいやがらせなのだろう。

駒子は割り振られたいくつかの梱包作業を急いで終えると、すぐに資材室へと向かった。

地下一階でエレベーターを降りて殺風景な通路を歩く。そして駒子は資材室のドアの前でふと足を止めた。なんとなく見た自分の靴の先っぽの革がはがれて白くなっていた。

「駒子さん？」

顔を上げると、初芽が不思議そうな顔でこちらを見ていた。資材室からバケツを持って出てきた初芽と鉢合わせしたのだ。

「こっちの仕事大変かなと思って、手伝いに」

「ありがとうございます」

見ると初芽は青ざめた顔をしている。暖房もストーブもない、日の光も入らないこの部屋は想像通り冷蔵庫のようにしんと冷えていた。

「めっちゃ汚れてるよ」

初芽の着ている紺色のジャケットが薄汚れてしまっている。駒子はそれを払いながら「あれ」と声に出した。ジャケットの右肩に三センチくらいの裂け目があった。痛そうなその傷は出血するかわりに紺色の糸をひょろひょろと立ち上がらせていた。

「ああ……さっき棚でひっかけちゃって」

「ダメじゃない、作業の時は着替えないと」

「着替え……持ってきてなかったし、寒くてジャケット脱げなくて」

初芽はそう言うと三つあるボタンの二個目をぎゅっと握った。

同じ人でも、昨日と同じ感情が心にあるわけじゃない。

変わって、変わって、また変わる。

遠い国で戦争が勃発したり、推しのアイドルが結婚したり、生理痛がいつもよりきつかったり、何かがあって虚《むな》しいとか、あるいは何もないから虚しいとか。

この世界が動いているから、その動きが摩擦を起こす。何度切り替えても、また新しくキリキリとした痛みがやってくる。

そして昨日はなかった彼女のジャケットの傷を、駒子は見つけた。

「しんどかったの？」

「いえ、頭も使わないし作業は楽なんです。だけど孤独ってなんか、圧倒的に襲ってきますよね」

「だから会いに来たんだよ、駒子参上〜」

初芽は一瞬きょとんとしてから、くすっと笑った。

だけど、と駒子は思う。

あたしたちは昨日よりも一日歳をとって、わずかだけど、頑丈になっていく。今日、とてつもなく素晴らしいことが起こって、昨日とはまったく違う顔つきになる人だっている。昨日と同じじゃないからこそ、あたしたちは今日もしぶとく生きていけるのだ。

「休憩できる？」

初芽はジャケットの埃を払いながら、こくりと頷いた。

「じゃ、行こ」

はい、という彼女の顔にちょっとだけ笑顔が戻って駒子はほっとした。

スキルアップしない仕事を延々とやらせることは「過小な要求」というパワハラ認定になることくらい駒子は知っている。しかし会社を訴えて認定されても慰謝料をもらうまで時間がかかるし、どっちみちいづらくなる。その上、パンダスタッフの就業規則には問題のあった社員を部署異動させることや、簡易な仕事を与えることも明記されているから、裁判では圧倒的に会社が強い。だから受け入れてやるしかないと駒子はそのあたりのことを飲みこんだ。

五階の自販機の前に作られた小さな休憩スペースで、木目のテーブルに座る。前に使った人が残していったこげ茶色の丸い跡が駒子は気になって、そばにあったティッシュを数枚抜き取って拭いた。

白い紙コップに入ったカフェオレを両手で包みながら初芽が駒子を見上げた。

「駒子さん、前にわたしたちの部署をゴミ置き場って言っていたじゃないですか」

「うん」

「わたし、あれ違うなって思いました」

「どういうこと？」

「だって、人がいます」

「人？」

首を傾げた駒子のほうを見て、初芽は小さく笑う。

「駒子さんも山川さんもいい人ですし……今日みたいに最初から一人だったらもっと早く壊れていた気がして」

「まあ……ね」

「けど、だから……おかしいなって」

「何が?」

「AI推進部には、いい人たちがいて、決して一人ではなくて、むしろ環境は……」

初芽は考えるように言い淀んだ。発しようとしたその次の言葉を遮るようにして、後ろから呼びかける声がした。

「福田さん、資材室片付きましたか?」

ねっとりした声、振り返らずとも誰かわかる。

「まだ終わってないですが」

初芽が答える。しぶしぶ振り返った駒子の目線の先には、想像通りの顔があった。

「野田部長、お疲れ様です」笑顔を貼りつけて、その嫌味な顔をした男に向けた。

しかし駒子は野田よりも、その後ろに立っている人物に視線を奪われた。浅黒く日焼けした石黒がしゅっという音が聞こえそうな佇《たたず》まいで立っていたのだ。

石黒には華がある。どこにいても影になれない存在だ。それなのに、どこか本人には暗い影があるように感じる。

「お疲れ様です」駒子はさっきよりも大袈裟に頭を下げた。隣に座っていた初芽も同じようにする。

石黒は駒子と初芽を一瞥するとわずかに首を振って、自販機に向かう。

「君たちは優雅でいいねえ。頭を使わない簡単な仕事ばかりで」

野田は近づいてきて、にやついた目で初芽と駒子を交互に見る。

「ここでスキルアップしない仕事をずっとやって無駄に時間を過ごしていたら、人生を棒にふってしまうんだよ。だったら早く転職してスキルを磨いたほうが君たちのためなんだよ。わかる？　僕は君たちのために言っているの」

「お前はクビだ」とは決して言わない。それを長期間言うと労働基準法において違法になることもある。

だから会社は退職勧奨をしかけてくる。あくまでも本人の同意があったことにするのだ。野田はぎりぎりの嫌味を混ぜながらそれを行っている。

ガタンと音がした。そして風がぶわっと横切った。それは初芽が勢いよく立ち上がった時に青いパイプ椅子が倒れた音であり、その勢いのまま駒子の横を通り過ぎたのだと数秒してから認識した。

「初芽ちゃん……」と駒子はその背中に声をかけた。

「ざわざわしますから」初芽は一瞬駒子を振り返って言った。

その顔はあきらかに昨日とは違った。

初芽は野田を通り越して、石黒の前に立つ。

石黒が初芽を見下ろすと、彼女は少し怯《ひる》んで一歩だけ後退した。それから息を大きく吸って言う。

「石黒部長、三浦さんの件なんですが」

「三浦さん？」

「三浦さんは盗みなんかしていないって、本当は……知っていますよね」

「それはもう終わった話だ」

「違います、終わっていないです。だって、駒子さんはやってないんですから」

駒子はまるでテレビでも見ているようにその光景をぽかんと眺めていた。

「どうでもいい」

石黒はうんざりしたように首を横に振る。

「信じてもらえないことは傷として残ります」

「それは彼女の問題だ」

「だって、だって駒子さんは、ヒッ、ヒッ、ヒッ……」

急に初芽は言葉を詰まらせてしまった。そしてその「ヒッ」という言葉はそのまま「ヒック、ヒック」という泣き声に変化した。

ぽたぽたと涙を落として泣き始める彼女を、石黒は面倒くさそうに見下ろして、ため息をついた。その隣で野田が「何を君は」とか「失礼じゃないか」とか、誰にも相手にされない言葉を喚《わめ》くのが見える。

駒子は初芽からバトンをもらった気がした。震える足をけしかけて、立ち上がる。

ここまで走ってくれたのだから、ちゃんと受け取って完走しないと一生後悔するわ。

「そうです。あたしはしていません」

「今さら?」石黒は呆れたような口調だった。

「あの時、どうして、お前じゃないだろうって言ってくださらなかったんですか?」

ああ、自分が言っていることの惨めさがありありとわかった。

あたしはかっこつけて弱いものの味方になりたがり、その反面「君がするはずない」とその嘘を見破ってもらいたかったのだろうか。

今になってわかる。そうなんだ、あたしはこの人から「信じている」って言って欲しかったんだ。

立ち尽くす駒子に、石黒は顔色を変えずに平たい声で言う。

「それは三浦さん、君本人が望んだことだろう? たかが一人の派遣スタッフを守るために、君は防犯カメラに映った映像を消した。役に立たない人間をかばって君はそれで誰かのためになったと思っているのか?」

「……」

「それでどうなった? 君がかばったその女は結局辞めている、君は異動になった。どうだ? 君がしたことは何か有益な結果となったか? 誰かの得になったか? 全部マイナスだ。捨てるべきゴミを君は捨てなかった。だから君の人生が腐ったんだ」

なんだ。

この人、あたしがやっていないとわかっていたんだ。

もうこれでいい、十分だ。

「そうですね。バカなことをしました」

駒子のその言葉を聞き終える前に、石黒は背中を向けていた。立ち去ろうとするその背中に小蠅のように野田がまとわりついていく。

その後ろを追って、初芽の小さな背中が走っていく。力を失ったように、駒子はぼんやりとその光景を眺めていた。初芽の「待ってください！」という声が響き渡った時、夢から覚めたようにやっと駒子は自分の足を動かすことができた。

駒子は初芽を連れてＡＩ推進部のある十一階に戻ると、外の非常階段の踊り場へと駆けこんだ。

久しぶりに走ったせいか、心臓がどくどくと鳴っている。初芽もまた顔を紅潮させて呼吸が荒かった。駒子は息を吐きながら目をつぶる。

誰かに信じてもらう。

誰かに頼ってもらう。

誰か、誰か、の誰かって誰なのよ。

そんなことよりも自分を好きでいてくれる人を信じて、自分で自分をちょっとでも好きになろうとすればいいじゃないか。

簡単なことではないけれど、駒子はそうしようと今、決めた。

そう決めた自分のことは好きになれそうだった。

「すごいな、あんた」

「えっ？」

　目の前に連なるビル群を眺めていた初芽は目を見開く。

「だって、風切って突進するんだもん。出て行こうとする石黒部長を引き留めて『人生が腐るかどうかはわかりません。無駄なものが実を結ぶこともあるんです。駒子さんは腐らない！』って大声で言うんだもん、あの怖い人に。もう、びっくりしたよ」

　初芽は真っ赤になった頬を手のひらで押さえながら、消え入りそうな声で言う。

「出しゃばってすみません」

「すごい勇気ね」

「わたしも自分にびっくりです」

　どうして、と訊こうとして駒子は言葉を飲みこんだ。

「石黒さん、絶対怒ってるよ」

「はい、でもどうせ失うものはないんです。心にざわざわが起こったら訊くこと、たとえその人との関係がそれでダメになっても……。ううん、ダメになんかならないと信じようって。そう思えてから、わたし変わったんです」

「嫌われる勇気ってやつか」

「好きな人から好かれている世界があるから、勇気が出るんです」

　初芽は照れくさそうに笑った。十一月のひんやりとした風に吹かれながら、資材室よりも外の方が暖かい気がしますと呟いて肩をすくめる。

「あの、駒子さん。お義母さんに『お金とったでしょ』って言われていたんですよね?」

「ああ、うん」

「『お金とった!』って言われるのって一番その人を面倒みている人らしいです。こんなに尽くしているのになんで? って思うかもしれないけれど、認知症が進むとそうなるって。『この人がいないと困る』という感情の表れだとか……そう言われるのって介護の勲章なんだそうです」

「何それ、また魚屋に?」

「いや、これは本でたまたま読みました」

「へえ」

ビルの隙間から見える小さな空に、西に落ちていく太陽がわずかにオレンジ色の顔を見せようとしている。

『通帳から金が減っている』

『財布が見当たらない』

『嫁は泥棒や』

義母は目を釣り上げて駒子を責めたてた。ワカメと豆腐の味噌汁を床にぶちまけながらお椀《わん》で駒子の頭を叩くこともあった。「お義母さん、ちゃんとお金はここにありますよ」と言っても「嘘つきが!」と箸を投げつけた。

介護、本当はめっちゃ辛かったな、仕事もこんなだしなぁ。

駒子は足元を見る。昔は靴には気をつかって、光沢のあるエナメルのヒールを颯爽と履いていた。先の白くなったくたびれた靴はまさに今の自分そのものだ。

自分を傷めていたのは、もしかすると自分だったのかもしれない。

「あ」

駒子はポケットに手を入れた。小さな袋が手に当たる感触があった。

「一個しかなかったから、どうぞ」

レモンキャンディーを取り出して初芽に渡す。

「でも」

「いいの、もらって欲しいの。って、たかが飴《あめ》一個じゃんね」

駒子が笑うと初芽も口元を緩ませ、キャンディーを受け取った。

礼を言った初芽がその黄色い袋を開けた途端、小さな声で「あっ」と言う。

「何？」

「割れてました、ちょうど二つに」

初芽は半分のかけらを一つ取り出して、駒子に渡した。

駒子は黙って受け取ってそれを口に入れる。

いつもと違って、甘さが初めからやってくる。内側に包みこまれている蜜の部分が舌先に触れ、外側のすっぱさを中和していく。

「そっか」

「えっ？」

「すっぱいのを我慢したら甘くなるって思いこんで、あたしいろいろと耐えてきたんだなって。根性、根性みたいに。だけど、誰かと分けあったら、甘いのもすっぱいのも、最初から一緒に味わうこともできるんだなって。先に甘いことがあってもいいんだって」

「なるほど」

初芽はそう言いながらも、もうガリガリとその小さな塊を嚙み砕いていた。

「ねえ、さっきさ、ヒッヒッって言ったやつ、あれ、ヒーローなんです、とか言いかけたんだよね」

「あ……そうです」

「よかった〜、言わないでくれて」

「えっ？」

「いやだって、あたしかっこ悪いんだもん」

「えっ？」

「だから、あたしは打算的で、ださいし、かっこつけてばかりってこと」

「ええと」

初芽は返答に困った顔をして駒子を見上げた。

「でもさあ」と駒子は初芽から目を逸らしてまっすぐ前を向いて言う。

「あたし、今の自分のほうが好きみたいなんだよね」

初芽はそれ以上言葉を発しなかった。駒子はオレンジ色の日の光を浴びている初芽の顔を横目で見る。そこにあるのは笑顔だった。

そういえば、市川くんのお芝居はいつだっけ？

チケットは二枚買おう。この子を連れていってあげよう。

そしてその時は、自分のために新しい靴を買って履いていこう。

駒子はほっぺたの方においやっていたキャンディーを奥歯の上においてガリガリと嚙んだ。キャンディーはあっけなく小さなかけらになって口中に広がっていく。

第4話
土屋絵里（35）の咆吼

「復帰ができたというだけでも幸せですよ、土屋《つちや》さん」

ポヤポヤした毛の中から頭皮がふんだんに見えている頭をさすりながら、水田という男が言う。彼は笑っているのに泣いているような表情を向けながら、フロアに設置されているポットからいれたばかりのお茶を紙コップで差し出してきた。絵里《えり》はそれを黙って受け取った。

覗いてみると濃い茶色の表面に蛍光灯が白く反射していた。

おじさんがいれたお茶は飲みたくない。いったい何が入っているかわかったもんじゃない。

だからこういう親切は嫌いなんだ。

そう思っていたせいで自分の口からお礼の言葉も出てこないことに気づいた絵里は、壊れたカメラみたいに目を固まらせて軽く会釈だけした。目の前のおじさんの顔はやっぱり泣き顔だ。手にしている水筒のシロクマのイラストだけが天真爛漫《てんしんらんまん》に笑っている。

昨日、十一階の隅っこにあるこのリアルに寒いＡＩ推進部に一歩入った時にも「もう辞めよう」と思った。今、パソコンの前に座っているこの瞬間にも思った。その言葉は自分の中で何度も何度も繰り返される。

絵里はパソコンを立ち上げて画面を見つめながら、もらった紙コップのお茶をデスクの端っこに置くと、鞄からコンビニで買ってきたカフェオレを出した。ストローを勢いよく突き刺す。これは百六十円、と絵里は念を押す。

本当はスタバのラテがいいのだけど、週三回買うだけで月に六千円の出費になってしまう。以前ならこんな、いわゆる「ラテマネー」の出費などどうってことなかったのに。その時背中のほうで「おはようございます」と声がした。振り向くと、小柄でちょっと幼い感じの女性社員がせっせとデスクを拭きながら笑いかけてきた。元気の押し売りはうっとうしいと思いながら、絵里は首を少しだけ折り曲げて会釈をした。

誰だっけ？　たしか新卒だった気がする。入って一年目でいきなりこの部署に来るなんてよほど能力が低いと判定されたんだろう。でも彼女は若いからまだいい。若いだけで武器になるんだから。

「わたし、福田初芽といいます。一ヶ月前からここです」

「ああ、土屋絵里です。休職してて昨日から」

初芽の視線が、絵里のパソコンのモニターに吸い寄せられているのがわかった。始業時間まで七分あるので、画面は隠さずにおいた。

絵里は半年前まで、パンダスタッフで社長および役員の秘書として働いていた。ある朝、起きられなくなって心療内科に行ったら鬱と診断された。診断書を見せたらあっさりと会社を休めた。時々歯を磨くことさえ煩わしい日もあったが、概ね起きてご飯を食べてアイドルの動画を見たりして過ごしただけだった。会社規定の休職期間が半年だったので、その期間すべてを使ってぼうっと生きた。そして復帰直前に届いた人事部からのメールで、いとも簡単にここへの異動を告げられたのだった。

秘書だった自分としてのプライドはもうかけらもなかったけれど、この部署に追いやられた落ち加減に自分でも笑ってしまう。ここは、AI推進部とは名ばかりの、使えない社員を集めた姥捨山だった。自分はすでにとことん落ちた「どん底」にいると思っていたけれど、昨日よりも今日、さらに深く落ちたような気がするのだから、底の下にまだまだ底があったのだと思う。

開いたパソコンの画面の中ではステージの上で歌い踊る、生き生きとしたアイドルが笑顔を見せていた。それは絵里とはかけ離れた世界の一生懸命な笑顔だ。

昨日総務に出社の挨拶に行った時、後ろのほうで自分の噂話をしているのが聞こえた。

「あの人、ミスをしてちょっと心を病んでたみたいだよ」

「ミス？」

「なんかお客様に失礼なこととして……数千万の契約がダメになったとかで」

「数千万！　すごいな」

中年の女性ともやしみたいな男はこちらを見ながら、聞こえているのもお構いなしに遠慮なく話していた。

この初芽という子も野田に呼び出されたようでその場に居合わせて、噂話をする男女をじっと見ていた。おそらく話は彼女にも聞こえていただろう。

絵里はぐっと下唇を噛んでもう一回パソコンの画面を見た。そうしているうちに、水田のひょろひょろとした声が始業を告げた。

慣れるまではという前置きをされながら、絵里は水田と一緒に地下の倉庫でひたすら書類を破棄するシュレッダー業務を行った。

データのやりとりがメインになってから紙の使用は随分と減ったが、倉庫にはかつて保管されていた書類たちが積み上げられている。

ここにあるものはすべてデータ管理へ移行を済ませた書類ばかりで、今となってはゴミ同然のものだった。段ボールに詰まった書類は奥のほうまでずらっとラックに並べられ、切り刻まれる順番を待っていた。ここで放置されるよりも細かく裂かれて燃やしてもらうほうが幸せだと言わんばかりに。

絵里は段ボールを開けて大量の紙をひたすらシュレッダーに入れた。むしゃむしゃと食べるように機械が飲みこんでいく。隣にいる水田はゼンマイ仕掛けの人形のようにすべての動きが正確で、絵里の何倍ものスピードでどんどん書類を片付けていた。どうせなんの評価もないのだから、そんなに一生懸命しなくてもいいのに。絵里がその手を鼻白んだように見ていると、それに気づいた水田は絵里を見てにこりと笑った。

「すっきりして気持ちがいいですねえ」

捨てられそうな人間がよく言うなと思って返事もしないでいると、まるで見透かしたかのように「けどね、人は捨てるもんじゃないよね」と水田は続けた。

「そういえば土屋さんは以前、社長の秘書もしてたっけ？」

一瞬身構えた。このまま話が進んで質問されたくなかったので、「それが何か？」ときついトーンで制した。水田は一瞬驚いたような顔をしたけれど、すぐにさっきの温和な顔になって話を変えた。

「さっき真面目そうな子いたでしょ、福田さんという人。あの子ね、営業部にいたんだけどうまくいかなくて最近こっちに来てさ。すぐに辞めるかなと思ったら『わたしは自分から辞めません！』ってあの石黒さんに言ったんだよ。みんなここに来るとすぐに辞めていくけど、今残っている人たちは変わってて面白い人ばかりなんだよ」

水田は絵里が返事をしなくてもお構いなしに話している。

「けど、その言葉を聞いてさ、僕も思ったんだ。辞めて欲しいと思われて、やっかい者扱いされてて、やることもないここに追いやられて、いつでも辞めてやる！　なんて心では思っているわけ。けどさ、生活があって辞められない。だから、どうせいるんなら……」

水田は手元にある書類をぎゅっと握った。

「ああ、辞めない！　絶対に辞めない！　って思うと、なんか楽なんだって気がついたんだよ。辞めたいけど辞められないって思って生きるよりも、ずっとね」

「それが何か？」絵里はさっきと同じセリフを使う。言ってから、反応してしまった自分に舌打ちしたくなった。

「そう思ったら、シュレッダーもありがたく思えてきてね。ほんのちょっとだけ、楽しくなれた。だからさ、土屋さんもしんどいかもだけど今日もがんばろう」

この人何？　励ましているつもり？　すべるのは頭だけにしてよ。

「別に」と絵里が言うと、水田はそれでも続ける。

「いやあ、仕事があるって大事なんだよ。ほら、定年してからってさ、『きょういく』と『きょうよう』がないとボケるって言うじゃない。人にはやることがいる」

「教育と……？」

「あ、今日行くとこ、今日の用事という意味ね。〝今日行く、今日の用事〟ね」

バカみたい。

こんな惨めな現場で、こんなに前向きな言葉を使うなんて本当にバカじゃないか？

そう思っていると、まるでその心の声を聞いたかのように、水田は薄毛を揺らしながら頷いて笑った。その顔はあの水筒のシロクマにさっきよりも似ていた。

昼休みになり、絵里は地下の作業からいったん引き上げてＡＩ推進部に戻った。今朝買ってきたメロンパンをデスクに出す。少し離れたところで初芽が三浦という女性と話している。聞く気はないが三浦の声がやたらと大きいので自然に耳に入ってしまう。

「初芽ちゃんさ、前に石黒にあたしのことで啖呵切ってくれたじゃない？　あの後、水田さんと山川くんも『僕らも信じていますよ』って言ってくれたの。それだけで……だよ、ありがと」

初芽があまりにも嬉しそうな顔をしているのを見て、なんだか安っぽいドラマみたいだなと疎ましく思った。

メロンパンに齧《かじ》りつくと、セロトニンが分泌されたのか少しだけほっとした。

そういえば家で寝てばかりいる時、すべての気力が落ちているのになぜかお腹だけは空いた。絵里は下を向いて自分の腹の贅肉《ぜいにく》をなんとなく見つめた。秘書の時は週に三回ジムに通って気をつけていたボディラインが今ではどんどんだらしなくなってきている。

メロンパンは口の中で甘く広がって、そのたるんだ腹の底にゆっくりと落ちていった。

「あの、土屋さんさっきもハロプロのサイト見てませんでしたか？」

後ろから初芽が近寄ってきて、絵里のパソコンのモニターに目をやった。

モニターの中では今朝見ていた映像の続きが流れており、水色の衣装を着たアイドルがちょうどカメラ目線でこちらに手を振っているところだった。

アイドルというのは厳しい世界だ。なかなかデビューできなくて地下アイドルになったり、受験のために一定の年齢で辞めていく子も多い。

でも、私の推し〝響《ひびき》〟は四年も研修生をやった苦労人だ。かわいいアイドルが多い中、目元がシャープなのでクールさがある。合気道をやっていたこともあって間合いがうまいし、変に媚《こ》びていないので邪気がない。だからこの女同士のグループ内でのめんどくさい競争からはちょっと距離をとれる雰囲気がある。

四年も研修生をやって高校三年でようやくデビュー。今年で二十一歳の彼女は、きっとリーダーになっていくダイヤモンドなのだ。時折映像を眺めては「やっぱダンスピカイチ」と呟いて名残《なごり》惜しく画面を見るのをやめられない。

「何か悪い？　休み時間だし」

つっけんどんに返すと初芽が慌てて取り繕った。

「いや、そんな意味じゃなくて」

絵里は怪訝な顔で彼女を見る。

「わたしの実家、すごい田舎なんですけど、その田舎から出てハロプロの研修生やっている子がいるんです。もう、うちらの間ではすごいスターなんです」

初芽は鼻の穴を膨らませて言う。

「えっ……なんて名前？」思わず訊いてしまった自分に少し苛立《いらだ》ちを覚えた。

「大島加奈子《おおしまかなこ》っていう」

ああ、あの子だ、小さくて田舎っぽさがあるひたむきな子。

ちょっと雰囲気が目の前の初芽に似ている。そうか同じ地方の……。絵里はその言葉を飲みこんで、「あのいちばん垢抜けない子ね」とぶっきらぼうに返した。

「あ、ははは、地元ではいちばん垢抜けてて……」

「でも、あの子、健気にやってる。歌もうまいし、応援したいなと思う」

絵里はついむきになってしまった。態度と言葉がちぐはぐなパッチワークのように宙を舞う。

「はい、ありがとうございます！　うちらの田舎からスターが出たら、観光客が来るんじゃねえかってみんな言っとりました」

思わず方言が出てしまったその垢抜けなさに、絵里はうっかり相好を崩した。その笑顔に嬉しくなったのか、相手はまだ話を続けてきた。

「あ、すみません、つい方言出てしまいました」

「ああ……」

「よかったら、このレモンキャンディーどうぞ！　駒子さんからたくさんもらったんです」

そう言って絵里のデスクにどさっとレモンキャンディーを置く。

「あの、わたし、営業部でいろいろと会社に迷惑をかけてしまって。少し前からこの部署に来ました」

自己紹介を始めた初芽は、緊張したような笑顔を作る。

「土屋さん、復帰おめでとうございます」

「めでたい？」

「あ、えっと」

「こんなところにいて何がめでたいのよ」

声が大きくなった。山川や三浦、水田までもがこちらを向いた。寺山という男だけは意にも介さずパソコンの画面を見つめている。

初芽はちょっとだけ怯んだように構えた。

「はい、確かにここでがんばっても昇給も昇進もないし、退屈な仕事か、誰もが嫌がる仕事しかこないです。わたしもこんなところって思っていたんです」

「だったら……」

「でも、でもここ、思ったよりあったかい人が多いんです！」

「え？」

「あの、パンだけじゃお腹空きません？　わたし今日は特別ないなり寿司持っているんです！」

初芽はデスクに戻って、袋から出した透明のパックを開けて絵里に差し出した。

絵里はそこに並んだ四つのしっとりとしたいなり寿司をじっと見た。そして、むんずと摑んで口に放りこんだ。甘い出汁の味が口の中で広がって、その後すぐに少しすっぱいねっとりとしたご飯の質感。

「おいしい」と思わず言ってしまい、慌てて言葉と一緒にすべて飲みこむ。なんだか泣きそうになった。

人生は何度でもやり直せるという言葉が嫌いだ。

そういう言葉を使って新たな挑戦をさせようとする人も嫌いだ。

やればできるだの、やってみないとわからないだのと背中を押す人も嫌いだ。

やればできるって、あと何回失敗して傷ついたら「できる」がやってくるわけよ？

さっきから絵里は嫌な言葉をかき集めて眉間に皺を寄せていた。

背負った理不尽な荷物はこの場所にいるだけでますます重量を増して、肩にぐいっと食いこんでいる。

「あの、土屋さん」おどおどした声がした。

しばらく自分の名前を呼ばれていると気がつかなかったが、声のほうに顔を向けると初芽が小さな笑顔を作って立っていた。こういう笑顔はめんどくさい。ちっとも笑える気分じゃないのにお返しの笑顔をする気はない。

「今日はわたしと土屋さんでクレーム対応だそうです」

ボタンを一番上まできっちり留めた初芽のブラウスを絵里は見る。

ついに現場仕事がやってきたのだ。この一週間はずっとシュレッダー仕事だけを命じられていた。頭を使わない仕事がどれほど辛いか知ったところだったので、クレーム対応と言われてほっとしている自分に気がついた。

絵里はこれ以上ないほど無愛想に頷いて「どんな？」と訊き返した。

「どうやら、うちから派遣したスタッフが現場ですごく評判が悪いそうで、態度を注意して欲しいとクレームが入って」

なんだそんなこと？　と絵里は思った。

「態度が悪いって？」

「ええと、就業中にお菓子を食べたりスマホを見たりとにかく仕事が遅いとかで」

「そんな人こっちが切ればいいだけじゃないの？」

「それが……本人にも言い分があるみたいです」

「ふーん」

絵里は心底やる気がないのを隠さずゆっくり準備をした。そして初芽と一緒にそのスタッフがいるという通信機器メーカーに向かった。

吉川《よしかわ》というその派遣スタッフは、アイドルのような小さな顔をしたかわいらしい雰囲気の女性だった。

やわらかな素材のグレーのスカートから細い足が覗く。けれど、その態度はかなりふてくされていて、会社のビルの地下にあるカフェに入ってきた時に見下すような視線をこちらに向けながらどかっと椅子に腰掛け、すぐに足を組んだ。

絵里は電車の中で眺めた書類にもう一度目を落とす。二十六歳と書かれている。もっと若くも見えるし、もっと老けても見える。見た目と尊大な態度からくるぐちゃっとした第一印象だ。

挨拶もそこそこに、初芽が言いにくそうに用件を切り出した。

「派遣先の企業から、吉川さんの就業態度に問題があると報告を受けています。まず勤務時間中にちゃんと仕事をしていないということが……」

「はあ、なんで？」吉川はピンク色のつやつやした爪を見ながらだるそうに応えた。

「私仕事していますよ。ちゃんと言われたことだけは。文句言われる筋合いないです」

「しかし報告書によると、たとえばお手洗いに行くと十五分も戻ってこないだとか、就業時間にスマホをずっと見てサボっているという声を頂いています」

初芽は吉川の威圧的な態度に気圧されたのか、わずかに声が小さくなった。絵里は苛立ちを覚えながら様子を見守る。

「でも、そもそも派遣って言われたことを時間内にすればいいんでしょう？　担当業務が早く終わってしまっても時給変わらないのだからここにいるしかない。時給で働くってそういうことですよね」

「では、せめてデスクでお菓子を食べるのをやめることはできますか？」

初芽が強く出ないのをいいことに、吉川はふんと鼻で笑った。

「それどうせ、正社員の人からの文句ですよね？　派遣ってだけでいつもいじめられる。でも、どんだけ文句言われても私は継続してここで働きます」

「そんな態度だと、期間が終わればここでの継続ができなくなってしまいます」

二人の会話を隣で黙って聞いていた絵里は、次第に苛立ちを抑えきれなくなってきた。

なんだかこの女にとても腹が立つのだ。喋《しゃべ》り方も態度も気に入らない。

それに、見ているだけで悲しくなってくる。

存在すべてが嫌悪感を催させるものでいっぱいのはずなのに、この女はどこか物悲しい。

絵里は吉川の顔を失礼だと言われてもおかしくないくらいに凝視した。ピンク色のふっくらした頬、艶のある唇、毛先を丸めた茶色がかった光沢のある髪。そこにいるのはただのきれいな女だった。けれど、じっと見ていると、女としての消費期限をできるだけ先に延ばすために時間をかけて施されたヘアメイクの下にある素顔が透けて見えそうな気がする。

ふと絵里は、吉川がポテトチップスをオフィスで食べているシーンを思い浮かべた。油でぎとぎとになった手で彼女はそれを何回も口に運ぶ。その顔には苦痛がある。食べることを楽しんでいる気配はかけらもない。ただ彼女は脳みそが空っぽな女に見えるように、宙を見つめてそれをバリバリと咀嚼している。

その時、絵里たちのいるテーブルに、ジャケットを羽織った背の低い小太りの男性が近づいてきた。お笑い芸人に似た人がいたような気がする。

「あっ、田村《たむら》主任！　私どうしたら……派遣だからって寄ってたかって悪口言うなんてひどいです……」

その田村主任とかいう男を見た途端、吉川は声をワントーン上げてあひる口になった。

こんなにもあからさまに態度が変わる女がたまにいる。そしてこういう女にころっと騙《だま》される男は大勢いる。それを見た絵里は思わず「ええっマジ、なにその態度？」と声に出してしまった。その声は狡猾《こうかつ》な吉川にとっては都合のいいものとなったようだった。

「ほら、派遣会社の方もどうせ信じてくれないですよね。さっきから一生懸命説明しても正社員の方からの大袈裟な言葉のほうを信じているんです。派遣会社の方でさえそうなんですから、私をわかってくれる人はどこにもいないんです。主任だけです、わかってくださるのは」

吉川はくっきり描いたアイラインが落ちないようにハンカチを目頭に当てて泣いている。

「派遣なんていつ切られるかわからない身ですし……結局こうやって追い出されるんですね」

初芽が慌てて割って入った。

「そんなこと言っていません。わたしは吉川さんに契約を続けて欲しいんです。ただ、派遣スタッフとしてしっかり業務を……」

そこでさらに割って入ったのは主任だった。

「いや彼女ちゃんとやっていますし……ね、吉川さん。泣かないで、僕から社員に言っておくから」

田村はあからさまに吉川の肩に手をやって撫ぜた。手はわずかに上下に動いただけだったがそれにしても気持ちの悪さを覚える触り方だった。田村はおそらく四十代前半だろう。カジュアルなジャケットの下にチェックのシャツを今風に着こなしているが、ぽっこり出たお腹は隠しきれていない。

「わたしは吉川さんを派遣しているパンダスタッフの福田と申します。吉川さんに対するクレームを他の社員さんからお受けしてヒアリングを行っておりまして、契約期間がまだ残っていますが……彼女は継続しても大丈夫でしょうか? あの……今しがたこちらも注意はしたのですが」

「ああ、はいはい、もちろん続けてもらって」

「あの……クレームってどなたが言ったんでしょうか? 私いじめられているんですよね。いつも嫉妬されちゃうんです」

まるで声優がアニメのかわいい女子キャラクターを演じるようなわざとらしい甘え声が響く。

今度は田村が早口で言った。

「とにかく契約は継続しますのでご心配なく。じゃ、僕は別件があるので、そちらも話が終わったらお引き取りください」

彼は吉川に目で合図をすると、それでは、と言いおいてカフェから早々に出ていった。

吉川は田村が消えるのを見届けると、頬杖《ほおづえ》を突きながらつまらなそうに息を吐いた。

「そういうことなんで、わざわざありがとうございました」

吉川が田村の後を追って帰ろうとした、その時。絵里はあっと息を呑んだ。そして思わず立ち上がった。

「あなた、そんなんじゃ一生後悔するわよ」

気がついたら吉川の背中に言葉を投げつけていた。振り向いてこちらを見つめる吉川の無表情な顔を、絵里は食い入るようにじっと見つめる。

ついに確信した。

そう、やっぱりあの子なんだ。

「あなた、前にハロプロのオーディション受けたでしょう?」

「えっ?」

吉川は開けたままの口を閉じるのも忘れて絵里を見返している。その顔を絵里はさらに凝視する。見れば見るほど、確信が深まった。

「そうだよ、間違いない。だって名前も同じだもん。研修生だったから本名だったよね」

「それがなんだっていうの?」

吉川は否定も肯定もしなかった。ただ、目に力を入れて絵里の顔をぐっと見返し、片方の口角をきゅっと持ち上げて狡猾に笑った。

ああそうだ、と絵里は思い出す。

この気の強い表情だ。私はこの顔をしっかりと覚えている。右目と左目のややアンバランスな二重、丸みのある鼻を覚えている。全国のかわいい女子を集めた集団の中では一番美人な子というわけではなかったけれど、彼女には何か強さがあった。業界でよく言われる「素材がいい」というものを持っている子だった。

弱そうなのに牙があり、その牙は尖っているのにやわらかく、やわらかいけれど確かな毒がある。見る人によって変化するその気配は言葉では言い表せないほど魅力があった。

絵里はさっき抱いた悲しみが再び怒りに変化していくのがわかった。

どうしてこんなに腹立たしいのかは、自分でもまだわかっていなかった。

「あなた、この十年間なにをやっていたの?」

絵里の言葉に、吉川がびくりと体を震わせる。

「私はアイドルが大好きで、オーディション番組もほとんど全部チェックしてるの。でもどうして多くのアイドルの卵の中で私があなたを覚えていたと思う? だってあなたは、水着オーディションの時プロデューサーの前でこう言ったでしょう? 『やっぱり私は男性に頼らず生きていける人間になりたい。だから男性目線で選ばれるアイドルになるのはやめます、大学に行きます』って言って、自分から降りたでしょう。最終審査を降りたあの子だよね? 正直、もったいないと思ったわよ。あなたかなりいい線いっていたじゃない」

「そんなこと忘れた」吉川の目は、これまでとは違う戸惑いの色を帯びている。

「プロデューサーが『なぜ?』と訊いたらあなたは高校生とは思えない口調でこう言った。『アイドルが集まる場所に来て思いました。女の子はあっという間に消費されていくんだなって。消費期限が切れても生きていくためには今、女の子であるという武器を使わずに期限のないスキルを身に付けたくなった』って。そう言ったでしょう?」

初芽がおろおろしながら二人を交互に見ているのを無視して続ける。

「だからさ、あなためっちゃくちゃ、かっこよかったんだってば。そして私の背中を押してくれたんだよ」

そう言うと、吉川は口を半開きにしたまま力が抜けたように近くの椅子に座った。

絵里はオーディションの映像を思い出す。

「人生は何回でもやり直しができる」とオーディションで落ちた子の肩に手を置きながら、あいつは語っていた。赤いキャップをかぶった、プロデューサーを名乗る若造りした中年の男だ。

絵里はその言葉を聞いた時に強烈な違和感を抱いた。「このおっさん何言ってんの?」と。このおっさんこそが、「アイドルはぎり二十二歳まで」なんて言ってたんじゃないのか?

アイドルは基本は薄給で、ファンに監視され、時にプライベートも晒《さら》され、二十五歳を過ぎたら芸能界に残れる人はほぼいない。それにセクハラが当たり前のようについてくる。そんな過酷な業界であってもアイドルになりたい子なんて雨後の筍《たけのこ》のように後から後からどんどん出てくる。そう、あの中年男の言うようにアイドル発掘は何度でもやり直しができる。

けれど、彼女たちは何回もやり直すことなんてできない。

だから絵里は彼女に、いや、世の女たちに本当のことを言って欲しかった。

「アイドルは二十二歳で定年だ。女というのはいろんな期限がつきまとってやり直す時間なんてない」と。

次から次へと自分から言葉が溢れてくるのを絵里は止めることができなかった。

「あのね十年前、私はまだ若くて会社でもちやほやされていた。でも、もっと若くてかわいい子が入社すればあっという間に気配が変わっていった。それは年々色濃くなっていった。そして私には若さ以外になんの武器もなかったことに、ようやく気づいたの」

吉川は肩を震わせ、絵里から目を逸らしている。

「あなたの言葉で気づいたわけよ、ずっと年下の高校生だったあなたの言葉でね」

「もう、忘れたよ……」

吉川は下を向いてぼそっと言った。

「そんなあなたがなぜ今、女という武器で仕事をもらっているの？　へらへらと男性に媚を売っているわけ？　あなたもっと頭がいいでしょ？　あんな男よりも」

「だって……」

生ぬるい感覚がして、自分の頰を触ると濡れていた。なんだこれ、こんな感情が出てきたのはいつ以来だろう。

隣にいた初芽がハンカチを差し出してくれる。それを黙って受け取る。

この子にはいなり寿司からハンカチまでいろいろと差し出されるなと思いながら、そのハンカチをぎゅっと握った。ピンクのタオル地がくしゅっと丸まる。

吉川は涙をふく絵里を見て降参したように苦笑いした。

そして大きなため息をふうっとつく。

「だからさ」と言って話し始めた。

吉川の家は貧しかった。アイドルを辞退したあと猛勉強のすえ獣医学部に合格したものの、学費は奨学金で賄わねばならず、家族と自分の生活費を稼ぐためにバイトに明け暮れることになった。夢があればどんなことも乗り越えられるという希望はどんどん現実に押し流されていった。そして、自然に「女」を武器にする割のいい仕事に流れていった。

パパ活もした。そのうち愛人になった。男の人は足を開けばほいほいとお金をくれた。開かなくてもその気にさせて甘えるだけでお金を出した。そしてわかった。

男は女に優しいのではない。ただ、買っているだけなのだ。

楽に生きることに慣れてしまえば、とことん流される。そうやって三度目の留年をした時、もう吉川にとっての夢は現実を知らなかった幼い自分の戯言《ざれごと》のように風化していた。

「それで」

吉川は乾いた声で続けた。

「大学を辞めて、愛人を数人やって、次第に疲れて夢もなくなって鬱になった。金づるの男はもっともっと若い女性に流れていくでしょ？　ああ、ついに私も消費期限切れかって思った時は多額の奨学金のローンしか残ってなかったわけよ」

「ちゃんと恋愛して結婚してもよかったんじゃないの？　あなたほどかわいかったらいくらだって」

「結婚という就職先？　ないない、だって私はお嫁さんになりたいわけじゃないもの。ねえ、バカみたいでしょ？　あれほど嫌がっていた『女』を売ることでしか生きることができなくなったんだもの。だったら、豊胸手術して三角ビキニ着て、グラビアやっときゃよかった」

自分を嘲るように吉川は笑った。

「あの……横からすみません」

隣の初芽が口を開く。彼女の声はこの場に似合わず明るくて、なんとなく空気が変わった気がした。

「あの、履歴書を見たんですが、吉川さんは獣医学部を合格されているんですよね。しかもあの大学……めっちゃすごいじゃないですか！　いやいやいやまじすごいです。わたしが受験で落ちたところです」

そうなんだ、と絵里は目を瞠《みは》る。

「それって……つまり吉川さんは動物が好きなんですよね？」

初芽が訊くと、吉川が困惑した様子で小さく頷いた。

「わたしたちは派遣会社です。動物と働く場所だってあります。好きなことに近い場所だともっと笑顔になれます。動物は『人』しか見ません。女とか男とか若いとかで人を判断しません。だからあなたが好きな場所がきっとあります。獣医以外にも動物を助ける仕事はたくさんありますから……そんなところで働いてみませんか？　ここにしがみつく必要はないです」

「でも……そんな現場経験ないし」

「意欲さえあれば、あとは少しずつ覚えていけばいいんです。まだ、夢は消えていないんです。ただ想像していた道と、違う道を歩いてゴールに向かうだけなんです」

初芽は絵里の嫌いなあの前向きな言葉を吉川に投げかけている。

やればできる、やってみなくちゃわからない。

でも。

そうかもしれない……と絵里は思った。

人生は確かに何度もやり直しはできない。けれど生きている間なら、数回はやり直しができるのかもしれない。

このままずっと諦めて過ごす人生よりも、ほんのちょっとでも隙間から見える光を目指したほうがいいに決まっている。

やってもできないかもしれないけれど、できるかもしれない。

青臭く、それでも一生懸命相手のために話そうとする初芽を見ていると、不思議とそう思うことができた。


白い泡が喉もとを通り過ぎていく。喉を鳴らしながらジョッキを傾けると、前に座っている初芽が「うわあ、すごい！」と子供みたいな顔をして手を叩いた。

吉川との面談が終わったあとはもう夕方だった。

ビルの前で「じゃ」と別れたにもかかわらず、後ろから犬みたいについてきた彼女に、なんとなく絵里は声をかけていた。「お腹空かない？」と。そして近くの居酒屋に入ったのだった。自分から誘うなんて思ってもみなかった。でも「行きます」と言われて嬉しかった。

酔いも手伝ったのか、あまりの飲みっぷりのよさに驚いた顔をしている初芽にするりと打ち明けてしまった。

「私、鬱になっただけでなくて、アルコール依存気味だったんだよね。それで急性膵炎《すいえん》になって入院したってわけで。だからずっとやめていたんだけど、ようやく、ちょっとずつ飲んでもいいことになって……」

「じゃあ、そんなに急いで飲んじゃダメですよ」

「前はこの三倍のスピードでビールは三リットル、ワインは二本あっという間だったの。大丈夫、かなり痛い思いしてるからもう今日はこれで十分、あとはちびちびやるから。もう前みたいに飲めなくなったし。でも、今日は……」

「なんか……はい。飲みたい時ってありますよね」

「なんか、すかっとしたんだ。だから依存してた時のストレス発散的な飲み方じゃないから」

「なら嬉しいです」

初芽はちびちびとビールに口をつけた。

「嬉しい？」

「はい」

「なんでよ」

「なんか……土屋さんに辞めて欲しくないって思ったから」

なんで？　なんにもあなたに関係ないでしょ？

順番に辞めていくことになるあの部署で辞めて欲しくないって、なんかおかしいよね？

絵里はじっと初芽を見つめてみたが、彼女は至って真剣に言っており、頬をちょっと赤くしながら照れたように笑った。

「自分からわざわざ辞めるって言う必要ないのかなって。なんだかあの部署にいる人たちって……ちょっと田舎の人に似ているんです。あの、田舎っぽいという意味じゃなくて、人柄というか、つまりええと」

初芽は慌てて言い直そうとする。

「前に営業部にいた時はいつも効率、生産性って言われたけれど、あの部署の人にはそれがなくて。むしろみなさん、効率の悪いことが好きな感じで……それがとっても素敵だなあって。説明がへたですみません」

隅っこに追いやられて、退屈な仕事しか与えてもらえず、会社中からお荷物扱いされているにもかかわらず、あの部署で元気に振る舞う初芽を絵里は苦手だと思っていた。けれど、今はそのまっすぐさが不思議と嫌ではない。

絵里は今まさに、あったかくなってきている自分に苦笑した。

「お酒、こんなに弱くなかったんだけど」

絵里は照れながら頰に手をやった。ほんのりここもあったかい。

こちらが笑ったからだろうか、目の前の彼女はさっきよりもっと笑顔になって、犬がじゃれるように喜んだ。

「絵里さんにもそんなところがあるのだと思っています。それがあの場所の意味のような気がしているんです」

「意味なんてあるのかしらね。それよりも、私たちまだ何も注文してないよ。どれにする？」

絵里は壁に貼ってあるメニューを指さした。

ねぎま、砂肝、つくね、鶏皮、梅ささみ、と初芽がメニューを読む声が心地よく響いた。

「ここ案外安いですね」

「たくさん頼めるね」

絵里はいつもより心が解《ほど》けていく感じがした。だからつい、もっと話したくなっていた。

「ねえ、私なんでこの部署に来たと思う？」

「あ、ご病気で？」

「いやいや、病気だけでこの部署は行かないよ」

「じゃ？」

うん、と絵里は頷く。

これはお酒のせいだろうか？　今日の出来事のせいだろうか？

なぜ私は心を開きたくなったのだろう。

「あとポテサラも」という言葉を挟みながら絵里は話し始めた。

絵里は二十代の頃から、目立つ容姿のおかげでちやほやされることが多かった。パンダスタッフに入社した時は総務部に配属されたが、経験が浅いにもかかわらず、ある時秘書に抜擢された。ちょろいものだと思っていた。

しかし、ある日オーディション番組で当時高校生だった吉川が語った言葉を聞いた時、目を開かされた。

一念発起して、秘書としての勉強をきちんと始めた。英語も猛勉強した。そしてある程度、自分なりに自信が持てるようになった頃、寿退社する先輩に「あなたなら任せられる」と言われ、秘書チームのリーダーになった。

「きれいですし、優秀ですもん」

初芽が口を挟んだのでそのまま気分よく「そうよ、昔はね」と受け流した。

そして忘れもしない、あの日。

取引先の外資系企業からアメリカ人の偉い方が来日して接待することになった。秘書チームから英語の話せる絵里と若い新人が接待に呼ばれ、パンダスタッフの役員たちと一緒になって大いに飲んだ。

会食が終わる頃、その偉いアメリカ人をホテルに送るように役員の一人に言われ、恵《え》比《び》寿《す》のウェスティンホテルまでタクシーで向かった。

ホテルに着くと、アメリカ人はもう一杯飲もうと絵里と新人を誘った。ホテルの中にあるラウンジで飲むのだと思った絵里は、酔いが回っている新人を帰して、自分だけが残った。会社のためになるのならもう一杯くらい付き合おうと思ったのだ。

するとそのアメリカ人は、バーテンダーに部屋に酒を運べと命じた。絵里は驚きつつも、言われるがまま彼の部屋についていくしかなかった。エリートの紳士である彼が、何かおかしな真似をするともその時は信じがたかった。

「部屋に入ったらね、こうワイングラスを手に持って一人がけのソファに座ってさ、おい君、僕の膝の上に座れって言うの。それで座ったの。愛想ふりまきまくって笑顔で『いいんですかぁ』的にね。今から思うとバカみたいなんだけど、それですぐ帰れるならいいと思ったの」

思い出すと胃のあたりが今でも気持ち悪くなる。

そのアメリカ人の手が後ろから伸びて、胸を触ってきて、お尻に硬いものが当たった時、いやもうなんですかこれ、いや違うよね、これはもう違うよね、と心の中でがむしゃらに叫んだ。

その瞬間思い出したのは、吉川がアイドルを降りると宣言したオーディションのシーンだった。

彼女のまっすぐな瞳を心に呼び覚ました絵里は、「女を売りませんので！」と言って、ワインを相手の頭にかけてホテルから逃げてきたのだった。後ろで怒鳴り声が聞こえたけれど、とにかく逃げるのに必死だった。

「で、契約がおじゃんになった」

絵里はなるべくあっけらかんと話したつもりだったが、初芽は眉間にぎゅっと皺を寄せていた。まるであの時の絵里の代わりに深く傷ついているかのようだった。

「土屋さんのせいにされるなんて……それで鬱にまで」

絵里は首を左右に振った。

「ううん、メンタルにきたのは違う理由なの。そのあとで、私にそのアメリカ人を送らせた役員に言われたんだよ」

——あの人はね、君がワインをかけたことで怒ったんじゃないよ。もっと若い方がよかったのになんであんなおばさんをよこすんだって怒っていたんだよ。

笑って言ったその男は、今も役員として高給をもらっている。

「これは明らかにセクハラだよね。でも、言えなかった。それはおかしいって言えなかった」

どれだけ明るく話そうとしても、自分の声には悔しさが滲んでいた。絵里はジョッキをどんと音を立ててテーブルに置く。

「女が黙って部屋までついていったんだからって、こっちがどんなに葛藤したかなんて、男社会じゃ全然わかってもらえないんだよ。ねえ、知ってる？　うちの会社、男性の研修予算って課長以上の役職は一人五十万円なの。でも女性の研修費用は一人三万円なのよ。秘書やってなきゃ知らない数字だったけど、くっそ、腹立つわ。くっそ……」

そこまで言うと、急に酔いが回ってきた。

絵里はジョッキを握って残っていたビールを三口ほどごくごくと飲む。

「でもね、あの時あのアメリカ人とやっていたらもっと後悔したよね」

そう笑って言える今の自分は、ずいぶん元気になっている気がした。

「だったらなおさら辞めちゃダメです。絶対に自分から辞めないでください」

初芽が真っ赤な顔で、同じようにビールのジョッキをどんっと置いた。

まだ半分も飲めていないジョッキからビールが躍るように飛ぶ。

「なんで、そんなにこだわるの？　そんな世の中甘くないよ」

「甘くないけど、そんな苦くもないと思いたいです」

「思いたいか……」

「はい、理不尽なことだらけだけど、悔しいことだらけだけど、道は一つじゃないんです。もっと幸せになる方法はきっとあります」

「あなた、自己啓発の本とか読んでるの？　あたし嫌いなんだよなあ」

「そんな読んでないけど、そうなんですもん！」

「じゃあさ、私たちに明日はあるのか！」

「あります！」

「どこにあんだよ～」

絵里が大声で笑うと、初芽はさらに真っ赤になってポテサラがついた口で言いつのる。

「どっかにあるんです！　あると思わないとないんです」

絵里は初芽の憤った顔を見つめた。そして、今日は嫌いな言葉がちょっと少なくなったなと思いながら、焼き鳥に真っ赤な一味を振りかけた。

目の前の初芽はテーブルに突っ伏しそうになりながら、なぜか急にカエルの話を始めている。

田舎じゃ冬に穴を掘ると、時々カエルが寝てたんです。だからそうっと土をかけて春の再会を約束するんですよ。冬眠っていいですよね。寒い時は寝てたらいいんですもん。春になったら起きればいいんですもん……。

絵里はぽわんとする意識の中でその声を聞きながら「冬眠ね」と相槌《あいづち》を打った。

月曜日の朝、暖房の効いていないAI推進部のデスクにマフラーを巻いたまま座り、絵里はスマホで推しの動画を開いた。

始業時間まであと十五分くらいある。画面では推しのアイドル・響がライブ配信している様子が映る。イヤフォンをつけ音声を聞きながら、鞄から朝食を取り出した。

「おはようございます」

振り返ると初芽がいた。

「絵里さん、先週はありがとうございました。わたし、飲めないのに飲んじゃって、頭が。翌日が土曜でよかったです」

初芽は頭を押さえて笑った。そして、ぱっと目を輝かせて言う。

「新しい髪型、すっごく似合ってます！」

「そう？」

絵里は自分の首筋に手を伸ばす。襟足が見えるほどのショートカットにしたのは久しぶりだった。首元に風があたるとひやっとするが、背筋がしゃんとして清々しい気もする。爪も短く切りそろえたら、自分が初芽と同じように新入社員だった頃の気持ちをほんの少し思い出した。

「あれ、今日はおにぎり握ってきたんですね。それも玄米！」

初芽が絵里の手元を見て言った。

「そうなの、冬眠も終わったしダイエットしようかなって」

「そんな太ってないです」

初芽はお世辞じゃなさそうに真面目な顔で言ってくれる。

「違うの。私もっともっときれいだったの」

真剣な表情でじっと初芽を見つめると、「ぷっ」と初芽が笑った。つられて絵里も「あはは」と笑う。

その時、和やかな空気を切り裂くように出入り口の方から不躾《ぶしつけ》な声がした。

「うわ、寒いなこの部屋。よくやってられるね」

営業部の郡司だった。絵里は秘書をしていた時、すべての社員の顔と名前を覚えるようにしていた。この郡司という若手社員は石黒の真似なのかよく光沢のある三つ揃えのスーツを着ていて、まわりを見下す偉そうな態度が正直あまり好きではなかった。

郡司はつかつかとこちらへ歩いてきて、思いがけない闖入者《ちんにゅうしゃ》に身構える初芽に早口で言った。

「先週末の報告書、吉川って人の派遣先を変えたいってどういうこと？　クレーム処理できなかったなら、さっさと切って欲しいんだけど」

朝っぱらから初芽が提出した報告書にケチを付けにきたのだろう。あの企業は郡司の担当だったのか。

「はい。お話を伺って、吉川さんは他の仕事のほうが向いているのではないかという印象を持ちました。ただ、彼女も態度を改めると約束してくれたので、残っている契約期間はなるべく満期終了させてあげて、その後彼女がつける動物関係の仕事を探して頂けないでしょうか。そのほうが、彼女はきっと……」

初芽は丁寧に頭を下げて郡司に懇願した。

「本来ならわたしが探したいところなのですが、今わたしはコーディネートできる部署にいません。だから郡司さんにお願いするしかありません。彼女は熱心に取り組める人です。どうか、よろしくお願いします」

必死に頼みこむ初芽を前に、はあ、と郡司は深いため息を吐いた。

「なんで、そんな面倒な仕事を増やすわけ？」

心底呆れたような声で、郡司がまくしたてる。

「福田さんってさあ、なんで異動になったのかわかってる？　だとしたら何もそこから学んでないよね。熱心な人ですって？　賃金もらってるんだから興味ないことでもやるのが仕事だろ？　学歴もなくて正社員になる気もなくて、そんな奴らどこに行ったたって結局ダメなんだから、はっきり言ってそんな労力かけるのは無駄。そいつらが努力してないのが悪いんだからさ。自己責任、結局甘えてんだよ。しょうもない仕事でしか食っていけない奴らなんだから、いちいち希望なんか通せない。無駄にこっちの負担を増やすのもいい加減にしてよ」

郡司の横暴な物言いに苛立ちが込みあげたその時、

「郡司さんは……」

初芽がぎゅっと拳を握りしめて、思いがけず強い口調で言った。

「郡司さんは、育った環境もよくていい大学も出て、正社員でたくさん勉強して知識を身につけて、本当にすごいと思います。わたし、そういうところ尊敬してました。でもだからって、そんな言い方……。わたしたちはきっと、なんというか……みんなで一つの水槽にいるようなものなんです。そこにはいろんな人がいます。出世していく人もいれば、努力しても目標が叶わなかった人だっています。それ以前に努力すらできないほどの環境にいる人だっています。郡司さんがそうやって気持ちよく水槽の上のほうで泳げるのは……たとえば、水槽の中のゴミを取ってくれる小さなエビがいてくれるからです。郡司さんにとっては面白くない仕事かもしれませんが、水槽はそのエビがいるからきれいになるんです。どんな仕事でも、その人が一生懸命ならば絶対に絶対、誰かの役に立てるんです。だから、少しはそういう人を認めてください。人を見下したりする態度はエビ……エビ以下です！」

しんとしたAI推進部全体に声が響いた。

なぜエビの話が彼女から出てきたのかは謎だったが、絵里はこの場では訊かないことにした。

「い、意味わかんないこと言ってんじゃないよ」と郡司の声が裏返る。

その時、片方だけ耳に残していたイヤフォンから、思いがけない言葉を耳が拾った。

すべての雑音がシャットアウトされ、思考が停止する。画面の中の響に目が釘付けになる。

絵里に向かって何か言おうとしている郡司を「ちょっと今喋りかけないでくれます？」と制して、じっと耳を澄ました。

嘘でしょ？

推しが卒業すると言っている。

ええ、ええ、何それ？

「え〜〜〜！　聞いてねえし〜〜〜！」

絵里は思わず叫んでしまった。

ショックで手が震えた。いやちょっと涙が出てくる。

アイドルには二十二歳の壁があるということは知っていた。

それでもまだあと一年は彼女は続けてくれると思っていた。

だけど薄々、前回のライブのダンスパフォーマンスは神がかっていて、もしかすると
このまま卒業しちゃうんじゃないかとも思っていたのだ。

画面の中の推しが、寂しげな、それでいて晴れやかな表情で言う。

「今度のコンサートツアーの最終公演をもちまして、響は卒業いたします。今後は好きなダンスやお芝居の世界でがんばっていきたいと思っています！　七年間も応援してくださったみなさん、本っ当にありがとうございました！」

あの子らしい、あっさりしたコメントに笑える。

中学二年生からの、彼女の七年間という日々にしみじみする。

もしかしてこの子も冬眠するのかも……。

そう思ってから絵里は「いや」と自分でその考えを訂正する。

こんなに晴れやかな顔をしているのだから、冬眠じゃなくて脱皮だ。

いちばん輝く時代をアイドルという夢にかける女の子たち。積み上げてきたその努力と人柄は裏切らない。消費期限があってもなくても、なんだって彼女ならばやっていける。

二十一歳。研修生だった十四歳からずっと応援してきた。よく続いたよ。

新しい人生を歩むために、しがみつくすべてを捨てたんだ。

フロアに目を向けると、いつの間にか郡司はいなくなっていた。ぽかんとした表情でこちらを見ている初芽に事情を説明しながら、絵里は玄米のおにぎりにかぶりつく。今日もそんなに面白くない仕事をやらされて辛いかもしれないけれど、推しがアイドルを辞めてしまうけれど、なんだかちゃんと笑える。そして、これ、甘いメロンパンよりずっとおいしいじゃん。

人生は何回かはやり直せるのかもしれない、と絵里は思う。

何歳からでも、まだ間に合うんだと。

今度は絵里がその姿を見せる番だ。

始業時間が近づき、絵里はそっと画面を閉じた。推しの笑顔は一瞬で黒い画面に飲みこまれる。それでも応援して、愛して、見つめ続けた彼女の美しさと強さは、絵里の心からずっと消えない。

第5話
水田速雄(54)の奮闘

卵焼きをひっくり返しながら、鼻歌を口ずさんでいる自分にようやく気がついた。

どうして歌なんか僕うたっちゃってるわけ……？　そんな気分じゃないはずだ。自分はけっこうやばい瀬戸際に来ている。頭だけじゃなくてすべてが不毛だ。まさに、不幸という名札をつけているような人生を送ってきた。

水田速雄はお弁当箱に出来上がった卵焼きとほうれん草のおひたし、冷凍食品のコーンクリームコロッケを詰めながらおそるおそる考えてみた。幸せな気分はやっかいだ。

人生は山あり谷ありというけれど、振り返ってみても「ここ人生のピークっす！」と言えるくらいの山に登ったことなど一度もない。だから何も望まなくなった。

上がれば落ちるのだ。だったら谷底にいることを当たり前として運命にもへらへらしたほうがいい。幸せにも不幸にも鈍感になったほうが生きやすい。

白いご飯の上に梅干しを載せる段階で水田は「あっ」と声を出した。

いいことが二つあった。一つめはこの間、二匹目の住人となった茶トラの寅次郎《とらじろう》が、さっき目を見て返事をしてくれたことだ。水田は足元で猫飯をちゃちゃっと音を立てて食べているトラ柄の子猫を見つめた。いや、猫を増やす気はまったくなかったのだけどこれは仕方ないんだからわかってくれよ、と窓際の日の当たる場所を陣取っているキジトラのミャーを見て言うと、ミャーは毛繕いを止めてちらっとこっちを見た。

三週間ほど前、家の近くで首に紐《ひも》をつけられた猫を小学生の子供たちが引っ張っていた。よく見るとその子猫はどろどろに汚れ前足と頭に血が滲んでいた。そしてにゃーにゃーと鳴いていた。水田にはその声が「痛いよ、痛いよ、助けて」というふうに聞こえた。だから、子供たちにお願いしたのだ。

「その子猫をおじさんにくれないかな？　痛そうだよ」

「いいよ、捨てられてたんだ」

「僕らが怪我《けが》させたんじゃないよ」

「そう、僕らじゃないから」

子供らはお互いの顔を見合わせた。

大人が出てくると途端にいい子になる最近の子供たちは、あらゆることを我慢しているのかもしれない。水田は財布から五百円玉を出して子供らに渡した。

「おじさん、お金持ちじゃないからちょっとだけど、アイスくらいなら買えるでしょう？　猫をもらったお礼です」

「知らない人からお金もらっちゃダメなんだ」一人の子がそう言ったそばから、「ありがとう」ともう一人の子供がそれを受け取った。硬貨を受け取った子供の腕にも子猫と同じような小さな傷がいくつもあった。

獣医に連れていくと、「怪我は大したことないけどお腹に虫が湧いています」と言われた。

「どなたか飼ってくださる方いませんかね？」と訊くと「シェルターがあるので預けますか？」と返された。

少しだけ考えて首を横に振った。家に連れ帰り一週間虫下しを飲ませて、いつの間にかその猫を寅次郎と呼んでいたのだった。

しばらくは警戒心がなかなか解けずに距離があったけれど、ようやく今日「寅次郎、ご飯食べる？」と訊いたら「にゃー」と言ったのだ。

それまで何度彼の名前を呼んだことだろう。そもそも自分の名前が寅次郎だと気づいていなかったのかもしれない。今までは目すら合わせてくれなかったけれど、今日は目が合った。

水田は水色の水筒にやかんで煮出したルイボスティーを入れてキュッと蓋をする。

寅次郎がキジトラのミャーのところに寄っていくと、昨日まで無視していたミャーが子猫の顔を舐めた。

ようやく受け入れてくれたんだ！

すごい、すごいよ、君は心が広いなあ、水田は猫らに話しかけながら、まあこれは喜んでいいかと苦笑いした。

あれさっき二つあるって思わなかったっけ？　と思い出し、なんだっけ？　と考えながら、猫たちに「行ってきます」と言ってドアを開けた。背中に「にゃっ」と声が届いた。

会社に着くと、いつものエレベーターに乗る。このパンダスタッフのビルは古く、エレベーターも同様で、十一階にたどり着くまでのろのろと時間がかかる。総務部、営業部、何人かの人が途中で降りるたび、水田は開閉ボタンを押してやり、それに一言もお礼を言われることはなく、最後に降りた。

十一階の見慣れた廊下を歩き、AI推進部へ入る。こぢんまりした室内は冷気がこもり、マフラーをしたままの山川と、やたら厚着をして着太りして見える三浦が、それぞれの席に座っていた。寺山のデスクには荷物があるので出社しているようだが、席にはいなかった。

一度デスクにコートと鞄を置いて、水田はフロアの外にある給湯室へ向かう。簡素な給湯室には、ビジネス雑誌が置いてあった。他の部署とも共有のスペースなので、誰かが読みっぱなしで置いていったのだろう。表紙には光沢のあるグレースーツの、いかにも余裕があるといった四十がらみの笑顔の男の写真。その下に、「ペイフォワード」と描かれたロゴマークが見えた。うちからも人材を派遣している、有名企業だ。このAI推進部では見ることのない成功者らしきオーラが眩《まぶ》しくて、水田はちょっと目を逸らす。

あっ。お湯を沸かしながら思い出した。

そうだ、もう一つの嬉しかったこと。先月からこの部署に来た土屋さんという女性がお茶を飲んでくれたことだった。

水田はこの部署のみんなによくお茶を振る舞うが、土屋さんが何度か流しで捨てているのを見たので、迷惑なら差し出さないほうがいいかと思っていたのだ。

けれど、黙って座っていると気が滅入るこの寒い場所では、どうしてもあったかいお茶を差し出したくなった。

だって、ここにいるのはみんな捨て猫みたいだから。

「今戻りました」

水田が給湯室で沸かしたポットを携えてＡＩ推進部に戻ると、福田初芽に呼びかけられた。新入社員なのに、一年も経たずこの部署に異動させられた子だ。

その若さがあれば転職だってできるだろうに、なぜかまだこの会社にい続けようとする初芽は、善良そうだが水田にとって不可思議な存在だった。若い子って、よくわからない。

「朝からどこに行ってたんですか？　福田さん」

「総務部です。野田部長に呼ばれて」

「ああ、そうか朝一番だったね。また何か言われましたか？」

水田はポットをフロアの端のテーブルに置くと、家から持ってきたティーバッグをポットの中に放りこむ。蓋を開けたポットから少し遅れてむわっと白い湯気が立った。

たしか、初芽は野田に以前から目の敵にされていて、かなり精神的にも追い詰められていたはずだ。それが、なんだか最近は元気に見える。

「はい、『福田さんは空気読めなくてよかったよ。だから今日もこうやって厚かましく会社に来れるってことでね』みたいなことを……」

水田は初芽の顔を見て思わず吹き出してしまった。

「え?」

「いや、今、福田さんの顔が野田さんになっていましたよ。物真似しちゃうの癖みたいですね」

「もしかして、ヌタウナギみたいになっていましたか?」

「何それ」

「ぬるっとしたものを吐き出すウナギです」と初芽が笑った。

その笑顔を見て、水田は不思議に思う。なんでだろう。この部署に来た時には、徹底的に打ちのめされて鞄の中の潰れたアンパンみたいになっていた彼女とは、どこか違う。

「何かいいことありましたか?」思わず訊いていた。今日はそんなに雑用も多くないから少しくらいの雑談をしてもいいだろうと自分に言いきかせる。

初芽は大きく目を瞬いて、嬉しそうに口を開く。

「はい、わたし会社の外で、ちょっと息をするのが楽な場所を見つけて」

「例の魚屋？」

「はい、死んでる魚でなくて生きてる方の」

水田は釣り堀をイメージしたが、それ以上は訊かずに話の続きを聞くことにした。

「わたし、何をやっても裏目に出てしまったんですね」

「はい」

「で、ここにいるわけですが」

「はい」

「で、その魚屋さんに通ってるわけですが」

「はい」

「で」

「福田さん、ワンセンテンスずつじゃなくて、もうちょっと続けて話してもいいんですよ」

「すみません。わたしなんだか言葉がいっぱいで整理できてなくて、つい緊張してました」

水田は初芽をしげしげと眺めて、さらに不思議に思った。

この子、こんなに明るい表情してたっけ？　なんだかもっと猫背だった気もする。あきらかに以前のおどおどした彼女とは別人だ。

「わたし、すごく辛かった時に、その魚屋さんに、上司からこんなこと言われてひどく傷ついたって話を……まあ愚痴なんですけどしたんですね。そうしたら『それって相手が喜ぶ事しているよ』って言われたんです」

初芽はその魚屋らしき人の声色を真似しながら言った。

「わたしを苦しめたい人は、わたしの苦しむ顔を見たいわけです。だから、わたしが苦しめば苦しむほど、相手を喜ばせているって。なんだそうか、野田部長を喜ばせてしまったのかと思うと悔しくなってきたんです。でも、そう言われてもどうしたらいいのって思いました。わかっていても悔しいです。苦しい、悲しい、辛い、嫌だという気持ちが消えるわけじゃないんです」

決して力強くない声で、彼女は少し斜め下を向いて話す。見ると右手も左手もぎゅっと握られている。

水田はポットの隣にある紙コップ（これも水田が自分で買っている）を手に取り、今できたばかりのお茶をポットから注いで、初芽に手渡した。

初芽は礼を言って片手で受け取りながら、話を続ける。

「そしたら魚屋さんに『感情は自分で選べるんだよ』って言われました」

初芽は紙コップからお茶を一口飲むと、「今日はルイボスティーだ」と言った。正解だ。

「それを聞いてから自分で考えました。そしたら、感情はこの四色ボールペンみたいなものなんだって、わかってきたんです」

初芽はポケットから四色ボールペンを取り出してみせた。声はさっきよりも自信のある声となり、ついでに鼻の穴も少し膨らんだ。

「四色ボールペン？」

「はい、赤の感情、青の感情、黒の感情、緑の感情、すべて自分の手の中にあって自分で色を選べるんです。わたし、野田さんの前で青色とか黒色を自分で選んで、気分がどすんとなっていたんです。だけど今日、わたしは赤色を選びました。わたしは赤色の福田初芽なんだって。そしたらちょっとだけ……はい、本当にちょっとだけなんですが、今日は野田部長の前でおどおどしなくなりました」

「ほう」

「野田部長、ちょっとびっくりしていたというか、いつもより嫌味の度合いが減った気がしました。おどおどしてないわたしは、攻撃をちょっとだけかわせたんです」

初芽はここまで言うと、急にいつものおどおどした顔に戻って顔を真っ赤にした。

そして、その照れを隠すように「……おいしいですね」とお茶をすすった。

どくん。

もやもやしたものが心に湧き上がる。

「福田さん、すごいですね」

僕よりも、という言葉をカットして言った。

「なので、今日もがんばります」

初芽はそう言って飲み干した紙コップを見て「まだ使えるかな」と独り言を言いながら、席へ戻っていった。

水田は他の社員にもお茶をくばった。少しの会話をして、自分の席に戻る。

今日の仕事の準備をしていると、デスクのペン立てが目に入った。そこには黒いボールペンが数本ささっているだけだった。四色どころか二色もない。

そうだ、僕は選ぶ感情を持たないようにしているんだった。


「今日はあの大量の書類整理ですか？」

あきらかな不機嫌を隠そうともせず、三浦駒子が言った。彼女はこの会社ではベテランだし、仕事では頼りになるけれど、水田の前ではどこか後輩気分でいるきらいがある。

株式会社パンダスタッフは、創業以来ずっとこの街に根を下ろしてきた。社長と数人の社員で始まった人材派遣サービスは、バブルが崩壊して非正規雇用の需要が高まる時代の中で急成長し、今や自社ビルを持ち、全国の支店をあわせて三百人ほどの社員を抱えている。

その社員たちが、毎日、人を求める仕事と、仕事を求める人を繫ぎ合わせていく。

結果、数千、数万人の人生だって左右してきたのだと、水田は時々そら恐ろしくもなる。

ＡＩを推進するなんて言い出したのはつい最近だが、三十年近く溜められてきた書類は倉庫を圧迫しており、ついに整理、処分して、残すものはデータ化するという運びになった。

次々とシュレッダーにかけられ、捨てられていく紙切れを見ていると、水田は自分のようだと思ってしまう。時代が変わり、不要になる者同士。

「水田さん、そんなに頭を掻いたら毛がもっと減っちゃいますよ」

三浦駒子が声をかけてきた。いつの間にか頭を掻き毟《むし》っていたようだ。

「ああ、減っても誰も気にしないですよ」慌てて取り繕う。

「大丈夫なんですか？」

駒子はこちらをじっと見て、つけたした。

「……これからのこと」

駒子の真剣な表情から、水田は彼女の言いたいことを察する。

「知ってましたか？」

心がざわざわして、でもそれを表さないように注意して、何気なさを繕って訊く。

「知ってるも何も、野田部長が言いふらしてました」

非難がましい声色だった。駒子は怒っているようだったが、もくもくと手を動かして、手元の書類はラベルごとにぴっちりと分けられている。仕事の速い人なのだ。

水田はできるだけ大したことはないという感じで話したかったけれど、うまく言葉にできなかった。この無言を駒子は憤りだと受け取ったのか、言葉を強めて言う。

「今月いっぱいで水田さんを退職させるなんて……ひどいです」

そう、僕は今月でここを去るんだ。

それが決まったのは一ヶ月前だったが、水田はあまりこの事実に触れないように今日まで過ごしてきた。

飲みこめないほどの理不尽さや、溺れてしまいそうな不安にも鈍感でいたかった。

しかし、猫たちのことを考える。

自分は死んでもいいけれど、猫はどうしたらいいんだろう?

現実は刻々と迫ってくるのに、そのことを考えたくなかった。この現実を避けられないのに、そして逃げても行き場はないのに、避けて逃げて生きていたかった。

水田は眉毛を下げて笑ってみせた。

違うんだよ、僕は自分から「辞める」って言ったんだよ。

水田は駒子の顔を見ながらそう思ったが口にはしなかった。

まあ、確かにこんな未来もないおっさんに、会社だって給料を払い続けたくないだろうし、元社長の恩恵でしばらくこの部署でちょっとした管理をさせてもらっただけでも本当はありがたいことだ。年長の僕が……。

退職勧奨の目的は問題社員を自主的に自己都合退職させることである。

野田からは再三にわたって自主的に退職するように促されてきた。首を縦に振らなければ会社は解雇ができないことを水田は当然知っていたので、のらりくらりとかわしていた。

しかし、水田はついに一ヶ月前の退職勧奨で辞めることを決めた。

そう、会社が望むように〝自主的に〟だ。

「あのね。水田さん」

野田はどうしようもない子供に言い聞かせるような口調で水田に言った。

「あなたは社の内情をわかっていると思うから言うけど、ここだけの話、あの部署の給与予算は五人まで。有給とって辞める奴らはいいとして、これからも勤務し続けようとする奴らが多いと、このままじゃもたないわけ。いい加減、誰か辞めさせてくれないと。土屋が戻ってきて、福田は辞めないと言っているでしょう」

そして他の人たちも、初芽が来てからみんな辞めそうにない。

「できないなら、年長者のあなたがみなさんのためにね」

野田はいじわるな言い方で水田をじっとり見る。そして手に持っていたメモに目をやった。

いらんことを言って台無しにしないためにメモを読むのだろう。

「えー、結果として現時点で当社には水田さんにお任せできる仕事がないという結論になりました。よって水田さんには退職していただき社外でのご活躍の機会を得ていただきたいと考えています。今回退職を決意いただければ一ヶ月分の割増退職金をお支払いする用意があります。えー、本来であれば懲戒解雇処分相当であったところを自己都合退職として懲戒無しの扱いとし離職票にもそのように明記することとします」

野田はそこで顔を上げ、唾でも吐くように言い捨てた。

「だから前の金銭貸し借りの件、本当なら懲戒解雇なんだよ」

「あれはずっと前のことですが……」

「ずっと前だから、何？」

野田は顔の半分をこれ以上ないくらいに歪めてみせた。水田はその顔を見るともう何も言えない。

「だからさ、水田さん。退職願、お願いしますね。会社はここまで譲歩しているし、こんないい条件ないですよ。それにあなたが辞めないと、あの部署やっぱり人員オーバーだからね、今よりもっと扱いが悪くなるよ」

そして水田は退職願を書いた。

退職願を書いている時ふと、生きている意味について考えてしまった。

生きていても価値のない自分なら、死んでもいいのに。でも死んだら猫はどうなってしまうかな。

死にたいな死にたいな死にたいな、でも猫がいるな。

そんなことをループして考えてしまっていた。

水田はたった数行の文字を何度も書き直した。目からこぼれた水滴で滲んだからだ。

午後になって再び、書類整理の続きにとりかかろうとしたが、急な呼び出しが入った。「うちの嫁は不当な扱いを受けている」と、男がクレームを付け、会社に怒鳴りこんできたという。

その突然のクレーム対応に水田と、社内で別の作業をしていた初芽が呼ばれた。

「前にいた会社ではもっと広い席だったけど、今はかなり狭いって彼女が言ってるぞ。どういうことだ！　派遣だと思ってなめてやがる！」

応接室に通され待っていた男は、水田よりもだいぶ年下に見えた。血管が浮き出て目つきが強烈で、まるで凶暴になった野犬が襲いかかってくるような気配だった。

水田は、野犬の扱いに慣れていた。弱い犬ほどよく吠《ほ》えることを長年の経験から心得ていたのだ。怒鳴り声がどんどんと体に響いてきて、とても不快だったけれど、怒りの対応はそんなに難しいものではない。こちらが怒りで反応しなければ大抵の場合は怒鳴り疲れてくるのだ。怒りの感情は五分から十分くらいで収まることが多い。

この人はきっと「不当な扱い」ということに強く反応しているのだろう。初芽もそう理解しているのか、怒鳴り声を邪魔せず、一生懸命に話を聞いていた。そして相手が怒鳴り疲れたところで、彼女は丁寧に事情を説明し始めた。

あなたの奥様が前に派遣されていたところは、一部上場企業で一人一台ずつデスクがあったけれど、今度は荒川区にあるネジの製造会社さんで、事務の人は長テーブルに座って仕事をしているので、確かにスペースは狭いですが、そこにいる人はみんな平等です。

以前の大きな会社さんではIT化が進んで事務員さんが必要じゃなくなったので、小さな町工場ですが時給も同じで、アットホームで温かい会社さんをご紹介しました。不当な扱いでなく、かなり平等で、他の事務員さんよりむしろ時給が高いので、とっても優遇されていますよ、奥様は。

でも、どんな仕事も大変です。ましてや派遣で行かれると最初は仲のいい人もいなくてストレスもあるかと思います。そんなちょっとした不安や不満を「狭い」ということに置き換えて旦那様にお話しになったのだと思います。「大変だね」と言って欲しかったんだと思います。派遣なので合わないと言えば契約期間が満了になっていなくとも辞めることができますが、わたしはまだ辞めて欲しくありません。とても待遇がいいからです。どうかご理解ください。

身振りを交えながら初芽が穏やかな口調で言い切ると、さっきまで唸っていた犬が耳を垂らしたようにその男は「そうか、ならわかった」と言って帰っていった。

男の後ろ姿を見送ってから、水田は初芽をまじまじと眺める。

クレームの対応は誰だって嫌だし、この若さだと、相手の感情を逆撫でして火に油を注ぐこともある。けれど、初芽は自分の四色のボールペンの中から「どんな相手の怒りにも飲みこまれない」という色を選んだのだろう。

そして、臆《おく》さずに、見事に、相手を説得してみせた。それは水田をも感心させ、同時に、自分がサポートする必要などなかったことを、ほんの少しさびしくも感じさせた。

あの男の奥さんがもう三十五歳を過ぎてしまったので、際立った特技がない限り次の派遣先が前のようにはいかないという事実を初芽は最後まで伏せていたけれど。

「怒っている人は感情を表に出してくれるから、実は楽です」

お疲れ様、とねぎらうと、初芽が微笑んだ。

「水田さんは、怒ったりすることはないんですか？」

「えっ？」

怒る、ということを水田はずいぶん長いことしていない。最後にそうしたのはいつだろう。

席に戻ると、デスクの上にあるいくつかの黒いボールペンが目に付いた。水田は引き出しを漁り、その中から油性マジックを手に取ってみる。自分は黒いボールペンしか持ってないと思っていた。でも違った、もっと太い黒を選ぶこともできるんだった。

おもむろに自分の手のひらに油性マジックで点を描いて、その真っ黒な点を見て苦笑いした。

派遣会社に勤めていれば、年齢を重ねた人間が選べる仕事はぐんと減ってしまうことなど言われなくてもわかっている。三十五歳を過ぎるだけでもそうなのだから、五十四歳の水田を受け入れてくれるところはそんなにはない。

昔は、僕だって四色ボールペンを持っていたんだ。たくさんの派遣スタッフさんの名前はできるだけ覚えた。現場によっては機械のように扱われるところもある。そこでは名前がなくなってしまう。せめて僕だけでも彼や彼女を名前で呼んであげたかった。

青で囲んだ名前はそろそろ正社員になれそうなくらい評判のいいスタッフ。緑はまだ三ヶ月未満の人たち。黒は普通のスケジュール。

そして赤い丸で囲んだ名前は、何度か派遣先をばっくれたりしてしまった人たちだ。無断で来なくなると、派遣元の社員にとばっちりが来る。誰かがカバーするために時には本社の人間だって、白いエプロンをつけておじいさんが床にこぼしたスープを拭くことになるし、夜中に工事現場で旗を振る。だから派遣会社ではそういうばっくれた人たちをブラックリストに入れて、人手が足りない重労働の仕事ばかりをあてがうようになる。

そんなことをしたら余計に続かなくなってしまう。

だからそうならないように、精一杯やったつもりだったのにな。

鞄から水筒を取り出すと、シロクマがいつもと変わらない表情で笑いかけている。

翌朝、起きてすぐ異変に気がついた。寅次郎が食べたばかりのご飯を吐き出してしまい、ぐったりしているのだ。

「寅次郎！」

水田は午前休をとって獣医に連れていき、検査をしてもらった。猫風邪だろうと言われ、点滴を打ってもらった。寅次郎は怒って暴れたが、暴れる元気があることに水田は救われた。

寅次郎を連れて帰り、ミャーの隣に寝かせると、午後から出社するためにスーツに着替えて鞄を手にした。寅次郎の側にいてやりたかったが、治療費も、餌代も、水田が稼がなければならない。冷たい風に身震いしながら、小さくくしゃみをして、水田は通い慣れた会社へと向かった。

水田は昔、石黒と同じ営業部で肩を並べて仕事をしていた。

あの頃から颯爽として、スーツだけでなく背筋もアイロンで伸ばしたみたいにしゅっとしていた石黒と、そろそろ前髪が後退しつつあった若ハゲでひょろひょろした水田は、外見も性格も正反対だったけれど、仲が悪かったわけじゃない。一回り近く年下の石黒にいつも成績は負けていたが、水田だって普通よりちょっと上くらいの成績をあげていた。

けれど、ある時から石黒は変わった。

水田の元上司でもあった当時のパンダスタッフの社長が体調を崩して引退した五年前から、会社の気配も大きく変わった。

当時まだ三十歳だった社長の息子が新たに社長の座についたが、経験が浅いだけでなく、あまりやる気もなかった。

だからほとんどの実権は、前社長に評価されていた石黒のものとなった。お飾り社長は彼の言いなりとなったのだった。

水田がＡＩ推進部に異動になる前、派遣スタッフは「無断欠席二回で派遣登録を解除」というルールを決めたのも石黒だった。

「無断欠席をした彼らにもいろいろな事情があるんです。話を聞いてから場合によってはチャンスをあげたほうがいいのでは？」

懇願する水田を前にして、石黒は冷たく言った。

「使い物にならない人間は捨てる」

「たとえば、中には精神疾患のある人もいる。人との会話が極端に苦手な人も。重いものを持つ現場で腰を痛める人もいる。そんな人でもたとえば、座って部品を組み立てる仕事だったら可能性があるんです。僕が案件とってきますから、なんとか週に三回でも仕事を斡旋しては……このままだと彼らは生活できなくなってしまいます」

「そんなことは自己責任ですよ」

「しかし、前社長のお考えでは……」

石黒はため息をつき、水田さん、と呼びかけた。

「金が入る仕事をしてください」

「金」

「使えない奴にどれだけエネルギーを注いでも金にならない」

石黒はそう言って、水田にそれまで以上に厳しいノルマを課した。

わかっているんだよ、そんなこと言われなくても。

水田はカップラーメンの入ったコンビニ袋を持って、名前に赤い印のついた彼らの家を休みの日によく回った。インターフォンを押しても出てこない人にはドアノブに袋を掛けた。年老いた母親が出てきて「部屋から出てこない」という息子についての悩みをただ聞いた。最終的に生活保護の手続きを手伝ったりもした。

社会の上にいる人間にこの事情がわかるはずもない。

普通の人ができることを普通にできない人たちも一定数はいる。

どう足掻《あが》いても、そこからのし上がっていくことなどできない人もいる。

生まれた時に配られたカードがあまりにも弱すぎる人もいる。

そうこうしているうちに、自分の手帳の赤い丸で囲まれた名前は次第に少なくなっていった。それは彼らが派遣登録をする段階でさえも弾かれるようになったからだ。

水田はどんどん苦しくなった。

そして、あの事故が起きたのだった。

――水田さん、もう生きていても意味がありません、さようなら――

――水田さん、辛いです。年を越せないです――

――三ヶ月家賃滞納してて、銀行に金ないし、カードも止められました――

――もう、死にます――

――短い間ですが、今までありがとうございました――

――水田さん、先が見えません。もう終わりです――


四年前の大晦日《おおみそか》だった。実家の新潟に帰省した水田が近所の子供たちと餅つきをしている間に、携帯にメッセージが何十件と録音されていた。

それは水田が派遣担当している二十代の男性スタッフ、大野《おおの》くんからだった。

せっぱつまった大量のメッセージに驚き、いやいや、まさか、と思いながら電話をしたが出ない。

正月休みで会社の人間にも頼み難かった。

どうせ大袈裟に言っているだけだろう。

だけど、大野くんは躁鬱の傾向があった。もしかしたらどすんと落ちているのかもしれない。

いやでも、本当に死ぬ気ならこんなメッセージを送るはずもない。

けれど、困っているのは事実だろう。誰かに頼りたいのだろう。

親から勘当されたような形で家を出た大野くんには、身近に頼れる大人がいない。

気がついたら車を運転していた。何時間かかるかわからないけれど、新幹線を待ったほうが早いなどと考える余裕もなかった。

大野くんの住む千葉の浦安《うらやす》に着いたのはもう夜中の三時を回ったところだった。一階にクリーニング店が入っている二階建てのアパートの階段を急いで一気に上がった。

仕事に連続で穴をあけないように何度も彼を迎えにきた。勝手知ったる彼の部屋のドアをノックして、同時にドアノブを回した。鍵は開いていて、玄関を入ったところから、大野くんが屈強なマッチョ三人に囲まれているのが目に入った。借金取りかと思った水田は思わず叫んだ。

「ちょっと待ってください！　僕が代わりにお金を持ってきたので！」

マッチョの男たちはぽかんとした顔で水田を見ている。大野くんは水田の姿を認めると、顔中皺だらけにして八重歯を見せた。

「水田さん！　本当に来た！」

「大丈夫ですか？」と水田が息を切らして訊くと、大野くんは首をぶんぶんと振って、

「この人たち借金取りじゃないよ、彼が僕の彼氏であとはお友達、みんなゲイ」

「へっ？」

「僕の彼がゲイバーやってて店をやる時に借り入れしたお金が返せなくなったんで、みんなで相談してたんだよ」

「どうも」筋肉で盛り上がった腕をタンクトップから見せびらかすように出しているソフトモヒカンの男性が笑顔で会釈した。冬なのに寒くないのかと水田は不思議に思った。

「もう、このままだと死ぬしかないって話になってて、僕がこの世で一番信用できる人に連絡してみるって言ったんだ」

「あ、そ、そう」

「まさかこんな夜中に来てくれるなんて、めっちゃ嬉しい。僕って愛されているんだ」

「で、家賃が払えないって？」

「うん、あったお金全部、今回のことで使ってしまって」

「まさか明日追い出されることはないのでしょう？」

「うん、そうだけど、逃げちゃおうかなって」

タンクトップがすまなそうに大野くんの肩をさすった。新潟から来たと水田は言えなかった。あの顔を見たら怒る気もしなかった。

「ちゃんとこれからも働いてもらえますか？」と訊いた。

「うん」大野くんは頷いた。

「絶対に約束してくれますか？」

「うん」もう一度彼は頷いた。

「絶対ですよ」そこで水田はしつこく念を押した。

そして水田は封筒に入れた現金を大野くんの手のひらに押し付けた。

その日は百年に一度という大雪の日で、初日の出の直前、大野くんの家を後にした時が一番の豪雪だったのだ。そう、運が悪いのは慣れている。


「水田さん、書類整理手伝います」

翌日水田に声をかけてきたのは、初芽だった。今日は駒子が介護施設のヘルプに行っているので、水田一人でこの作業を行うはずだった。連日地下の倉庫でシュレッダーをしてもまだ山のように残る段ボール箱を見渡しながら、マスクを着けた初芽が倉庫に足を踏み入れる。

「今日は寺山さんが珍しく現場に行ってますし、こっちにヘルプに来ました。わたしに振られた営業の雑用も早く終わったので」

水田から書類の分類の手順を聞くと、初芽は腕捲りして手を動かし始めた。

「わたし、寺山さんってまだお話ししたことないんです。挨拶しても顔を見てくれないので。なんだかちょっと、AI推進部にいるタイプと違いますよね？」

「ああ、彼はね。こだわりが強いだけで、人はいいんだよ」

寺山はAI推進部が作られて水田が部長に任命された当初からいたメンバーだ。三十代で、今っぽい風貌の青年だが、極端に人と関わらない。口数が少ないので水田もあまり話したことはないが、さほど問題児というわけでもない。

「ただ彼は……仕事はできるんだけど、上の言うことをあんまり聞かないタイプなんだよね。長いものに巻かれないからかな」

「上に嫌われたってことですね」

水田のやんわりとした説明に、初芽が残念そうに言った。

メタルラックの中に収納された段ボールは年代順に整列している。それを見ていると懐かしい気持ちになった。

ここには僕の歴史があるんだな。そうして粉々になって散っていくんだ。

時々沈黙を挟みながら、二人して、書類をいるものといらないものに分けては、捨てていった。

しばらく経ってから、初芽が、言いづらそうに口にした。

「あの、水田さんの退職のことを噂で知って……」

「ああ」

水田は、初芽が気にしないように、なるべく明るい口調で応えた。

「水田さんは……怒らないんですか？　不当な理由で解雇されて、そのまま受け入れて……いいんですか？」

初芽の声は、以前話した駒子と同様に、怒りが滲んでいた。

「水田さんは、この会社にずっと貢献してきたのに、石黒さんと対立したからこの部署に追いやられたって。そのきっかけも……」

　水田は困惑する。自分のことなのに、なぜ周りの皆が、こうも怒るのだろう。

「四年前、水田さんが営業にいた時事故に遭ったって。それで足を痛めて車の運転ができなくなったと……」

「ああ、うん」

「みんな水田さんのこと心配して話してました」

　やっぱりみんな噂好きだよなあ、と水田は苦笑いをした。

「あの……猫を助けたって」

「そう、写真見る？　ほらこの子、ミャーっていうんだけどね。雪の中で怪我してて拾ったんだよ」

「可愛い～！」

　初芽は食い入るようにスマホの写真を見て顔をほころばせた。

「でしょ。この子を拾った時に対向車がスリップして……」

　初芽が顔を上げた。

「まあ、なんか運が悪いにもほどがあるでしょ？　車を降りて猫を助手席に置いて、運転席に戻ろうとしてた時に。まあ、足を折っただけでそんな大袈裟な怪我じゃないけど」

　そうだ、あの日大野くんの家から帰る途中で、暗闇で光る目を見つけた。

なぜこんな雪の日に道路脇に置き去りにされているのかと、思わず車を止めてその猫を抱き上げた。猫は激しく鳴いた。見たところ出血はなさそうだったが足が変な方向に曲がっていた。

猫を助手席に置いて運転席に戻った時、突然スポットライトを浴びた気がした。気づくとスリップした車が目の前にあった。

そんなにひどい傷じゃないと思ったので急いで大野くんに電話して猫を預かってもらった。とにかくこの子を病院に連れていってくれと。

大野くんはその後、事故現場に来て猫を保護してくれた。その時僕はもう救急車で運ばれていたけれど。

「そんな……」

「それで全治一ヶ月の重傷を負って、入院してさ」

「会社から労災が下りなかったって本当ですか？」

「うん。派遣スタッフとの個人的な金銭の貸し借りは禁止されているからと、入院中に厳しい罰則が出てね。それに休みの日だったし、あくまでも個人の判断として」

「だって……」

「僕の足にはちょっとだけ怪我が残ったけど、ミャーの足はすっかり治ったんだ。僕、身代わりだったのかな？」

初芽は黙って下を向いていた。

あまりにも不幸な話をしてしまったのか？　と水田は反省しつつ頭を掻いた。

悪いことも重なるとね、感じなくなるんだよ。だってもう何も求めないからね。心の中で水田は言った。

「そういえば、水田さんってパンダスタッフに入って何年になるんですか？」

初芽が話題を変える。

「ああ、二十二歳からだからいやあ、もう三十二年かぁ……」

水田はラックの奥を見つめて指をさした。

「あの棚ね、あのあたりから」

「すごい、歴史を感じます」

「本当は大事だと思うんだけど、データ化されてないものって」

「石黒さんにとっては『なんの意味があるの？』ですよね」

初芽が顎を上げてポケットに手をつっこんで物真似して笑う。

足が奥のほうに進んでいた。粉々になる前に、そしてここを去る前に自分の過去に触れたくなった。未練がましいのはダメだぞと心の声がする。

奥の棚には「シロクマスタッフ」と書かれた箱が並んでいた。

今日はここからシュレッダーしよう。

「シロクマ……？」いつの間にか隣に来ていた初芽が覗きこんでいる。

「そうそう、僕が入った時は社名も違ったんですよね」

「あ、そうでした。社歴で見ました」

「もともと前の社長が創業した時に北極熊が好きだったからとかで。でも引退するちょっと前かなあ。パンダに変更すると言って……」

「シロクマからパンダへ」

「物事には陰陽があって、光が当たれば影ができる。それで白黒のパンダになったんです」

「へ～面白いです！　どんな方だったんですか？」

「いい人だったよ」

彼の面影を思い出す。大柄で、朗らかで、人のために何かしたいとてらいなく言える、いい男だった。

「これ、もしかして……水田さんの水筒の？」

初芽がこちらを見て首を傾げる。

「ああ、あの水筒は当時のノベルティなんだ。スタッフさんにプレゼントしていた。お金がない人も多いし、飲み物は家から持っていけと」

「シロクマ、素敵です」

初芽が一つのファイルを手にとって、おもむろに中を開いた。

「当時って紙の日報だったんですね」

「懐かしいなあ」水田も手にとったファイルを愛おしく撫でた。黄色くなった用紙には今ではあまり見ない手書き文字が並んでいる。

「あ、水田さんの日報だ！」

初芽が開いた日報ファイルをこちらに向けてきた。

「恥ずかしいな、読まないでくださいよ」

彼女の持っているファイルを覗きこむと、例の大野くんの名前が出てきていた。何度も彼の家に行っていた頃だ。

懐かしい。大変だったけど心はあったかさを感じていたあの日々だ。

「派遣会社ってピンハネ業みたいに言われる時もあるけど、僕たちがいないと仕事につけない人もいっぱいいるんですよ。本当に派遣会社ってすごいんだから」

つい本音が出て、水田は天井を見上げた。ちょっと泣きそうになったからだ。

大野くんはお金を返してくれた。今は沖縄で居酒屋を彼氏とやっている。

結果オーライなんだと水田は思う。

作業の合間に初芽を横目で見ると、彼女はさかのぼって昔の日報をじっと読みふけっていた。水田の視線に気がつくと、初芽は慌てたようにファイルを閉じて作業を再開した。

さして大きな山も谷もないまま、毎日は淡々と過ぎて退職の日が近づいていった。

ここに来るのもあとちょっとだ。引き継ぐことなどなんにもない。

三浦さんに仕事の割り振り対応を頼んだ。あとは自分というゴミの回収を待つのみだ。

席でお茶を飲んでいると、先日会社に怒鳴りこんできた男の妻から昨日謝罪の連絡があったことを初芽が報告してきた。今の派遣先でもう少しがんばってみるそうだ。初芽の手にしたメモ帳には、四色ペンの赤色でくっきりと、スタッフの名前に花丸が付けられていた。

「退職まであと十三日だな、いや、土日祝除いたら実際には稼働七日って感じ？」

ねばつくような声色が響いた。顔を上げると、ＡＩ推進部に入ってきた野田と、その後ろに石黒が立っていた。さらには郡司もいる。三人揃ってお出ましか……。

あと十三日で彼らとも会えなくなるんだなと、水田は他人事のように思った。忙しいのだからわざわざここへ来なくてもいいのに、僕の惨めな姿を見たいのだろう。

「おはようございます」

隣にいた初芽が、いきなり声を張り上げた。

「福田さん、まだ辞めませんって言い張ってるの？」

一瞬気圧されたように顔をしかめた野田が、ねっとりした声で嫌味を言う。

「元気そうですね」

石黒も言う。まるで元気だとダメかと思わせる言い方だった。

初芽は一瞬息を呑んで下を向くと、自分を鼓舞するように頷いてから、まっすぐに石黒の顔を見て言葉を発した。

「あの、石黒部長、ちょうどよかったです。お聞きしたいことがあったんです」

あ、まただ、と水田は思った。

おどおどしているかと思ったら時々急に変身する。なんだか漫画のヒーローみたいなところが彼女にはある。

「なんだ？」

「あの、十四年前の派遣スタッフリストに荻野悠也《おぎのゆうや》さんという方が登録されていましたが、ご存じですか？　その人は水田さんが担当されていました」

「ちょっと福田さん」と水田は慌てて遮った。僕の話なんかしないでくれ。

「それが何だ」

イライラした石黒の顔を、水田は見た。ほらやっぱり、彼はすぐに結論が見えない話が嫌いなのだ。

水田が話を収めるために立ち上がろうとすると、その肩を山川が押さえた。

え、なんで？　水田は動けなくなって座りこむ。

「荻野さんはお金の問題で大学を中退されていた方で、うちに登録にいらした時は、面接に行く時のスーツがなかったそうです」

「は？」石黒は嫌悪感をまるだしにして言う。

「その時、水田さんは自分のスーツを荻野さんに貸してあげたんです」

ねっ、と初芽は水田を見た。

「それも買ったばかりのおニュー」駒子が応援した。

「彼はそのスーツを着て面接に行って、採用になったんですが、しばらくはずっとそのスーツを着用されていたそうです。お金が貯まったら必ず返すと約束して……けどようやくお返しにいらしたその時、水田さんが事故で入院していたんです。まだ思い出せませんか？」

「そんな無駄な記憶はない」石黒はにべもなく言う。

「ええっ？　誰だよそれ」郡司がうるさく訊ねる。

荻野悠也くん。

水田は、もちろん彼のことを憶《おぼ》えていた。色つきのペンで赤く囲った彼の名前、それから、彼と話したことも。

お金がなくていつもお腹を空かせていたから、ラーメンを奢《おご》ってあげた。

一人暮らしの部屋が寒そうだったので電気ストーブをあげた。何度も何度も頭を下げてお礼を言ってくれた荻野くん。

とても礼儀正しい、頭のいい子だった。ただ、貧乏という病気のせいでチャンスがなかった、荻野くん。

「じゃ、この記事を見ても？」

今度は駒子が、雑誌を両手に持って、高々と上げた。開いた見開きのカラーページには、光沢のあるグレーのスーツに身を固めた男性が、社名の入ったロゴマークが描かれた受付のような場所で背筋を伸ばして立っている写真があった。

株式会社ペイフォワード 代表取締役 荻野悠也。見出しには「一着のスーツからはじまった恩返しの人生」とあった。

目を疑う。

「これが荻野くん？」

給湯室に置かれていたビジネス雑誌だ。この人が、いつも自信なさそうだった、あの、荻野くん？

「え……」

石黒が虚を衝かれたように、初めてわずかな動揺の色を見せたのを水田は見逃さなかった。

「この記事を読みますね」

次に山川が記事を読み始めた。なんだかすごくチームワークのいいリレーみたいだ。水田はやっぱり他人事のようにその様子を見つめるしかできなかった。

「借りたスーツで当時の会社に採用された僕は、感謝の連鎖によって人が必ず幸せになるということを知った。それで起業してようやく軌道に乗った時、十年後にスーツのお礼にその人に会いに行ったんです。でも、もうその人はいなかった。お辞めになったと聞きました。もっと早く行けばとても後悔しました。その人は水田さんという方です」

山川が記事を閉じると、みんなの視線が水田に集まった。

「……」

「水田さんは辞めていません。おそらくこの時は水田さんが事故に遭って入院していたんですよね？」

初芽が訊いてくる。水田のほうが訊きたいことだらけだった。

「どういうこと？　荻野くんがスーツを返しに？」

心臓がどきどきしている。それは緊張ではなくあきらかな高揚感のせいだった。

「その時、石黒部長は大きな契約をもらっています」

初芽は手に持っていた資料を読み上げる。

「株式会社ペイフォワード様　新規受注　担当石黒　入金額三千八百万円。こちら日付を見ると、ちょうど水田さんが入院してた時期です」

水田は石黒を見た。彼は何か言おうとして口を開けたが言葉は出なかった。

「どうしてこれを？」水田は震える声で初芽に訊いた。

「わたし、この前倉庫で水田さんの日報を見てて……この間雑誌のインタビューで見た社長さんと同姓同名の方が出てきたんで、気になって記事を探して読み返したんです」

「そのあと、僕がこの受注書を見つけたんです。きちんとデータにありました。でっかい売上ですからね」

山川が一歩進み出た。

「石黒部長はこの後、異例の昇進をされています」

絵里にバトンがわたる。

「つまり、石黒部長は水田さんが辞めたと嘘をついて、本来は水田さんのものだった契約を担当したのではないですか？」

駒子が言い放った。

「そんな前のこと！」野田の声はやはり裏返っている。

石黒は表情一つ変えてはいない。しかし水田は額に汗を光らせているのをしっかりと見ていた。

水田は胸が熱くなった。

そうか、僕は荻野くんに幸せのバトンを渡すことができたのかもしれない。

昔のような懐かしい感情が込みあげてきた。鼻の奥がつんとする。ダメだ、おっさんの涙ってなんか汚くないか？　水田は堪えて天井を見上げた。

彼、成功したんだ。そして覚えていてくれたんだ。

まいったな嬉しいな、めちゃくちゃ嬉しいな。最高だな。

僕、幸せになっちゃうじゃないか。ダメだよ、幸せってまた落とされるんだよ。

ああ、どうしよう。でも、やっぱ嬉しいんだ。

肘で突かれ駒子がタオル地の水色のハンカチを差し出していた。なんで？　と一瞬思ったけれどすぐに自分の顔が濡れていることに気づき、受け取った。顔を拭くとダウニーの匂いがした。

「あの……」

ありがとうと言いたいけれど、鼻水が邪魔して声にならない。

最後にこんなに嬉しいことがあるなんて、思わなかった。悲しい卒業式が、感謝の卒業式になったようだった。

そして深々と頭を下げた。

「なるほど……」と石黒は言うと水田と向き合った。

「確かに水田さんが担当でしたね」

静かに言い放つ石黒を、野田と郡司がおろおろしながら見ている。

「水田さん、入院されていつ復帰できるか、いや復帰されるかどうかわからない状況でした。私はあなたの後任としてあなたが途中で完了できなかったすべてを担当しなくてはいけなかったわけです。誰の成績かって？　マイナスもプラスも私は受け持ったんですよ。当たり前でしょう、こんなこと」

そう言うと石黒は感情に蓋をするようににやりと笑った。しかしそこには漏れ出た怒りの色が滲んでいた。

「でも、それって結局は水田さんの功績ですよね」

「この会社の規定にたしか書いてありますよ」

駒子、山川、絵里が石黒に向かって次々と言葉を投げる。それはまさに石黒の顔面にぴしっと当たったのだろう。石黒は苦いものを飲みこんだような顔をして言った。

「しかし……まあいい。あなたの功績だったことは事実ですね。そんなにしがみつきたいなら別にいいですよ。とりあえず検討しましょう」

「ちょっと、それは」

野田が石黒に何か言おうとするのを横目に、水田は首を振る。

「いや、もうこれ以上はいりません。これ以上、僕にいいことがあったらダメなんです。だから予定どおりに辞め……」

「辞めないです」

遮った声の主の方を見る。小さな体で踏ん張っている初芽だ。

「いや」

水田は鼻をずっとすすりながら言うと、「ダメです」と他のみんなが声を揃えた。

「水田さん、教えてくださいましたよね。『派遣業はピンハネ業って言われるけど僕たちは、仕事がすぐに見つからない人が社会にちゃんと出るための一歩を支える裏方です。世の中には僕らみたいにお荷物扱いされる人がたくさんいます。けど、ちゃんと支えたら……誰だって役に立てる。だから僕はね、人を信じたい』って。水田さんがいないとダメなんです」

「水田さん、お願いです。自分の口から言ってください」

自分なんかがまだいてもいいのだろうかと、水田はまだ思っていた。

見れば、デスクには今しがた初芽が放りだした、メモ帳と四色ボールペンがあった。

水田はなんとなく、そのペンを手にとった。

「もうこの件はいい、時間の無駄だ」

石黒はそう言うと能面顔で部屋を出ていった。野田と郡司が慌てて追いかける。

「……」

周囲に置いてけぼりにされながら、水田はまだ、素直になれない自分と戦っていた。

ああ、神様。

ここは猫たちのためにありがたく受け取ってもいいでしょうか？

こんなよれよれのおっさんでも、あとちょっとだけ幸せをもらってもいいでしょうか？

水田は周囲の声にヘラヘラと頷いたりしながら、シロクマの水筒からあったかいお茶を注いでゴクリと飲んだ。

そしてどうしても辞めないでしぶとく残っている同僚たちの妙に温かい目を見て、くすっと笑って、自分の手のひらに赤い丸を書いた。

第6話

大森元気（38）の憂鬱

なんだか午後から雨が降りそうな気がするけれど、天気予報は晴れマークがついている。

じゃ、きっと雨は降らないのだろう。

そう思ってから、おや？　と首を傾げる。

自分の感覚よりも天気予報を信じたということに気がついたからだ。

いや、それは当たり前のことだけれど、そんな自分に違和感がある。喉に小さな魚の骨が刺さったみたいに。

大森はカウンターの前にある水槽に目をやる。一辺が三十センチの立方体のガラスケースの周りに黒く塗った木枠をはめこんでいるので、その空間はまるで魚しか投影されない小さなモニターが行儀良く整列しているかのようだ。

水槽と水槽の間に通路があり、カウンターと反対側の木の棚には餌や水質調整剤、水草栄養剤、ボンベやエアーポンプ清掃道具、流木などを並べたコーナーがあった。

以前はキッチン——といっても簡単な乾きものを出す程度の店だったらしいが——だった場所を洗い場に改装してある。バーだった場所をそのまま借りられたのは本当にラッキーだった。

カウンターをそのまま使っているせいで魚を展示するスペースはぐっと狭くなったが、お客さんはここに来てゆったりした気分で鑑賞し次第に魅了されていく。魚に詳しいマニアックなお客さんは他店に行けばいい。ここは通いながら魚を好きになっていくお店だ。だから、ほぼ小さな魚だけを集めている。

成長しても大きくならない小型熱帯魚だけを集めた水槽コーナーを回りながら「もう、何種類になるだろう?」と大森は考えた。

先日仲間入りしたのはミクロラスボラ・ブルーネオンだ。彼らはエアーカーテンに乗って、その青いメタリックなボディを浮き上がらせてゆったりと上下していた。みんなちゃんとその姿で自己主張している。気泡に乗ってぐるぐると、ヒレのドレスでゆらゆらと、ネオンのようにチカチカと、それぞれの自由なスタイルで泳いでいた。

小さな水槽だらけだけど、一つだけ大きな百二十センチの横長の水槽がある。

それは大森が丹精込めて作ったアクアリウムだ。

もくもくと生い茂った水草の中に横たわる枝流木、その森を小さな魚が泳いでいる。水はいつもきれいで、隠れる場所も豊富で、天敵はおらず、餌は天から降ってくる。それは魚たちにとって申し分ない世界だ。狭いことを除けばだけど。

大森は壁にある電気のスイッチに手を伸ばした。ぱちっという音がして店内の光が消えると、そこはもう水の中だ。水槽のライトだけに照らされた魚と揺れる水草たちが一緒になって大森に話しかけてくる。まるで自分が水中を歩いているみたいに思えるのだ。

オレンジ色の群れは体の真ん中にクワのような黒い柄があるラスボラ・エスペイだ。ネオンテトラやカージナルテトラは光が当たるときらきらと輝いてくれる。

おい、君たちは自由なのか？　そして幸せか？

大森は魚に語りかけて苦笑いをする。毎日のように問いかけてしまう。

そうだよ、俺だってこうやって自由を求めてここにたどり着いたけど、いまだ自由になってはいない。

こうやって生きるために魚に餌をやって水槽を洗って、どんな水草がいいのか、どうやって飼うのかなどを客に説明している毎日だ。

サラリーマンだった頃のように管理されたり指示されたりすることから逃げた代わりに、今度は自分が自分を管理する立場になった。毎月の家賃や仕入れ、生活を維持するうえではサラリーマン時代よりもある意味自由がない。

すぐに死んだ魚を持ちこまれて「こんなの売りつけやがって」と、その人の日頃の鬱憤を受けることもある。どんな扱いをしたのだろうと、変わり果てた姿を見ながらこの店から旅立った魚の人生を想像して悲しくなることもある。

笑顔と泣き顔はいつだってセットだ。

楽しい仕事をするために、面倒な仕事をこなす。

俺たちの人生は、まるでえら呼吸ができないのに水の中を泳ぎ、もがきながら進んでいるようだ。その合間に自由を味わう瞬間が時々ある。

まるで息継ぎのように苦しげな顔で味わう自由。それが生活というものだ。

カウンターの後ろの棚には、名前の書かれたコーヒー豆の銀色の缶が六つほど並んでいる。大森は右手を口元にあててちょっと迷ってから「エチオピアゲイシャ」と書かれた缶を手にとった。

百グラム千六百円の豆を挽くのだから、徹底的においしく挽きたい。長細い銀色のミルに豆を一杯ぶん入れて、ハンドルを時計回りに回した。

挽いた豆にポットのお湯をゆっくり回して注ぐと、コーヒーの香りが薄暗い店内に膨らむように漂って安穏な世界を作る。

大森がいつも使っている波佐見《はさみ》焼のブロンズ色のマグカップにはパンが焦げたような錆《さび》感がある。これは前の会社にいた時にお客さんからもらったものだ。

大森は半年に一度くらい「これ誰からもらったんだっけ?」と考えるのだが、もらったことは思い出せても、これをくれたお客さんの名前も顔もまったく思い出せなかった。

サラリーマン時代はきっとしっぽを振るように大袈裟な喜び方で受け取ったはずなのに。

記憶力が悪いわけじゃない。もう、あの頃の記憶を脳が勝手に削除しているのだ。

くれた人には申し訳ないが架空の誰かに感謝しよう。今もちゃんと使っていますと伝えることができないけれど。

マグカップを口に持っていこうとした時、入口のドアが開いた。

顔を上げるとそこには、最近、いちばん来店頻度の高い福田初芽が立っていた。最初にここへ来た時よりも少し伸びた前髪。自分を押さえこむようにきっちりと留められていたシャツのボタンは一番上が外されるようになった。外見は東京に馴染んできたような気もするけど、どこか素朴な雰囲気が残っている。愚直でまっすぐな視線がそう感じさせるのだ。

初めて会った時、彼女は「この魚は幸せなのか？」と唐突に訊いてきた。心を読まれた気がしてびっくりしたんだっけ。

彼女は大森を見ると恥ずかしそうに頭をぴょこんと下げて店に入ってきた。

「あの、魚を見に来ました」

「ああ、こんにちは」

「すみません、買わないのに」

「どうしたの、いつもそんなこと気にしてないのに」

大森が笑うと、言いにくそうに肩をすくめた初芽は大森を見上げた。

「そうなんですけど、大森さんのお店にいる時、ほら、わたし魚を買っていく人見たことないんです。大森さん、すごく……あの、えっと」

「儲《もう》かってなさそうって言いたいの？」

「いえ、あ……はい」

大森が声を上げて笑うと、初芽は困ったような顔で言いつのる。

「だから今度お給料入ったら……買います」

「でも、貯金しておかないとでしょ？」

いつクビになるかわからないのに、という言葉を大森は飲みこんだ。

実際、熱帯魚が毎日どんどん売れるわけではない。数百円から数千円の魚や餌が売れても売上は微々たるもので、メンテナンスも大変だ。けれど自分はレストランのインテリアとしてアクアリウムの相談を受けたり、水槽設置やレイアウト、定期的な出張メンテナンスの仕事もある。

店を閉めないといけない日もあるけれど、そういうもろもろの仕事で売上がたっているのだ。

心配顔の初芽に大森はあえてそんなことを説明せず、曖昧に笑って話を切り替えた。

「大丈夫だから。それより、水田さんだっけ、彼はどうなった？」

初芽はここに来ると、自分の身の回りの話をする。特に会社の話が多かった。

前回はたしか、部署の部長だという五十代の男性の話を聞かされた。

大晦日に人助けをしたのが仇《あだ》となって事故に……そして退職の期限が迫っていた男性の話を聞いたのだった。

彼女のいる部署の扱いは聞いているだけで腹が立った。

「辞めないですみました」

嬉しそうに言う初芽に、「よかった」と大森は肩から力が抜けて心底ほっとして言った。

会ったことはないけれど話を聞く限り、彼はその部署にとって、とても大事な人なのだろう。

初芽は言葉を探すように一瞬口籠り、それから思い切ったようにこちらを見た。

「あの、大森さんはなんでそんなに『ああ、なるほど！』って思える話ができるんですか？　わたし、本当にすごいなって思って、そんなふうに自分も話せたらいいなって思うんです」

「あ、そう」

大森は水槽のほうを向いてできるだけさりげなく言った。心の底から恥ずかしいからだ。

「逆に訊きたいんだけど」

「はい？」

「俺、質問されると偉そうに言ってない？　なんか男のくせにお喋りかなって思う時、自分でもあるんだよね」

「いえ、全然そんなこと……」

「実は毎回、偉そうに喋ってたかなって……恥ずかしくなることもある」

ふと本音が出た。

俺は正直、気分がよかったのではないか？　と大森は以前から思っていたのだ。評価も出世もいらないと決意したくせに、時々無性に誰かに認めて欲しくなる自分が、いつだってどこだって追いかけてくる。

実際、こんなふうに「おしゃれですね」と言われる店の面構えも――そのおかげで何度かテレビ取材もあったわけだし――どこか人とは違うことを仄《ほの》めかしたいという、自己顕示欲が表れた結果にすぎない。

それに、取材の時は「孤独になれる都会のオアシスを作りたくて」とか「海の底にいるような空間を演出したかった」とか、そういう嘘をかっこつけて言っていた。そんなのは後付けだった。そう言うとメディアの人間が喜んでくれたから。

年下の女性に偉そうにアドバイスして、相手に感心したような顔をされ、お礼を言われたりすると舞い上がるほど嬉しくなった。承認欲求が満たされたからだ。

偉そうにぺらぺらと、人から聞いた話やどこかのネットで読んだ情報やビジネス書でかじった内容をさも自分の言葉のように伝えていた。

俺はきっと、映画に出てくるような困っている人を助けるかっこいいヒーローになりたいだけの、ただの痛い男だ。

金もない、経験もない。ただの社会不適合者の三十八歳。恥ずかしい。痛々しい。だけど、そういう自覚があるだけでその痛さは軽症になる気がする。

ふいに大森はもっと自虐的に白状したくなった。楽になりたい気持ちが半分、「そんなことないですよ」が欲しい気持ちが半分。

「俺、めんどくさい人間なんだよ」

大森はそれらのこじれた感情をようやくこの一言で表現しようとした。空気が抜けるように気持ちがすっとした。

初芽は視線を上に向けて考えるように言う。

「いえ、男の人のお喋りって、自慢とか、俺すげえぜ的なニュアンスがあると嫌な感じなんですけど、大森さんの言葉は……」

「うん？」

「全部、全部、全部が」

「全部が？」

「ここに……刺さります」初芽が胸元で拳をぎゅっと握った。

「刺さる？」

「はい、なんか、ぐさっとくるんです」

大森は慌てて、新しいカップに残りのコーヒーを注ぎ初芽の前に置いた。顔が上気したのが自分でもわかったから、湯気でごまかしたかった。

自分にはまだ、尖った部分があったのか。

「人から聞いた話だったりネット情報だよ」

「そんなの関係ないですよ。大森さんが言えば大森さんの言葉なんです、わたしにとっては」

初芽は言い淀んだ。えっと、と言葉を探すようにして上のほうを見ながら続けた。

「ああ、そっか」

「え?」

「大森さん、そんなに熱くないからです」

「熱く?」

「はい、熱すぎるお湯って長湯できないじゃないですか? なんというか、大森さんはスポ根漫画の主人公みたいじゃないし、こうしろ、ああしろとも要求しないです」

それは自分の言葉に百パーセント自信がないからだ。

「あと、ちょっと暗いです」

そこまで言うと、初芽は言い過ぎたと思ったのか手で口を塞いで下を向いた。

大森はおかしくなって、思わず小さく笑ってしまった。

あの時自尊心をどこかに落としてから、熱さも一緒になくなったってわけか。少しだけ背負っていた荷物が軽くなった気がした。

初芽も顔を上げると、肩をすくめて微笑む。

彼女が抱きかかえるようにして持っている紺色のトートバッグは、会社のノベルティなのか、パンダのマークのイラストが描かれている。それを見るともなしに見ながら、刺さる……刺さるのか……と初芽の言った言葉を心の中でリプレイし続けて、にやけるのを我慢していた。

ふと初芽の顔をよく見ると、目の下にくまができている。それに指には三ヶ所も絆創《ばんそう》膏《こう》があった。人材派遣会社に勤めている彼女は、よく仕事の穴埋めで過酷な現場にも赴くらしい。本当によく続くよな、心折れないんだな、この子なんで笑っていられるんだろう、と大森は首を捻《ひね》りたくなる。

「で、わたし……たんです」

「へっ？」

話を聞き逃していた。ごめんなんだっけ、と訊くと初芽は慌てたように顔の前で手を振る。

「あ、いいんです。だらだらと話してしまって」

「いや、なんて？」

「あの、わたし……実はもともと動物が好きで獣医になりたかったんです。でも、希望してた大学は落ちたし、そういう夢があったことさえいつしか考えることもなくなって……なんて話をしていました。どうせ奨学金を上限いっぱいまで借りて大学行くことになってたし、バイトしながらでは無理だったかもしれませんけど」

「へえ、獣医に」

「まあ、そんな夢は無残にも消え去って、滑り止めの大学を卒業して……わたし、奨学金の返済気にしてたし、正直、正社員になれたらなんでもよかったんです。あの時は

『なりたいもの、正社員』だったわけです。そして、なったんです、念願の正社員に。でも急な異動でこんな部署になって」

眉を八の字にしながら初芽が言う。

けれどその声の様子から、彼女は決して悲観的な話をしているのではないとわかった。

「だけど、大森さん、わたしついに、見つけた気がするんです」

「見つけた？」

「こんなわたしでも誰かの役に立っていると思えることが……。毎日、痛くてしんどくて辛くって嫌味を言われて、嫌なことばっかりで、自分が情けないんですけど。でも時々、ふっと、分厚い雲から一瞬だけ光がさすような瞬間があって……」

初芽は絆創膏だらけの手を見つめて黙った。

光がさすというその感覚は、大森にも覚えがあった。

それはずっと前を向いて生きていけるほどには十分な光じゃないかもしれない。けれどその光を見つけられたなら、もう彼女は、大丈夫なんだろう。

「大森さんは、昔からアクアショップを開こうと思ってたんですか？」

初芽が唐突に訊ねる。

「いや……」

言いかけた時、ふいに鼻先に雨の匂いを感じた。さっき見た天気予報は、外れだったのだろうか。

話そうか迷ったけれど、懐かしい匂いに背中を押されて言葉を発した。

「俺は新卒の時はサラリーマンだったんだよ。君と同じ」

記憶を手繰《たぐ》り寄せるうちに、この地下にまで雨の音がはっきりと聞こえてくるような気がする。

大森がアクアショップを始める前、あの人と出会った日にも、雨が降っていた。

五年前、会社員だった大森は井の頭線の永福町《えいふくちょう》から歩いて十分くらいのところにある釣り堀に通っていた。魚が好きだからではなく、会社と反対方向の電車に乗ってたまたま降りた駅が永福町だったからだ。

敷地は赤い格子のような柵に囲まれ、たくさんの自販機が並んでいた。手前に食堂、その奥に周囲が緑に囲まれた釣り堀があった。食堂は鉄パイプにビニールを貼り巡らされたまるでビニールハウスのような作りで、天井からはなぜか海水浴で使うようなサメやキリンのビニール人形がぶらさがっていた。少し空気が抜けているせいでそれらはやや老けて見えた。

初めてその釣り堀を訪れた日、大森はぼんやりと他の客を眺めながら、店主お勧めのオムライスを食べた。平日の昼間だからか、釣りをしているのはホッピーを片手にぼんやりと釣り糸を垂らしている年配の男性が四人ほど、あとは二十代くらいのカップルが一組いて、釣りを楽しむというよりSNSにアップする動画撮影に夢中になっているようだった。

釣りはしたことがなかったので、店員に竿《さお》と練り餌のつけ方から教わった。黄色いビールケースの上に腰を下ろして釣り糸を垂らして待つだけだった。

急ぎ足で生きてきた自分には想像もしたことがない時間だった。

近くにグラウンドがあるのだろうか？

いけいけ――。かっとばせ――。

野球の声援が聞こえる。その声とはほど遠いテンションで大森は俯く。

人の顔でもなく、パソコン画面でもなく、ただ水面を見つめて、さっき食べたオムライスのカロリーがなかなか消費されそうにない省エネモードでじっとしていた。

会社に行こうとすると動悸がするようになったのは、一ヶ月前からだった。

朝起きて、スーツに着替え、駅に入るまでは問題がない。しかし、ホームに立って、他の出勤する人たちを見ていると、急に息が苦しくなって、叫びだしたいような衝動がやってきた。

ある日、会社に行くはずの電車に乗れなくなった。そしてそれからは反対方向の電車に乗り続けた。出社するかわりに、ほぼ毎日この釣り堀に通うようになった。毎回醤《しょう》油《ゆ》味のオムライスを食べた。

会社を休んで何日目のことだろう、急に雨が降り出した時があった。

釣り糸を垂らしたばかりだったので動くのもおっくうで、雨に濡れながら釣り堀に座っていると、いきなり頭上に傘が差し出された。

前髪から水がしたたり目に入ってきてちゃんと瞼が開かない。顔を上げて前髪の隙間から確かめると、傘をさした白髪の男性が、もう一本傘を広げて大森に渡そうとしていた。目尻に刻まれた皺があるけれど、表情や雰囲気そのものに老人ぽさはなかった。しかし声だけが少ししゃがれて老けていた。若く見えるが六十代くらいかもしれない。

さっきから隣にいたのだろうか？

断る隙を与えないような笑顔に圧倒されて、大森は会釈してその傘を受け取った。

「けっこう粘りますね」

スラックスにポロシャツというラフなスタイルだが、姿勢がいい。話し方にどこか品のある人だなと大森は思った。

「あ、はい」

男性は大森の手から釣竿をとると、器用にロッドホルダーにつけて固定して、笑顔で言った。

「少し休憩してもいいのでは？　手が疲れるでしょう」

「これお借りしても？」大森はホルダーを見る。

「はい、余分にあったのでどうぞ」

「ありがとうございます」

「みんな雨だと引き上げてしまうけれど、水面が見えにくくなって、魚も油断するんだよね」

ビニール傘に落ちる雨音がさっきより速いリズムになった。雨が水面を叩くたびに小人が水の上でダンスしているかのようにしぶきがあがる。向こうにあるビニールの食堂は霧がかかったように見えなくなったけれど、大森には周囲の木々の緑がやたらとくっきり見えた。あきらかにそこに魂があるのだと感じられた。

男性は黙って、前を向いていた。平日の昼間から仕事もせずに釣り糸を垂らしている自分に何も訊かないでいてくれることに感謝した。

雨のリズムがゆったりしてきたあたりで、自身のホルダーから外した釣竿を手にして男性が言った。

「雨の日は命を色濃く感じませんか？」

「あ、僕もさっきそう感じていました」

「なぜでしょうね。太陽がめいっぱい顔を出している時よりも、少し暗くてじっとりしているほうが生き物が顔を出しやすいのかもしれませんね」

男性の声はいくつもの音が重なっているように深みがあり、ずっと聞いていたら眠くなってしまいそうな心地のよいものだった。だからもう少し聞いていたい気がした。

「はあ……」

しかし、大森は会話の続け方がわからずそっけない返事をしてしまったので、男性はそのまま黙ってしまった。雨の音がまた主役になった。

会話はもう終わったのだろうか？

「人間は雨だと出てきませんけど、私たちみたいに、雨の中、平日の昼間に釣りしているのもいますしね」

男性がそう言ってふっと笑った。

「まあ」

大森は言葉を濁した。会話は質問から生まれる。何か訊いたほうがいいのだろうか？　でも、訊いたら訊き返されてしまう。

またしても、男性が言葉を繋いだ。

「いや、ごめんなさい。私は最近になって引退したばかりで、仕事がなくなるともう何をしていいのかわからず時間を持て余してしまって」

彼はもう定年なのだろうか？　大森が顔を覗きこもうとすると、男性はその疑問を察したかのように言った。

「私は会社を経営していたんですが、体調を悪くして急遽、息子に会社を任せたんです。すぐに復帰するつもりだったのですが、なかなかよくならず結局は引退して」

「へえ」

「それで釣り堀に来るようになったんです。魚が人の心を元気にしてくれるって聞いたんですよ。アクアセラピーというらしいです」

「知らなかったです」

「だから、一人でぼうっと釣りをしている人は、釣りが好きな人か、心が疲れている人なのかなあ、なんて……。ああ、なんでも自分と一緒にしてすみません」

「いえ……」

平日の昼間、雨の日に一人で釣り堀にいる男は確かに変だ。それは大森も同じだった。

男性は前を向いたまま話していたので、大森もまた、前を向いたまま口にした。

「俺……僕は会社をしばらく休んでいます。情けないんですが……」

相手から何も訊かれないことに感謝したはずだったのに、自分の口から無意識に漏れ出ていた。

なぜ会ったばかりの見知らぬ人間に自分のことを言えたのだろう。

それは雨の景色のせいだ。そして彼の声のせいだ。

「そうなんですね」

この人の声で発せられる「そうなんですね」は大森の心をじわじわと溶かすように染みわたる。なぜかほっとした。そうしたらそのまま言葉が溢れだした。

「よく考えたら僕は、会社で出世することだけを目標にしていたんです。何をやりたいとかなくて、つまり、なんの夢もなかったんです」

雨は優しい。虚勢という分厚いコートを脱いで情けない自分をさらけ出しても、水に流してくれる。

大森は、高校の時は生徒会長、大学時代はボート部のキャプテンだった。人から注目されていたし、勉強もそこそこはできた。自惚《うぬぼ》れたつもりはなかったと思う。けれど、他の生徒よりも自分はちょっとできるほうだという自信は持っていた。

地方の国立大学を卒業した大森は、大学のＯＢに「お前なら営業トップになれるから」と説得されて、海産物の輸入を手がける大手商社に就職した。体力には自信があったので同期の何倍もがんばって営業成績もトップになった。最年少でリーダーになり、出世していくことがなんとなく正しい道なのだと思っていた。

けれど、同期で最初に昇進したのは、自分よりも成績のよくない人間だった。

先輩に食ってかかるとこう言われた。

「この会社で出世できるのは、不協和音を生まない素直な奴なんだよ、お前は上層部にそんなに好かれていない」

意味がわからなかった。自分は誰よりも結果を出しているじゃないか。納得していない大森の顔を見て、先輩はこう言った。

「お前、その結果を献上してないだろ？」

その言葉に驚いた大森の肩を、先輩は苦笑いしながら叩いた。

「上手に生きるしかないんだ、尖ったらダメなんだよ俺ら凡人サラリーマンは」

それから大森は、上司にたてつくことなく、お世辞も忖度《そんたく》も受け入れる普通の人間になろうと努力した。

すると次第に、自分は何を目指しているのかわからなくなったのだった。

お金をもらう立場になった瞬間に、人間はようやく自分のサイズを知る。

なんとなくうまくいった人生を歩んできた大森にとっては、たとえ小さな躓《つまず》きであっても、それは大きな傷になった。免疫がなく膿《う》みやすい。そしてへっぴり腰でとことん無様に会社から逃げた。

「頭を下げるのがうまくなって、上司に花を持たせるのが得意になって、手柄を取られても笑えるようになったんです。そしたら、だんだんなんか自分じゃなくなってきて」

隣の男性は穏やかな声で言った。

「それは君、もうちょっとで、のっぺらぼうになるところだったよ」

「のっぺらぼう……？」

「そう、のっぺらぼう顔の人間に。みんな同じ顔しているでしょう？　あ、もちろん禿《は》げていたりふさふさだったり目がとんがってたり丸かったりという造作は違うけど。みんな本来の顔をなくしていくんだよ。生きやすくするために目も鼻も口も耳も少しずつ削られちゃうから」

大森は思わず自分の顔に手をやった。口も鼻も当然だがちゃんとある。

「どういう意味ですか？」

「川の上流では大きくて角ばった石が多くて、川の下流では小さくて丸い石が多い。まるで会社みたいでしょう？」

男性は穏やかな口調で笑った。

「上流の石は、川の下流へと運ばれる間にぶつかって角が取れたり、割れたりして小さく、丸くなっていく。そしてみんな同じ形になっていく。下流に行くほど丸くなるんだ。丸くなるっていい意味みたいに聞こえるけど……」

言いたいことを飲みこんで、むかつく上司に笑いかけ、死んだ大量の魚をより多くの人の口に運ぶために働く毎日。

あげくの果てに、上司の発注ミスはいつの間にか自分のミスになっていた。それでも大森はへらへらと笑うことができた。「あ、大丈夫です」なんて言ってたっけ？　なんで笑っていたんだろう。

……そうか、俺は下流に流されて丸くされて。

そりゃそうだろう。何者でもなく、なりたい自分もなく、どこに行くでもなく、行きたいところもないのだから。

「よかった、君が今釣りをしていて」

「えっ？」

大森は思わず、男性のほうを見た。

「泳げない水から出たんでしょう？　大正解」

「いや、僕は逃げたんですよ。それも小学生みたいにある日突然無断欠勤してからずっと。クライアントにも迷惑かけて社会人として……」

「いいんだよ。逃げるが勝ちってことです。それに君がいなくても量産型の社員を作っているんだ、代用品がある」

「……」

「そのままそこにいたら、本当に顔がなくなっていた」

大森は男性に顔を向けた。

「君の心にある思いや、嫌悪感も、罪悪感も、それから自尊心も、正義感も、どんどん削って丸くしてしまうことで社会では生きやすくなる。最初は片目をつぶればいい。けれど、その水に飲みこまれると両目をなくす。見えなくなる。どうでもよくなる。そして本来の顔がなくなっていつのまにか同じ顔になる。それが社会適合だ」

男性の声が、波のようになって大森の心を揺らしていく。

「もちろん、それに合わせて流されていくことが心地いい人だっている。適合する水と出会えてそこで活躍できる人もいる。けれど中には君のように適合しない水では泳げない人もいるんだ。どれが正しいとか、いい悪いでもなくて。流された石が砕けたあとの砂だって、さらさらできれいだしね」

濡れた前髪に残った滴が頬に垂れてきた。ぬぐうとそれは生温かかった。知らずに大森は泣いていたのだ。

男性が傘を脇に置いて空を見上げた。大森も同じように傘を脇に置いて男性の視線に続いた。

いつの間にか雨は小ぶりになって、雲間から光がさしこんでいた。屈折した光が赤や黄色に変化する。

大森は目を細めた。

自分はいつになったら元の顔に戻れるのだろう。いや元の顔になった自分に社会復帰ができるのだろうか。この社会に自分の適合する水はあるのだろうか。ある程度の摩擦の中でも自分の尖った部分を残せるのだろうか。

大森はまったく動かない釣り糸の先を見ながら考えてみた。雲の隙間からこぼれた光で川面はうっすらと光っている。

答えはまったく出てこない。そもそも答えなどないのかもしれない。

そんなもの自分で作るしかないのだ。

「あ、顔がちゃんとありますよ、今」

男性は大森の顔を見つめて言う。

大森はもう一度自分の顔を触る。指が濡れる。

ずるいな、やっぱりこの人の声はずるい、そう思いながら大森はうんうんと何度も体ごと頷いていた。自分はどうやら今、ちゃんと笑っているみたいだ。

「俺、別に、アクアショップを開くのが夢とかじゃなかったよ」

気がついたら、口走っていた。空気のこもった地下室にずらりと並べた水槽、その中で泳ぐ色とりどりの魚たちを見つめながら。

初芽は覗きこんでいたネオンテトラの水槽から顔を上げた。

「前の会社で魚の輸入担当をしてて、なんか魚に近かっただけ。会社辞めてやることなくて迷っている時に、ある人に出会って頼まれて、それでたまたまバーをやってて田舎に帰る人がいるからって繋いでくれて、このお店をやることになったんだ」

「前の会社って？」

「末広《すえひろ》商社っていう」

「あ、すごい大企業ですね」

「そこで働いていた時の担当がインドネシアやタイの魚の輸入窓口でね」

「魚……」

初芽の目線が目の前の水槽へと動くのを見て、大森は慌てて言った。

「もっとでっかいやつだよ。海外で養殖して冷凍して空輸。それが回転寿司に並んだりするんだ」

初芽が頷いたので、大森はさらに強調する。

「だから、魚と縁があっただけで……」

別に好きで選んだ仕事でもない、と言おうとした時、

「すごいご縁です」

初芽がはじけるように笑って言った。

縁……か。

思えば今ここにいるのも縁の結果だ。

縁はまるでバトンリレーみたいに次の走者に繋がっていく。一人でここに来たわけじゃない。自分は人や魚に引き継がれた一本のバトンなのかもしれない。

大森は魚たちを見る。

一生懸命に泳ぐ姿を心から愛おしいと思っている自分がおかしい。

鼻の奥がつんとした。こんな自分でも、今目の前にいる人の役にきっと立てているのだ。


よく晴れた日曜日、大森はいつもより早く店にやってきた。開店前にいくつかの水槽を地上へ運ぶ。

地下にずっといるのは心地よいけれど、〝なんでもどうでもいいかんじ〟に陥ってしまう。

大森はこれを暗闇効果と名付けている。

しかし、俺はこんなだけど一応、経営者だ。やる気がないと魚屋を維持できない。

大森はそんな危機感を抱いて意識的に太陽を浴びるようにしている。

そうするとやはり〝なんかやる気出てきたかんじ〟を取り戻すことができるのだ。

そんな理由から、大森は魚たちにも日光浴をさせるようになった。

太陽パワーはおそらく生き物すべてに必要なのだと、持論でそう信じている。

「パワーがもらえるまで、待ってろよ」

ビルの前に運び出した水槽に大森は声をかける。

「あの」

いきなり後ろから声がして大森は体を強張らせると、初芽が立っていた。

「びっくりした」

「何しているんですか？」

「掃除と、日光浴」

「魚に日光浴ですか？」

「うん、生き物だから」

春にはまだ早く、今日の気温は低いが穏やかな太陽が出ている。

これくらいだと水槽の温度も保てるしちょうどいい日光浴をさせることができる。

「メダカ、金魚と……他の熱帯魚も順番に？」

初芽が水槽を見て言う。

「うん、苔《こけ》が出るし、水温調節が難しいから、日光に当てないほうがいいというのが王道なんだけど。なんかさ、LEDの光だけで育つって嫌じゃない？」

「わたしも魚だったらきっと太陽派です」

初芽は真面目にそう言ってから、慌てて付け加えた。

「ご無沙汰しています」

「そういえば前に来たの一週間前くらい？」

「いえ、厳密に言うと十日です」

「よく覚えてるね」

「はい、少し間が空きました」

ここに来たということは、何か話があるのだろう。

初芽はそのまま黙って子供みたいにもじもじしていた。手の絆創膏は新しくなっている。

大森は苦笑いしてから、「今日はどんな話？」と彼女を誘導した。

「いいんですか？」

「いいも何も、聞いて欲しそうな顔してるよ」

本当は自分だって嬉しいくせに。大森はもう一度苦笑した。

「じゃ、お願いします！　またもや同じ部署の人で、理不尽な思いをしている人がいたんです」

「どんな人？」

「いつも黒いパンツと白いシャツを着てる人で、黙ってずっとパソコン触っていて……寺山さんっていうんですけど」

「寺山？」

「はい、東大を出ているみたいで、きっとすごく仕事ができる人だと思うんですよね。

なんで、あの部署にいるのか……」

初芽はその寺山なる同僚の話を始めた。

年齢は三十二歳、入社五年目。以前はパンダスタッフに登録していた派遣スタッフだったらしく、五年前に正社員となってから、いくつかの部署を転々として、できたばかりのＡＩ推進部にやってきたらしい。

寺山が入社する以前、パンダスタッフに登録して派遣されていたのはとある介護施設だった。その介護施設は、関東でも規模が大きいほうで、いつも人手不足でスタッフが足りない現場だった。食事、入浴、排泄《はいせつ》、着替えなどの介助は二十四時間体制で、シフトで早番、日勤、遅番、夜勤と分かれておりスタッフの七十パーセントが正社員であった。

しかし、寺山は派遣されて気づいた。そこで「正社員」と呼ばれる人たちは、手取りは十三万前後、残業代が一切出ないという〝名ばかり正社員〟であったのだ。

「寺山さんはその労働環境に興味を持ち、あるプログラムを作ったそうなんです」

初芽が小難しそうな顔をして言う。

そのプログラムとは、勤務時間だけでなく、勤務時間外も含めたすべての業務内容を細かく分析できるツールだ。仕組みはそんなに複雑ではないが、各個人の「労働量」をしっかりデータ管理できるというものだった。

その時間に何をしていたのか、誰のカバーをしたのか、といった情報を収集することや、一人一人の日報に細かく記載してもらうことには少し手間がかかったが、寺山がいた部の部長も離職が多いことを悩んでおり協力的だったので、なんとか完成したのだという。

しかし、寺山の作ったプログラムの資料を部長が意気揚々と見せた時、その介護施設の社長は激昂《げきこう》した。

なぜ、こんな無駄なことをするのかと。

〝名ばかり正社員〟にすれば時給計算しなくて済む。

定時に帰るようにと会社からは指示をしても、急に辞めたり欠席する人の穴埋めは正社員がすることになる。介護が必要な人たちが手に負えないほどいるのを目にしたら、「定時なので」と堂々と帰れない人はどこにだって一定数はいる。そんな善意の気持ちにつけこんで過重労働させているのだ。正確な残業代を払えば莫大《ばくだい》な経費となる。

寺山は経営者にとって〝無駄なこと〟をした。

そもそも派遣の分際で指示を受けていない、余計なことをしたのだ。

その翌日、派遣を切られた。

「寺山さんが作ったプログラムは、そこで働く人にとっていいことだったはずです。それなのに反対に怒られ、迷惑がられてしまって、仕事を失ったんです。その後うちの会社の人がITスキルを見込んで引っ張ってきて、正社員になったからよかったものの……。おかしいことだらけです」初芽が憤る。

「うん、おかしなことだらけだよ」

大森はそう応えながら、頭の中では別のことを考えていた。

「こんな風に泣き寝入りするのはやっぱり悔しいです」

初芽は憤りを目にたたえて、こちらをじっと見る。

彼女はいつも誰かの理不尽に傷つき、怒っている。

それは人を大切にする初芽のいいところでもあるし、同時に彼女の視界を狭めてもいる。

大森は小さく息をついて、言った。

「でもさ、正義はそれぞれの人の中にある」

今から、初芽が期待するようなことは言えないなと思った。誰だって「そうだよね」と同意をもらえたら幸せになる。

だけど、今日は同意ができそうにない。それは俺自身が、かつて同じことに苦しんだからだ。

適合するために丸くならないといけない社会。理不尽も飲みこんで、正義なんて言う奴のほうがおかしいと思われる、顔のない社会。

だからこそ良いも悪いも平行線上にあって、なかなか途中で交じり合って折り合いをつけてくれない。

だから、自分でつけるしかない。折り合いを。

もっときれいなことを言いたい。けれど、メッキをつけた言葉で彼女を納得させる自信もなかった。

大森は息を吸ってから一気に言う。

「福田さんがもし、介護施設の社長だったらどう思う？」

初芽が何かわからないという顔をして大森を見る。

「売上が上がらなくて困っていたら？　家賃やお給料を払うのが大変だったとしたら？　あるいは家族が病気で非常にお金がかかるとかだったら？　……そんな時に予定外の請求をされそうになったらどうする？　それを拒みたくなるんじゃないかな。もちろんその会社はいけないことをしているけど、仮にそういう条件が重なった時だったら『なんでこんな時に』と頭を抱えるかもしれない」

「そうかもしれないけど、ちゃんと……お金を払ってないのって法律違反ですよね？」

怪訝そうな顔で初芽は言い返す。

「ルールとか違反の話をしているんじゃなくて、俺が今話しているのは感情の話っていうか。どんな気持ちになるかということだけで、まずは考えてみるんだよ」

「その人じゃないから難しいです」

初芽はやっぱり不満顔になった。それは当然だ。

「相手のことを想像してみるだけでいい、想像した分ちょっとだけ感情が楽になる」

「そんなもんなんですか」

「うん、悩んでも怒っても変わらないことに意識を向けるより、相手の心の中に意識を向けてちょっとだけ理解できると人の心は癒やされるんだ」

この言葉はすべて釣り堀で会ったあの男性からもらった言葉だった。

同じように伝えようとする。だけど声が違う。大森は少しだけあの人に嫉妬する。

「それって、たとえばいっつも嫌味を言ってくる総務の人とか、あの恐ろしい営業部長のことを想像するってことですよね？　えええっ、無理ですよ」

初芽があまりに動揺するので、思わず大森は笑ってしまった。

「できるかできないかの話じゃなくて、想像するだけで楽になるという話だよ。そもそも解決しないから」

初芽はまだ半信半疑な表情で大森を見つめていた。

よほど腹が立っている。それも自分以外の人のために。そして彼女が腹を立てているのは百パーセント正しいのだ。

だからこそ君は、会社のはみ出し者を集めたその部署にいるんじゃないか、と大森は思った。

けれど、理不尽に立ち向かう方法は決して一つだけではない。

アクアショップをやるようになってわかった。あの小さな世界にはそれぞれの魚の「言い分」がある。

一つの水槽の中でさえ絶えず折り合いが必要なのだ。でなければどちらかが水槽を去る。水槽の中にいるとわからないことだけど、水槽を外から見ていればわかる。

そして、自分たち人間だって社会という一つの水槽にいる魚なのだ。

「もちろん不当なことと戦うことだってできるんだけど、そこで働いてた正社員の人たちはなぜ、それが発覚しても我慢して働いていると思う？」

「そんなこと言ったらクビになるかもしれないし」

「じゃあ彼らにとっての正義は何？」

初芽ははっとした表情になる。

「……クビにならないこと？」

「うん、そうだと思う」

「それはわかりますが……」

「福田さんだって、上司の顔色を見てた時期あったんだと思う。今はさ、いつ辞めることになるかわからないから、失う怖さが減ったから、そうやって理不尽に向きあえるようになったんじゃないかな」

「それはそうかもしれないですけど……」

「その寺山という人がやったことはきっと、社長だけじゃなくて、従業員の誰かも『余計なことすんな』と思った人がいるかもしれない。それを公開して、会社がもしもなくなったら他に行くところがない人もいるんだ。派遣会社で働いていたら、そういうことはきっとよくわかるよね」

自分の口調がさっきより強くなっているのがわかる。ごめん、責めているんじゃないんだよと大森は思う。

「世の中、好きなことを仕事にしている人なんて少ないし、その介護施設で働いているうちの何人かは最初から介護職に就こうという夢を持っていたわけじゃないかもしれない。福田さんが派遣会社で働くことが夢じゃなかったのと同じように」

初芽は大森の顔を見上げてからすぐに足元に視線を落とした。

「でもこの間福田さんは、『わたしでも誰かの役に立っていると思えた』って言ってたよね？　きっとさ、その現場で必要とされて、人の役に立っていると実感できて、同じようにサービス残業とかちょっと我慢しながらも、おじいちゃんやおばあちゃんの『ありがとう』の一言で嬉しくなれる瞬間がある人もいるよね。少ないかもしれないけど」

大森は唾を飲みこんで続ける。

必死すぎる言葉を偉そうに言っている自分が痛い。だけど言うんだ。

「そんな人はさ、日々のしんどさの中に、時々ほんの一瞬、水面にあがって息継ぎするみたいに『嬉しいな』って思う時があるんじゃないかな。もちろんこれはきれいごとで、俺は、また、その……」

「はい」

ようやく、初芽が頷く。

大森はそれ以上言わなくてよくなったことに、心底ほっとした。

「世の中って『わかりやすい』ことを求める人が多いけどさ、でも正解も、答えもないんだよ。だから、わからないままでもいい」

「わからなくていいんですか？」

初芽が目を瞬かせる。

「うん、正解がないから折り合いをつける。妥協するしかない。妥協するって相手に負けた感じがする言葉だけど、これは本来、双方が譲り合って一致点を見出して、穏やかに解決するって意味らしいよ。あ、これも聞きかじりね」

大森は灰色のアスファルトを見つめて考えながら言った。

「一つのケーキを取り合うよりも、妥協して半分こにしたほうがサイズは半分だけど二人とも食べられていいっていうか。だから、誰かと折り合いをつけて妥協して生きることは、うん、そう……かっこわるくないんだ」

「はい」

さっきの言葉よりもいくぶん強さがある肯定の返事をうけて、大森はようやくメンター気取りの役目を降りた。

「今から水槽を洗うんだけど、手伝ってくれる？」

特に手伝ってもらう必要はないのだけれど、大森がそう言うと初芽は元気よく、というか嬉しそうに「はい！」とさっきと違うテンションで返事をした。

「じゃ、フグの水槽からやろう」

大森はそう言うと黄色地に黒い斑点のついたアベニーパファーの水槽を運んだ。

「こうやってメラミンスポンジでガラスの汚れをとって……」

「あ、わたし実家で飼ってたんでわかります」

初芽が楽しそうにスポンジを持って水槽に手を入れた。

大森ももう一つの水槽、黄色地に茶色の縞《しま》模様の南米淡水フグの水槽の苔をとった。水は三十パーセントしか入れ替えない。

小さな魚は水槽から出さずにプロホースを使って底床の掃除をすれば案外時間はかからない。ただしこの作業が水槽ごとにあるのでけっこう大変だ。水槽に手を入れる作業を嫌がる人もいるだろうに、初芽の案外器用な掃除の仕方を見て、獣医になりたかったという彼女の夢を垣間見た気がした。

ホースが一瞬手から外れて空に水が舞い上がった。

太陽に透けた水しぶきを見上げるとそこには光のプリズムが浮かんでいた。

「あ、虹になっています！」

「なんか天地創造している気分」

大森はあえて水を空に向けて大きなアーチを作って見せた。

「自分の人生も自分で作れたらいいよね、こうやって虹を作るみたいに」

大森は、やっぱり自分の言葉にこっぱずかしくなる。でもこれでいいんだ。伝わったらそれでいい。

虹の向こう側で初芽が目をきらきらさせて頷いた。

水槽の掃除も終わって、清光飯店《せいこう》のチャーハンを出前で取ってごちそうしてから、「暇なんです」と言い張り居残ろうとする初芽に「今日はここでいいよ」と帰ってもらった。一人でやることがたくさんある。

大森は自分にコーヒーをいれようと、店内のカウンターへ入った。すると数十秒も立たないうちにまたドアが開いた。

大森は入口を見て、「おおっ」と手を上げる。

「データできたから持ってきた」

黒いパンツに白いシャツという、どこかのヘアサロンの制服みたいな格好の若い男。書類を受け取りながら、大森はもう一人の常連客に言う。

「さっきまで、君の話をしてたんだよ」

「え、僕の？」

彼はふうんといつもどおりの無表情でその話題にさほど興味を示さず、感情のない声で言う。

「コーヒー飲みたい、とびっきりうまいの」

小さくあくびをする。きっと彼も疲れが溜まっているのだろう。

「最近も忙しい？」

「うん。もうすぐ、うちの部署は解体されるかもしれないから」

株式会社パンダスタッフ、ＡＩ推進部勤務の寺山慎一《しんいち》はそう言って、水槽の中で泡が割れていく様子をぼうっと眺めている。

第7話

ヒーロー達の逆襲

古めかしいデスクが並ぶＡＩ推進部を初芽は見渡す。新しいメンバーとなった観葉植物、百五十センチほどのウンベラータが、美しい緑色のハートの形の葉っぱを広げていた。先日水田宛てに、彼が昔担当した人から送られてきたものだ。

水田はデスクに座って、いつもの水筒からほのかな湯気を立てるお茶をマグカップに注いでいる。そのマグカップには茶トラとキジトラの猫がプリントされており、きょとんとした顔でこっちを見ている。

「オリジナルマグカップをね、作ってみたんです」

まだ働けると決まった日にネットで注文したのだと水田は嬉しそうに言っていた。

「はい、わかりました。ああ、大変申し訳ないです」と電話口で平謝りする山川と目が合うと、彼はにやっと笑った。

またクレーム対応を回されたのだ。でも頭を下げることも土下座をすることもどうってことない、そんなことで自分が損なわれてしまうわけじゃないから、と山川は最近言うようになった。心なしか顔の輪郭がしゅっとした感じがする。

絵里は床に置いた段ボール箱の前で、ひたすらペットボトルのラベルを剝がす作業をしている。初芽が参加した会社説明会で配布された水もラベルがなかった。こうやって、誰かが陰で作業していること、そんなことさえ誰かの仕事になっていることに、その時は気がつかなかった。じっと見ているとこちらを振り返った絵里がふっと微笑んだ。

さっき総務の野田に呼ばれて大きな紙袋を二つ抱えて帰ってきた駒子は、

「ちょっと、これ全部に訂正印だってさ〜」

と言いながら書類を長テーブルに並べていた。そんなことを言いながら、いかに効率よく訂正印が押せるか思案しているのだろう。その書類の並べ方を見ればちゃんと考えていることがよくわかる。

水田が残留になった時のみんなのハイタッチとか、バケツをひっくり返したような大雨の日に全員で道路警備をやったことを思い出した。あの日は珍しく寺山も一緒だった。辛かったけど、出社し続けている全員で一緒という現場はなんだか楽しかった。

ふっと頬が緩んだ。一瞬「自分は恵まれている」と思ったからだ。いやそれは違うだろう、そう思い直してから初芽はもう一度くすっと笑った。

そんなふうに思った矢先、ドアを勢いよく開けて営業部の郡司が小走りで入ってきた。不穏な空気というのはこういうものだろう。頭が動く前に体の芯が冷めていく。

彼の表情が険しかったからか、そこにある嫌な気配を初芽は感じとった。

「聞いた？」

郡司は、いつになく真剣な顔で初芽に言うと、一枚の用紙を近くにいた水田に渡した。

「さっき営業部でこれ見て」

その用紙を見つめる水田の顔が、みるみる重力に負けて下がっていく。

「あとで石黒部長か野田部長が通達に来ると思うんだけど、ちょっと慌ててさ」

郡司のその言い方から、いつもの嫌味っぽい態度が抜け落ちている。

「なになに？」

駒子がそう言って水田に訊いたが、彼は黙って用紙を見つめて顔を上げない。駒子が郡司を見ると彼はすっと目を逸らした。

「みなさん、お集まりですか。じゃあ使い物にならない水田さんの代わりに、こちらから説明しますよ」

いつの間にか野田が姿を現した。彼はすたすたと水田のそばに歩み寄り、水田の持っている用紙をひったくるように取った。

こほん、とわざとらしい咳払いをして、その場にいる部員の注目を集める。

「え〜、みなさん粘り強く残っていらっしゃいましたが、このたび全員に会社から正式な解雇予告通知が出ました。この部署は解散です。三十日分の給料は出るわけですから、なんといい条件でしょうね。みなさんはその間に次のお仕事を探せばいいわけです」

野田はそう言うと全員をねっとりと見渡して続ける。

「よかったじゃないですかね。これでいつ退職するかはっきり決まったわけだから、いつクビになるのかびくびくするよりも、精神的にすごく楽になったんじゃないの」

「不当解雇です」

駒子が勇んで言うと、野田は嫌らしく笑いながら続けた。

「どうぞ、訴えてもかまいませんよ。弁護士費用もバカになりませんがね、お金かけて時間かけて、取れるのたかがしれてますよ。ねえ？」

その時、ドアのあたりからぬっと石黒が入ってきたので、最後の「ねえ」は野田が石黒に同意を求めるように言ったものだった。

さらに部屋の空気が凍結する。

「でも、訴える……」

駒子の威勢のいい言葉が尻すぼみになると同時に、はっとしたように水田が初芽を見て訊いた。

「福田さん、この部署に来て何ヶ月になりますか？」

「えっと、今日で三ヶ月とちょっとです」

「そうか……」

水田が何かわかったような顔をしてまた下を向いた。

「三浦さん、勝てないよ」

水田が言う。

「なんで？」山川が問う。

「この部署にいる新人は福田さんだよね。彼女で三ヶ月なんだよ、だから……」

「そこは私が説明して差し上げますよ」

石黒は顔色一つ変えずに言う。

「我が社は、能力が不足したとみなされた場合、その社員をまずは配置転換し、三ヶ月間の解雇回避措置をとることになっています。土屋さんはすでに半年間休職されてましたし、福田さんですら、三ヶ月以上にわたってさまざまな仕事の経験を通して我々が指導してきたという事実があります。この事実があれば今回の解雇通知は真っ当ということになります。水田さんの言うようにたとえ訴えてもまず勝てません」

「指導って言っても、きつめの現場のフォローばっかりじゃん」

山川がぼそりと言う。

「きつめ？　その現場にはあなたたちが、日々人を派遣しているんですよ」

揚げ足を取ったように野田が目を光らせる。

「何を贅沢なこと言っているんですか？　だったら、派遣登録して正式にその現場に毎日行かれたらどうです？　しんどいだの、辛いだのとあなたたちが言ってる現場に行ってくれる派遣さんがいるからこそ、あなたたちの給料が払われるわけですよ」

それはまさに正論だった。ぐっと喉を詰まらせ、山川はそのままうなだれて黙った。

「しかし、部長」

意外にも口を挟もうとした郡司に、石黒は冷たい一瞥を食らわせて押し黙らせた。郡司の表情は、濡れて凍ったタオルみたいにごわごわとしている。

石黒がやけにゆっくりと前に歩き出す。

「みなさんにはとっても残念な結果になってしまいましたが、残された一ヶ月をがんばってください」

まるで演技の下手なアイドルが棒読みするように、そのセリフには一切感情がなかった。

「でも、水田さんだってこの前、貢献していたし、山川くんだって……」

絵里が声を上げると、石黒が肩をすくめて、わざとらしく「まいったなあ」という表情になった。

「それはそうかもしれません。ええ、ありがとうございます。ただ、それ以上にみなさんは会社の期待に応えることができなかった人たちです。そんな生産性のないあなたたちを、会社が雇い入れるのがいよいよきつくなったんです。会社の状況が変わったのだから、それは仕方ない」

初芽は拳をぎゅっと握った。言い返す言葉がない。

石黒はせせら笑うように初芽を見た。

「福田さん、時々求人サイト見ていますよね。あ、三浦さんもね。ここにいる人たち、他の仕事を探しているでしょ？　その願いが叶ったのでは？」

「あの、もう少し時間をもらえないですか？　次の仕事を見つけ……」

水田の言葉を石黒が遮る。

「通常であれば引き継ぎがあるのですが、みなさんの仕事には引き継ぎがないので、あとは出ていくだけです。総務の指示に従ってください」

石黒がそう言い残して出て行き、後を追いかけるように野田と郡司も去ってしまうと、部内は「どうしよう」という声でいっぱいになった。

そんな中で水田がはあ、とため息をついた。その息は意外にも安堵の音色をしていたように初芽には聞こえた。

「なんだか、こうやって決めてもらったほうが案外諦めもつくかもね」

水田は眉毛を一段と下げて笑った。

初芽はその日の仕事が終わると、商店街のアクアショップを一目散に目指した。

しかし、扉は閉ざされていた。「臨時休業」と書かれた紙が貼ってある。

店の前でしばし立ち尽くした後、初芽はふらつく足取りでラーメン屋に入った。ワンタン麵とビールを注文し、のろのろとした手つきで上に浮かんでいるワンタンを口に運んだ。硬めを頼んだらよかったと思うほどみるみるうちに麵は器の中でスープを吸ってふやけていく。

自分は何をやってもとろいのだ。

タイミングを逃すからラーメンさえもおいしい瞬間を逃してしまう。

スープに波紋が広がったのが自分の涙だと気づくまで初芽は麵をじっと見つめていた。

せっかく、自分にできることを見つけられそうだったのに。

帰り道、空を見上げたら、まん丸になりきれていない未完成の月があった。

翌日、気が重いながらも初芽がＡＩ推進部に出社すると、みんな同じ思いなのか、どんよりとした空気があちこちに漂っていた。

そんな中、駒子がやたらと元気な声で「おはよっ」と初芽の肩を叩いた。

「たとえばさ、余命あと一ヶ月って言われたら最初はうろたえるかもだけど、受け止めてみたら、残された一ヶ月にやり残したことやろう、残された人生を大切にしようって思うじゃん、っていうかあたしはそう思うのよ。だからさ」

駒子の差し出した手のひらにはいつものレモンキャンディーがあった。

「駒子さんはこの先どうするんですか？」

「あたし？　なんも考えてないよ。とにかく働かないとね」

「でも、旦那さんいますよね、いいなあ」

絵里が言う。

「うちの人、単身赴任から戻ってくるのよ。その理由が会社が倒産するかもしれないからって言ってたんだよね……」

「えっ」

と山川が駒子を見て申し訳なさそうな顔をした。

「まあ、あと一ヶ月でなんとかしましょう」

とやけにのんびりした言い方で水田がシロクマの水筒から猫のマグカップにお茶を注

いだ。

「山川くんはたこ八にいくんでしょ？」

駒子が訊いた。

「ああ、まあ……」

「前から誘われていたのに断っていたんだから、あんたこそ、すっきりしてよかったじゃん」

「いいな山川くん。事務で空きがあったら教えてくださいね」

絵里が初芽のほうを振り返って言った。

「福田さんは転職どうするの？」

「えっと」

初芽は埃でいっぱいになった掃除機みたいに喉が詰まった。

しかし、その隙間からなんとか出た言葉は意外にも、自分の奥底にある本音だったのかもしれない。

「……嫌なんです、辞めるの」

部屋の空気がしんと冷たくなる。

いや、そう言ってももう解雇なのだ、決まっているのだ。だけど、じゃあ次を決めようとそんなに早く切り替えられない。初芽は首を左右に振った。

「もちろん、正社員にしがみつきたいとか、奨学金返済があるからとか、自分のことだけ考えたら生活のためです。辞めたくないのは」

「初芽ちゃん……」

駒子が顔を覗きこんだ。

「でも、そういう都合みたいなものだけじゃないんです。わたし、やっと働くのが少し楽しくなれたんです。だから、もっと続けて……」

初芽は大きなため息をついた。そして諦めたように呟いた。

「そんなの、無理ですよね。解雇なんですもん」

「……カモミール飲みますか？」

水田がポットを指さして声をかけてきた。

あたりを見渡すと、寺山は早々に有休をとって休んでいるらしい。そのまいなくなるのだろうか。

ウンベラータは窓からさすわずかな太陽のほうへ一生懸命に葉っぱを向け、両手を広げて伸びをしているようだった。緑色の葉っぱを見ながら初芽は思った。

その先にある光を、わたしはどうやって見つけたらいいのだろう。

「立つ鳥跡を濁さずです」

初芽は担当していたスタッフにそう言ったことがある。仕事から「飛んだ」派遣スタッフの家を訪れ、職場復帰のために説得した時だ。

「飛んだ」以上彼らはもう派遣を切られているので、今更説得しても売上に繋がらなかったけれど、初芽は勤務時間外にわざわざ出向いた。業務上でもこういうやりとりは禁止されていたけれど、今後のことを考えるとどうしてもすんなりと受け入れることができなかった。

人にそう言ったのだから、初芽も最後の日までは出社し仕事をし続けようと思っていた。かき集めてもあと数粒のお米しか残っていない米櫃《こめびつ》のような心だったけれど。

そんなわけで今日も出勤した初芽は、ちょっと面倒な派遣スタッフの対応をさせられていた。

週五日、九時から十七時で就業中の派遣スタッフが妊娠をしたらしく、コーディネーターへ「通勤中の混雑を避けたいので勤務時間を十時から十六時にして欲しい」と依頼があった。担当のコーディネーターは派遣先の企業へかけあってみたものの、それは難しいという返事で叶わなかった。

そのことを伝えると、その女性はえらい剣幕で「流産でもしたらどう責任取ってくれるんですか」と激昂して、今日パンダスタッフに乗り込んできたのだ。

それだけではなく、彼女はSNSで派遣先の企業がブラックだと書きこみまでしていたことがわかり、かなり厄介な人だった。

対応を強いられた初芽は、目の前の女性に、頭を下げる。

「ご状況は理解しました。けれど企業側のご希望が十七時までで、それであれば辞めてもらってもいいと……」

「はあ？　派遣契約期間は一年ですよね？　まだ半年は働けます」

「ですが、平田《ひらた》様、双方の希望が合いませんので……」

「納得いかないです！　今まで一生懸命半年やってきたんだから、もう少し私のこと気遣う必要があるんじゃないですか？」

「そう言われても……」

初芽は女性のきつく釣り上がった目が怖くて視線を逸らす。

「あなた妊娠したことあるの？」

「ないです」

「だから、わかんないのよ。私の気持ちなんてわかりっこないでしょ！」

彼女はお腹をさすりながら金属のように響く声を出した。

すみません、と初芽はもう一度頭を下げた。

「わかんない人と話しても意味ないでしょ？　あなたのように権力もない、経験もない人をあてがうって、どういうことなのよ！」

そうだ、この人の言う通りなんだ。

わたしはサンドバッグみたいに打たれるしかできまい。

今、この人の悩みも恨みも苛立ちもゼロにすることなんてできっこない。

「はい、わかりません」

初芽は深く息を吸って、顔を上げた。

「何よ、開き直って」

「わたしには経験がなくて平田様のお気持ちが本当にはわかりません。きっと誰の気持ちも完全にはわからないんだと思います。だけど、わからなくても、ちょっとくらい想像することはできます。平田様の勤務態度を拝見しました。一度も欠勤も遅刻もなく時間内でお仕事されていて……だから、納得いかないお気持ちはわたしにもすごくわかるんです」

「何言ってるの」

「謝るしかできないわたしで、すみません。でも、もう一度企業側に打診してみます」

はあ、と呆れたように彼女はため息をついて、顔を手で覆う。それから急にトーンダウンしたようにこう言った。

「もういいわよ、ネットに書きこんじゃったし……戻れないでしょ」

「平田様の事情も、この先どうなるのかもわたしには何もわかりません。でも、わからないからといって何もしないのは嫌です。見えない場所でも、這いつくばって手探りで探したら、何か摑めるかもしれません。だからわたしは何か一つでもお役に立てることを自分なりに探したいです」

初芽はもう一度、深く頭を下げた。

彼女はじっと初芽を見ていた。しばらく無言になってから長い息をふーっと吐いた。

「私だって、わがままだってわかってるんです。でも仕事を続けなきゃだし、ちゃんと産みたいし……」

「はい、この実績ならきっと」

自分が去るまでに交渉をして、ダメなら郡司に頼んで他の仕事を探してもらおう。

初芽が顔を上げると、彼女は掠《かす》れるような声で小さく「ありがとう」と呟いた。

「私、シングルマザーになるの。必死なのよ」

平田さんはそう続けて、ようやく少しだけ笑ってくれた。


やっかいなクレーム対応や、飛んだ派遣の穴埋めをしているうちに、残りの日々はどんどんと過ぎていった。

初芽とて何もしていないわけではない。毎日のように求人サイトを見ていたし、三社ほど応募もしてみた。けれど、初芽にとってすぐに次の仕事が見つかるほど世の中は甘くなかった。

山川はたこ八にいく話を進めているみたいだし、駒子も知り合いのリフォーム会社に話をしているらしい。絵里は友人からスナックに誘われているとか。水田は……まだ見えていないようだった。

みんなそれぞれ、自分のことで手一杯だ。

かといって職場は暗いわけじゃない。みんな吹っ切れたようにもう前を向いていた。

いや、本当はそうではない。

この場所を去る日が近づいてくるにつれ、みんなが飲みこんでいた不安がじわじわと怒りに変化して、文句になって滲み出る瞬間だって何度もあった。

「石黒さんって自宅でもああなんですかね」

とりわけ石黒に対しての愚痴は一度始まるとみんなの口からとめどなく溢れてしまった。

「離婚したんだよ。奥さんに愛想つかされるよ、あんな冷たい人」

駒子と山川が話していると、黙って聞いていた水田が口を挟んだ。

「でもあの人もさ、昔はちょっと違ったんだよね」

「え〜、ほんとですか？」

絵里が驚いて訊き返した。

「だって僕は若い頃一緒に飲みに行ったりしてたし」

「でも、なんで今はあんな風に？」

水田は困ったように言い淀んでいたが、やがて「もう最後ですしね」と前置きをしてから話し始めた。

相手のことを想像するだけでいい——そう大森が言っていた。

だから初芽は、知りたいと思った。たとえどれだけ冷たくされた相手であっても。

水田の話に耳を傾けていると、勢いよくＡＩ推進部のドアが開かれた。入ってきたのは、またもや慌てた様子の郡司だった。ここまで走ってきたのだろう、汗の粒が額に光っている。

「ちょっとちょっと、やばいことがあったんだ」

ぜいぜい息を切らしながら、叫ぶように郡司は言った。

「うちから派遣されたスタッフが、顧客会社のデータを盗んで逃げているらしい！」

全員が黙って郡司を見た。

これが笑っていられない事件だということは派遣会社にいればわかる。

「で、その派遣スタッフを以前に担当してたのが……」

郡司の視線が、初芽に向く。みんなの視線もつられて集まる。

「福田さん、君だ」

「え、わたしですか？」

初芽が驚いて訊ねる。その質問に答えず、よほど焦っているのか郡司はいつになく支離滅裂に続けた。

「家も行ったけど留守だった。だから福田さんに聞きに来たんだよ。ほら、営業の時、何度か迎えに行っていただろ？　それで石黒さんに怒られて……」

初芽が営業部にいた頃、担当にどうしても朝起きられないスタッフがいた。遅刻ばかりしてすぐに契約を切られそうになったため、初芽が可能な限り、（通勤の途中駅だったのもあって）朝起こしに行っていた。やがて彼は朝起きられるようになって派遣契約が延長されるほど評判がよくなったのだ。

しかし効率が悪い、一人にそこまで関わるなと石黒にこっぴどく叱られたのだった。

「あ、斉藤《さいとう》……亮《りょう》さん？」

郡司は首を大きく縦に振った。

「マスコミに知られる前に探さないといけないから、居場所で思い浮かぶとこがあったら教えて」

初芽が斉藤亮の担当だった時は彼を医薬品会社の事務として派遣していたが、今は金融系の企業に派遣されているらしかった。

ITリテラシーが高く、器用に仕事ができる。斉藤が何度も寝坊するのは朝までゲームをやっているからだ。遅刻はよくないと根気強く初芽が諭すと、斉藤は真面目な顔をして「俺、これで食べていくんっすよ」とコントローラーを指差した。

「わかんないけど、もしかしたら……」

言いかけた初芽の手を「わかる？」と郡司が興奮して両手で包みこんだ。いつになく郡司らしくない態度に、初芽は思わず後退《あとずさ》りして苦笑いをした。

「だから家にはいなかったんだって」

そう言う郡司を無視して、初芽は斉藤の自宅へ向かった。郡司はうだうだ文句を言いながらも、気がついたら同じ電車に乗っていた。

ドアの付近に立っていると、郡司が二人分空いている席を見つけて手招きをした。

立っているおじいさんやおばあさんがいないことを確認し、初芽は彼の隣に座った。

目の前に座っている白いワンピースを着た同年代の女性は、大きなバッグを抱えていた。網目になった小さな窓から白い毛が見える。わんこだ、チワワかな。初芽は網目から覗くクリクリとした目を見つめた。犬は緊張しているのかペロペロと何度も舌を出して初芽を見返す。よく見ると赤と白のボーダーの服を着ている。

「わたし、東京に来たばっかりの時……」

初芽が話し出すと、背筋を伸ばして座っていた郡司がやや肩を落としてこちらを見る。

「田舎の犬って服なんか着てなくて、おしゃれしてる都会の犬に違和感があったんです。違和感というよりも犬に服なんてかわいそうじゃないかって、犬には毛があるんだからそんなことしないほうがいいのにって。でも、本当は羨ましいだけで……。田舎くさい自分が嫌だったのかなって。田舎から出てきた時はここに来ただけで生まれ変われる気がしたけれど、結局は仕事もうまくいかなくて、もうすぐクビになるわけで……」

隣の郡司の顔は見えなかったけれど、彼が何か言おうとして息を吸ったのを初芽は感じた。ちょっと待ったがそのまま郡司は言葉を飲みこんだようで、「うん」とだけ言って黙った。

斉藤の自宅方向に向かう中央線の景色が流れていく。二階建ての住宅のベランダで洗濯物を干している人がいる。きっと地球の裏でも洗濯物を干している人がいるだろう。

ハグをしている人も、ゴミを拾っている人も、誰かに怒られている人も、死にたいと思う人も、もっと生きたいと願う人も。そこにはそれぞれの人生がある。

初芽がチワワに目をやると、女性が会釈してきた。「犬がいるんです、すみません」という内側の声に反応するように初芽もニッコリと返す。

「斉藤さんは優秀なんです」

「遅刻が多いのに？」

「遅れた分は彼なりにカバーしてて……あの人仕事がものすごく速いんです」

斉藤は人の三倍くらいの速さで仕事をこなした。通常の時間に出社すると大抵二時間はあまる。でもそんなことは関係ない。派遣は時間給なのだ。

「リモートのほうが向いているんだな」

郡司は意外にも、反論しないで受け止めてくれた。

「けどとにかく、顧客のデータを持って逃げているという事実からして、今あいつを擁護するのは受け入れられないよ」

「もう売っていたら犯罪ですよね」

「うん」

郡司は「バカなことしやがって」と舌打ちして窓の外を見た。

駅から十分ほど歩いたところにある古い三階建てのアパートにたどり着いた。外階段を上って一番手前の３０１号室のドアの前に初芽と郡司は立つ。通路に面した窓にビニール傘が三本かけてあり、隣のドアの前にはサッカーボールとキックボードが乱雑に置いてあった。

インターフォンを押しても部屋はしんとしている。

「ほら、いないじゃん」

初芽は黙ったまま、ドアの周囲を注意深く見回した。

「……いる」

「なんで」

「ここが閉まってるから」

初芽はドアの横にある格子のサッシがついた窓を指さした。

「ここ、出かける時だけ換気のために空けてるんです。開いてると人がいると思われるから逆に安全だって言ってました」

初芽はそばに置いてあった段ボールの上に乗ってうんと背のびして、窓に手をかけた。窓は簡単に横にスライドした。その隙間から声を差し込んだ。

「斉藤さん、わたし福田初芽です、大丈夫？」

答えはない。

「あの、捕まえに来たんじゃないんです。事情があるんじゃないかと思って」

初芽は一言だけ声をかけて、郵便受けの小さな窓にメモを差し込んだ。

それから郡司が落ち着きなく立ったり座ったり貧乏揺すりを千回くらいする時間をドアの前で待った後、内側からガチャと音がした。

郡司がびくっと肩を震わせる。

見上げた先には身長が百九十センチはある大男がいた。グレーのパーカーにスウェット姿で無精髭《ぶしょうひげ》が生えていたが、汚い感じはしない。ただ充血して真っ赤な目を見開いていたので、威圧感が漂っていた。

「斉藤さん」

「福田さん、何？　わざわざ……二人？」

大男の斉藤はぶっきらぼうに言うと、一度部屋の中を見て、入るかと顔で訊ねた。初芽は小さく頷いて、狭い玄関できちんと整列しているナイキのスニーカーの隣に自分の低めのパンプスを揃えた。郡司も慌てて初芽の後に続いた。

この部屋に来るのは何度目だろう。

初芽は部屋を見渡した。以前と何も変わっていない。六畳ほどのダイニングと、同じくらいのサイズの部屋が一つ。そこは斉藤の寝床でもあり、ゲーム戦闘場でもある。真っ黒なカーテンがかかった部屋でパソコンのブルーライトが光っている。黒い机にアームのついたモニターに両横のスピーカー、背もたれだけ青い色が入った黒いチェア。周辺の棚には初芽にはよくわからないパソコンやゲームなどの本がずらっと並んでいた。

「今ようやく対戦が終わって」

疲れた顔で目をしばたたかせながら、斉藤が言う。

「いつからやってたんですか？」

「三日くらい前かな。トイレくらいしか席外してない」

「ちょっと斉藤、た、大変なことになってんだよ」

郡司が口を挟んだ。

「この人だれ？」

斉藤は視線だけ下に向けて、今気がついたように郡司を見た。ひえっと小さく声を上げて郡司が後退りする。

「この人は営業の人で、今日は上司に頼まれてわたしと同行してくれたんです」

「ふーん」

「で、大変なことになっているけど、どうしたんですか？」

初芽は穏やかな口調を心がけて訊ねた。

「ああ、何度もメールとか電話とかあったけど」

「……やっぱり盗んだってことですか？」

「まあ……ね」

「お前！」

郡司が後退りした場所よりさらに遠くから叫ぶ。あっさり罪を認めた斉藤に、初芽はショックを受けていた。きっと何かの誤解だと、心のどこかで思っていたのだ。

「でも、まだ情報は流してない。タイムセットしてあるし、先方にも伝えてあるから、とにかくそれまでは寝てていいですか？　三日間寝てないんですよ」

初芽と郡司が「それはちょっと」と交互に言っている間に、斉藤は悪びれずベッドに潜り込み、一分もしないうちに大きないびきをかき始めた。

初芽は頭を抱えて長く息を吐いた。

「寝るとたぶん二十四時間ぐらいは起きないです」

「いや、起こせよ！」

「揺らしてもこんな大きい体なんですよ、びくともしません。なんならやってみてください」

「嫌だよ、こわいしなんか臭いし」

「じゃとりあえず、わたしたちでデータを探しましょう。まだ情報は流していないって言うし、それが見つかれば」

「お、おう」

郡司と初芽は手分けして、斉藤の部屋の捜索をスタートした。ある程度片付いている部屋で、目につくものを裏返したり、ペンケースを開けたりしたが、どこを探していいかわからない。

「USBとかに入ってるんでしょうか」

「たぶんデータとしてパソコンに取り込んでいるんだろ」

郡司は初芽から斉藤の誕生日などを聞きながら、パソコンのキーボードに数字を打ち込んだりもした。

しかしてんでアナログな初芽には斉藤の部屋はもうSFのような世界だったし、ITのことがそこそこわかるはずの郡司も、斉藤の寝息や寝返りにいちいち「おおっ」とびびってしまうので、どちらも戦力外だった。それに一体何のデータが盗まれているのかすら、よく考えてみたら二人ともわかっていない。探して一時間経っても、当然何も出てこなかった。

「でも、斉藤さんが持ち出したデータを見つけてどうするんですか?」

「は?」

「だって彼はまだどこにも流出させてないわけですし、コピーしたものだったら企業様に同じものがあるし、起きるまではゆっくりしててもいいんじゃないかと」

「そうだけどD社のほうがとにかく焦っててさぁ。交渉したいと言ってて」

「交渉?」

「とにかく石黒さんも今ここへ向かっているから」

初芽がおののいたような顔をすると郡司が眉尻を下げた。

やることがなくなり、手持無沙汰になった初芽がバッグから駒子にもらったレモンキャンディーを差し出すと、郡司は素直にそれを手に取った。

「この間、エビの話あったじゃん」キャンディーを口に入れた郡司が言う。

「え？」

「ほら、前に俺に……福田さんが力強く言ってくれたやつ」

言われて思い出したのは、初芽と絵里で話を聞きに行った吉川という女性の派遣スタッフの新しい職場を探すよう、郡司に頼んだ時のことだった。

郡司があまりにスタッフに対して冷酷な言い方をするので、初芽が反論してしまったのだった。

初芽が営業部にいた頃から、郡司はいつも光沢のある三つ揃えのスーツを着ていて、オンラインサロンやビジネスセミナーで学んだ知識を周囲に自慢げに話していた。

それは時に、正社員になれない人や、学歴の低い人たちを見下してバカにする態度へと変わり、聞いているととても不快だった。

その溜まっていた鬱憤が、我慢できずついに言葉に出てしまったのだろう。そこにはもちろん、自分自身の置かれた環境に対しての不満を発散させたい衝動も混じっていたと今になってわかる。

「あの時は本当に言いすぎました。ごめんなさい」

だから今の初芽は素直にこう思う。

郡司のその努力は並大抵ではない。知識も豊富だし俗に言う「〇〇力」的なものに対して、時間と多額のコストを投資してきたことだって、本当はすごく尊敬している。だから多くの本やセミナーで意識を高めてきた彼が、ネガティブなものと関わらないという生き方を貫いていることも、彼にとっての正義なのだ。

「俺、エビの話でわかったんだよね」

「何を……？」

「俺自身にエビの時があったことを」

今日の郡司はいつものピシッとした光沢のあるスーツを着ていない。黒いパンツにストライプのシャツというスタイルでやけにカジュアルだ。こっちのほうが似合っている。

「そして、エビみたいな自分がコンプレックスだった。だからがんばった。努力したんだよ。なのに、ああいう奴らは……勉強もしない努力もしない、考えることも放棄して、さっさと諦めて、だからずっと底辺にいるんだよって、俺はそんなろくでもない奴らに仕事を与えてやっているんだって思ってた。っていうか、そう思うことがバネになった。俺は違うんだって」

「わたしなんてずっとエビですけど」

郡司はふっと笑って続ける。

「俺、小学校四年の時から急にいじめにあってさ。大学の時はさすがに子供みたいないじめはなかったけど、なんつーか、パシリでさ。嫌って言えないでいつもヘラヘラしてて。それで絶対に見返してやろうと思って、めちゃくちゃがんばった。まさに社会人デビューってわけ」

思いがけない話に初芽は驚いて、彼の顔をまじまじと見つめる。

わたしこの人のこと、なんにも知らないんだ。

「俺は、ハリボテなんだよ。もともと仕事ができるわけじゃない。できる人間になりたくて、だから学んで知識を蓄えて、なんとか武装しようとした。誰かを見下すことで自分を上に持っていった。でも心の中はいつもしんどかった。それがバレないように必死だからさ」

「でも郡司さん、実際にすごい結果出しているじゃないですか。いつも営業トップですし」

「うん、だって、人の三倍くらいやってるもん。正直、週末もセミナーとか行ってるから入社してほぼ休みないし」

この人も、もがいて、もがいて、泳いでいる。この社会に溺れないように。

「でも、営業の同期とかもどんどん仕事辞めてくしさ。営業成績よくても、そんな必死になって俺は何やってんのかなって。福田さんとか見てて思うようになったんだよ。なんかさ……」

郡司が黙ると、周囲から音が消えたように静かになった。

初芽はなんと言っていいかわからないまま言葉を探す。

「エビだってかっこいいんです」

「え？」

「エビはむしろ喜んで水槽のゴミを食べています。だからわたしたちがゴミだと思っているものは、エビから見たら実は素敵なものかもしれない。エビは自分のままで、他の魚の役に立っている。すごくないですか？　それからほら、わたしたちが流している下水が水再生センターに集まるとそこでは薬品を使わないで、クマムシとかツリガネムシとかの微生物たちが汚れを食べて水をきれいにしてくれているんですよ。すすんでその役を……」

生き物の話に熱がこもると、郡司がたじろぐ。

「ほかにもたくさんいます。ボウフラだって」

「わかったから、わかったよ、感謝します」

郡司は今まで見たことのない、子供のような顔でくっと笑った。

それから斉藤のほうを見た。いつの間にかいびきが収まって微《かす》かな寝息となっている。

「こいつ、なんで顧客情報盗んだのかな？　金にするなら……」

その時、急にドアが開いた。入ってきたのは石黒だった。憔悴したように表情をなくし、普段よりも顔色が土っぽい。

「お疲れ様です」

郡司が大きな声を張り上げた。初芽も遅れて挨拶する。

「見つかったか？」

部屋へ入ってきた石黒はあたりを見渡し、寝ている斉藤に目が釘付けになった。郡司が素早く経緯を話すと石黒はすごい剣幕で怒鳴った。

「起きないって問題じゃないだろう！　先方はとにかく一刻も早くデータを戻せって言ってんだよ。蹴っ飛ばしてでも、電流流してでも起こせよ。っとに仕事できないな、お前ら」

石黒がいつもとは違う荒々しい言葉をまくしたてた。眉間にこんな深い皺があったのかと、初芽は彼の顔に見入る。

「す、すみません！」郡司が九十度に頭を下げて謝ると、石黒は寝ている斉藤を顎でさして「早く」と一層ドスの利いた声で言った。

郡司は横たわる巨体に近づいて体を思い切り揺り動かした。

その時、斉藤のスマホのアラームが鳴り響いた。

「……うるさいなあ」

斉藤は大きな伸びをして目を開ける。斉藤が伸びをすると、巨大クロマグロが横たわるようで体長は三メートルほどになったかのように見えた。

「お前、さっさと起きて早くデータを出せ！」

石黒はそんな巨体に物怖《ものお》じもせず、斉藤の胸ぐらを摑んで怒鳴った。いつもの冷静な彼じゃない。初芽は思わず後退った。

「はいはい」

斉藤はしかし、まったく動揺せず、鷹揚《おうよう》に構えている。初芽には石黒がさっきより小さく見えて、少しほっとした。

「コピーしてないか？」

「していたところで今から流出したらもう俺のせいってバレてるでしょ」

「俺はお前みたいなクズを信じたせいで大変な目にあっている。さっさと出さないと容赦はしない」

初芽は下を向いた。石黒がこんなに激昂しているのは、過去にあった出来事のせいだろうか。

ここに来る前、ＡＩ推進部で石黒の愚痴を言い合っていた初芽たちは水田からこんな話を聞いた。

――石黒部長は昔、すごく人を大事にする営業だったんだよ。だけど、あの事件があってから人を信じない結果主義になったんだ。

水田は語った。十八年前、パンダスタッフ――当時はシロクマスタッフ――がまだ小さな派遣会社だったころは、繁忙期に人手がどうしても足りなくなった町工場などにも人を派遣していたらしい。

先代の社長が下請けの製造業を応援していたから派遣スタッフの価格は破格にしており、アルバイトを募集する時間も広告を出す予算もない工場からの派遣依頼はとても多かった。

ある時、小さな印刷会社から派遣の依頼があった。

その会社は得意先の大企業からクオカードのオリジナル印刷とその発送作業を依頼されていた。大きな案件のためその期間は新規の仕事をすべて断っていたほどだ。大企業から送られてきたオリジナルカードの版下データをカードに印刷し、挨拶文とともに封筒に入れ、宛名ラベルを貼りつけて郵便局に持ちこむというのが一連の流れであった。

しかし納期が短く、アルバイトの家族まで動員しても期日までにとうてい作業を完了できない仕事量だった。そこでシロクマスタッフに一名のスタッフ派遣を依頼したのだ。コーディネートを担当したのは当時営業の若手部員だった石黒だった。あいにく年末で、登録しているスタッフに空きがなく、慌てて登録したての、つまりは実績のないスタッフを派遣したらしい。

その頃のシロクマスタッフはまだ三十名ほどの会社で、元社長は営業部長も兼務していた。そのスタッフで大丈夫かと訊かれた時、石黒は「面接もしっかりして過去の経歴も調べましたので問題ありません」と答えたのだった。

ところが後日、宛名ラベルに印刷する個人情報が流出した。「名簿屋」といわれる個人情報を不正に売買するところで売られていたことが発覚し、その犯人が、シロクマスタッフが派遣したスタッフだったのだ。

発覚後、そのスタッフは逮捕されたものの賠償能力はなく、シロクマスタッフも何千人もの被害者にお詫《わ》びするための商品券の購入代やその郵送代など多額の費用を負担した。しかしその印刷会社は得意先の大企業からの取引を打ち切られてしまった。大口案件一本に絞っていた時期で他の支払いが滞った。さらにその悪評によって他の取引先も去ってしまい、結果的に不渡りを出して倒産した。印刷会社の創業社長はその後体調を崩して三年後に亡くなっている。

石黒はその後、変わった。

自分が人を信じたせいで、一つの命を失ったことを後悔したのだろうと水田は言っていた。

「あの……」

石黒と斉藤の間に初芽が割って入った。

「わたし、お聞きしたんです」

「何を」

石黒が怪訝そうな顔でじろりと初芽を睨みつけた。

「十八年前のことを」

「は?」

石黒がやや狼狽《ろうばい》する。

「だから、あの、わたしも同じ体験したら、きっともう人を信じるのが嫌になるかもしれませんが……だけど、だけど、過去に起こったことと今、目の前にあることとって全然違うじゃないですか。たとえばわたし、子供のころ犬に嚙まれたんです」

「犬？　なんのこと？」

遮ろうとする郡司をちらっと見て、初芽は続ける。

「だからわたし、高校に入るまで犬が怖かったんです。子犬も。だけど、ある日、小さな子犬が怪我したまま捨てられてるのを見つけて、その時わたし一回見て見ぬ振りしたんです。でも家に帰ってから、犬が怖い気持ちよりも見捨てる自分が怖くなって、だから戻って、その時はまだ直接触れなくてタオルでこう、そうっとくるんで、それで連れて帰りました。わかったんです、その時。昔、わたしを噛んだ犬と、この子犬が違う犬だって。いや、普通はそんなこと当たり前ですよね。でもわたしはわかっていなくて、すべての犬を疑っていたんです。だけど、この犬とあの犬は違うって、その時初めて認識したんです。だから……」

「何を言っている」

石黒は額に汗を滲ませていた。

「だから、わたしはこれからも、斉藤さんを、信じます」

斉藤が巨体を揺らして初芽を振り返った。

「お前……何も知らないくせに言うな」

「それに……」

初芽は、自分の指先が震えているのに気づいて、ぐっと力を込めた。

「当時逮捕された方のこととわたしは知りません。倒産した会社の方も知りませんし、どんな思いがそこにあったかもなんにも知りません。だけど……石黒部長」

眉間に皺を寄せた石黒が自分のほうをじっと見ている。

「そうしてしまったのは、何か事情があったのかもしれません。そうするしかなくてしてしまうことが、人にはあるんだと思うんです」

たとえば、期限切れの小麦粉を捨てられなかった人。つい盗みをしてしまった人。借りたスーツのお礼を長い間言えなかった人。そこにあるいろんな事情が頭の中を駆け巡るけど、言葉が見つからない。

でも、一歩引いた視線から見ればそこには違う物語があるはずなのだ。

「でも犯罪はダメなんだよ」郡司が言う。

「ええ、ダメなことはダメなんですけど、でも……それでずっと石黒部長が苦しんでいるのは嫌なんです」

「俺が苦しんでいる？」

「誰かへの強い憎しみは、自分の心の水槽に泥水を流すじゃないですか。汚染されていくのは憎い相手ではなく、自分の心だから……だって、石黒部長は何も楽しそうに見えません。そんなに成功して出世しているのに、全然楽しんでないじゃないですか。違いますか？」

「何だそれは」

石黒がむっとした様子で訊く。

こんなに抵抗する自分はただの出しゃばりだ。そして生意気だ。年下の女性にこんな言い方をされたら絶対にむかつくだろう。

ちょっと前だったら、こんなもやもやには気がついていなかったのかもしれない。いや、気がつかないフリをしていたかったのだ。巻きこまれたり、嫌われたり、競争したりすることから逃げていた自分だったから。

そう、わたしにはあれがどうだ、これがどうだと言えるほどの判断基準がなかったのだ。今は違う。わたしは自分の頭で考えている。正しいか正しくないかではなく、自分の信念を伝えるために。

ふうっと初芽は息を吐き出して、斉藤を見た。

「とにかく、まずは理由を聞きましょう」

こちらを見ていた斉藤は、大きなため息をついてからキッチンへ向かった。そして冷蔵庫から缶ビールを人数分取り出してドンとテーブルに置き、

「話すんで、まずは座って」

とドスの利いた声を出した。

「まあ、ちょっと頭冷やしましょうよ」

初芽は隅っこにあった丸椅子に、斉藤はパソコンデスクの前に、郡司と石黒はテーブルの前に置かれた椅子に座った。

斉藤がビールを開けて言う。

「まずは俺と乾杯してください。これはお祝いなんです。新しいスタートなんですから。乾杯してくださったらちゃんと話しますから」

斉藤が冷めた笑いを浮かべ、石黒を見下ろした。

体が大きいだけじゃない。得体の知れないいかめしさのある斉藤のムードに全員が呑まれている気がする。

石黒はしばらく眺めていたが、やがて缶ビールをプシュッと開けた。

「はーい、かんぱーい」

斉藤は無理やり石黒の缶に自分の缶を合わせる。カチンと鈍い音がする。

「飲んでください。ほら、みなさんもそうじゃないと話しませんよう」

石黒は、「くそっ」と言ってから、一口だけ飲んだ。その後はあおるようにごくごくと喉を鳴らした。郡司がそれを見て、慌てて後に続いて飲んだ。

初芽もすっかり喉が渇いていた。そういえば何時間も何も飲んでいなかった。プシュッと開けて一口飲むと冷たい液体は喉を通り過ぎていった。

全員がビールを飲んだのを確認すると、

「酒を酌みかわすってなんか仲間になった気がしますよね」

と斉藤はにっこり笑った。石黒はさっきよりも少し力を抜いて斉藤を睨んでいる。

「あのですね、たしかに俺はとある情報を持ち出しました。でもそれは客の個人情報じゃないんです。企業側が嘘をついています。あの会社は個人情報に関してはけっこうセキュリティがしっかりしていますよ、なんせ金融系なんで」

全員が斉藤をじっと見ている。

「それに個人情報を盗んで仮にダークウェブで売ったとしても、メールアドレスとパスワード一件でよくて千五百円、納税者番号・国民ID、銀行口座番号などがセットになったら一件三千円くらい。弁護士とかそういう人の名簿ならもっと高いんだけど俺の担当部署の名簿は返済できなかった人の対応だから名簿価値が低い。盗んでもそんなにおいしくないって、それはあの会社がよく知っている」

斉藤は二本目のプルトップを開けた。体が大きいのでビールがヤクルトサイズだ。

「それに、もう名前バレているのに売るはずないでしょう、売ったら逮捕されるのに」

「なのになんであっちは君を必死で探しているわけ？」

郡司の問いを受けて、斉藤はにやにやしながら全員を順番に見つめた。誰もが黙って続きを待った。

「俺が盗んだのはこれだよ」

斉藤がスマホをいじってから照明を落とすと、白い壁に何やら数字が並んだものが瞬時に投影された。

「あの会社は個人情報のセキュリティはきっちりしてるのに、それ以外のセキュリティは結構ゆるくてさ。俺ちょっと心配で勝手に見ちゃったの」

石黒のごくりと喉を鳴らす音が響く。

初芽は何もわからずポカンとした。そこには何やら暗号のような数字とアルファベットしかない。それにやたらと字が小さい。

「なんですかこれ？」

「ここ見て」赤い光が一点をポイントする。

「先物取引の情報なんだけど、16：30あたりに認識できないアクセスがある。おかしいなと思って前日も見た。その前も見た。そしたら毎日のように……」

壁に映されたページが変わっていく。

16：36、16：28、16：31……のあたりだけアルファベットの文字が見える。

「これ、先物情報を盗んでる痕跡。先物情報ってのは、ダークウェブで売れば殺到するから五十億くらいになることもある。だから、俺見つけた時やべえと思って上役にメールしたんだ。なんだって！　って大騒ぎになったみたいだけど、数日後に上役からそれは君の見間違いだったと。その上、その俺が見た数字は関係ないので消去するって……。完全にデリートされたんだけど、実は消される前に興味あって、持って帰って調べてて」

「お前が盗んだのはそっちだったのか」

「だって闇の売買の総売上って、今世界の国のＧＤＰランキングに入れると十一位になるんだよ。一つの国家レベルなんだから興味あるじゃん」

初芽と郡司は動揺を隠せず、思わず目を合わせた。

「これね、ダークウェブで購入した人は罰せられないの。売った人だけ罪を被る。でも二年、三年刑務所入ったとしても出てきたら一億円くらいもらえるじゃん。そういう汚れ仕事は他の下っ端にやらせるわけで、俺が読むに黒幕は……」

「社内にいるってことか？」

「あの会社が犯人探しをしたくなかったということは、怪しいよね」

石黒が汗ばんだ声で訊いた。

「それだけの理由で隠蔽とは言えないだろう」

斉藤はいかにもといった様子で頷く。

「まあね。それで、おたくの会社の寺山って人いるでしょ、めっちゃシステムに強い人。福田さんの前に彼が俺の担当だった時期があったから、連絡して訊いてみたんだよね」

「寺山さんに？」

初芽は意外な名前を訊いて目を見開く。

「誰？」

「うちの部署にいる人です」

郡司の疑問に初芽が答えると、斉藤は話を続けた。

「寺山さんがアクセスデータから追いかけてみたら、データが盗まれることを予想してなかったのか、そこから先はぬるくてさ。あっさりメアドがわかっちゃったわけ。そこでその犯罪人に詰め寄ったら、頼まれた人の名前とメールアドレスが出てきて、それが……まあ、あっちが困る話ってこと」

「社内にいるのは確実なんだよな」

「うん、だから俺、暴露してやろうかって思ったの。こっちは時給安くて必死でやってんのに秒速で数億稼ぐなんてありえねえって思ってさ」

石黒は考えこんだ。

「それでゆすったのか？」

黙った石黒の代わりに郡司が訊く。

「実家の母親が具合悪くって金がいるから、こういうデータが手元にあるんですが世に出してもいいけどどうします？って訊いたんだ。ゆするつもりなんかなかった。ただ……俺何がしたかったのかな？　でも、相手からの反応を待っている間に……」

「気が変わったのか？」

「うーん、ゆするっていうよりも、前に福田さんから、派遣契約が切れるのを怖がらず理不尽なことがあったら言ってくださいって言われてたから、その言葉がここに残ってたんだなって」

斉藤は胸のあたりをとんとんと叩いた。

「原因は福田さん！」郡司が頭に手を当てて言う。

「それで待ってる間に、というかさっき俺……優勝して、たぶん賞金が……いや俺二位だったんだけどチーミングの違反があって一位になるんだよ」

「まさか……」

初芽はドキドキして訊ねた。

「そう、俺公式のeスポーツのプロにもうなれる！」

「ついに⁉ 優勝賞金って一億円とかなんでしょ？」

思わず興奮して初芽は叫んだ。

「い、一億！」郡司が立ち上がる。

「いや、それは海外ね。俺はまだ日本だけのeスポーツだから三百万円くらいだけど」

「おお！ でもすごいじゃないか！」

「おめでとう！」

「じゃ、じゃ、乾杯しよう！」郡司がテンション高く言う。

石黒を見ると、壁の数字をじっと見て考えこんでいた。部屋が一瞬にして静まりかえった。

「お前は努力もしないでゲームばっかりして、ただ遊んでたわけじゃないんだな」

ぽつりと漏らす石黒に、初芽は説明する。

「石黒部長、斉藤さんは夢があるから、自分で派遣を選んでいるんです。正社員になれないわけでもなりたいわけでもないんです」

「だな。しかし、おい斉藤くん。わかっていると思うがゆするのはダメだ、犯罪になる」

石黒の声は落ち着きを取り戻していた。

「それに相手はうちの大型クライアントだ。この件に関してはどうにか見なかったことにして……」

石黒が初芽をちらっと見ながら続けた。

「と、言いたいところだが……。うん、そうだな、うん……それは隠しちゃダメだな」

「えっ」

石黒以外の全員の声だった。

「だって、公表してしまったらクライアントを失うじゃないですか？」

そう言った郡司に石黒は鋭い目を向けた。

「また再犯があるかもしれない。そんな悪の温床は叩き潰さないと。おれはクズが嫌いなんだ。クズなことをする奴がな」

その言葉は強かったが、言い方はいつもより数段弱かった。

「これ、どこにたれこむ予定だった？」

「週刊誌とかでもいいかなと思ったけど、とりあえず警察かな」

「そうだな」

「え、じゃ斉藤の罪は？」

郡司の言葉に、石黒は黙って首を振った。大きな罪が暴かれれば、斉藤がゆすった事実など消し飛ぶだろう。

郡司が斉藤に、そっかよかったじゃん、君は犯人からヒーローになったってこと？と明るい声をかける。

いや、俺ダークウェブのことよく知らないんだけど、そうなんだ勉強不足だったわ。ちょっとそのサイトって見れるの？　どうやって……。

興味津々の郡司の声が続く。彼はいつだって向上心の塊なのだ。

しかし、初芽の心はざわざわとした。

なぜだろう。斉藤の真実がわかったので、これで一件落着ではないか？　よかったのではないか？

斉藤のしたことで、ある一つの悪事が暴かれる。そしてそれは暴かれたほうがいいに決まっているのだけど……。

バリバリという音が手元からした。郡司が初芽に視線を注いでいる。手元を見ると、初芽は自分の缶を握り潰していた。

初芽の脳裏を、いくつも並んだ水槽の中の魚たちがよぎった。はっとして郡司と石黒と、それから斉藤を見る。意を決して、声を張り上げた。

「石黒部長、隠蔽したほうがいいのでは」

「はあっ？」

郡司が素っ頓狂な声を上げた。

「石黒部長、ご担当されていた小さな会社が潰れた時、困ったのはそこで働く人たちですよね。犯人を捕まえても、従業員の方は一切幸せになっていなかったはずです」

石黒は不可解そうな顔で初芽を見ている。

「もし、この事件が発覚したら、この企業はどうなりますか？」

「それが社内の不祥事とわかれば、相当叩かれるし、株価が暴落する」

「それって、犯人を捕まえて終わることじゃないですよね。じゃ、派遣スタッフは何人ですか？　あそこで働く人たちは？」

「あの企業にはうちからの派遣スタッフが二十人くらいかな？　ほかの派遣会社からも数十人行ってると思うけど、従業員数はグループで何人だろう、千人、二千人……くらいいるね」

郡司が石黒の代わりに答えた。

「もしこの情報が表に出た時に一番困るのは、何の罪も犯してない、日々一生懸命働く人たちです。もちろん犯罪を隠してはいけないと思います。でも、株価が下がってこの会社の業績は確実に下がります。大企業だから倒産することはないでしょう。でも多分、派遣は……真っ先に切られませんか？　ましてやパンダスタッフの派遣は……」

石黒は静かに立ち上がって、腕を組んで初芽を見下ろした。

そしていつものようにふんっと鼻で笑った。

でもそれは見下したような笑いではなく、するすると風船の空気が抜けていくような圧力のないもので、不思議と嫌な感じはしなかった。

初芽は自分が守りたい人たちの顔を思い浮かべる。もう出しゃばることに躊躇しなかった。

「わたし入社の時に聞きました。派遣会社は、登録する人たちの明日の生活を守るのが使命だって。それを知って、わたしも誰かの役に立てるんだって思ったんです。全然できなかったけど、でもそれを聞いた時はわくわくしたんです」

そうだった。

わたしはそのために、働いていたのだった。

涙がこぼれそうになって下を向いて鼻をすすると、手元にポケットティッシュが差し出された。〝人生は何が起こるかわからない、だから、あなたに安心を〟という消費者金融の宣伝文句がある。

顔を上げると、それを差し出していたのは石黒だった。

斉藤は冷蔵庫の脇に立って、いつの間にか魚肉ソーセージにマヨネーズをかけて食べている。

その背中に、さっきカーテンを開けた窓から西日が当たっていた。逆光になって顔は見えない。

けれどきっと彼は笑っているだろうなと、初芽はその背中を見て笑い返す。

「しのびよ〜る〜退職の日〜」今日もＡＩ推進部に山川の声が響く。

彼が毎日のように歌うので、最近は誰かが合いの手を入れるようになった。

「解雇の日まではあと三日〜」

「今日も頭を下げまくる〜」

「みんなバイバイ、さようなら〜」

どんよりとした空模様とはまったく違う気配がこのフロアには漂っていた。

本当はもっと暗い空気になってもいいのに、山川が率先して歌うものだから、どうせ去るなら最後は明るくという空気が漂うようになったのだ。

心の中では不満、不安、不信のトリプルパンチを猛打されているはずなのに。

強いのだ。

いや、強くなったのだ。

温室育ちの草木は嵐が来ると倒れてしまうが、厳しい環境で育った草木は根をはって踏ん張ることができる。

だから残ったメンバーは、今日もきちんと自分の仕事に向き合っていた。

誰一人として手抜きなんかしない。わたしたちは真面目に仕事ができるのだから。

「それで斉藤さんて人は、何もおとがめなし？」

駒子がキャンディーを食べながら訊ねる。

斉藤の事件の翌日からは、またいつものＡＩ推進部での雑用が始まった。

石黒が情報隠蔽の件について先方に探りを入れると、どうやらその悪事をしていた裏に代表の息子の存在が見えてきた。しかしいったいその情報をどれくらいの人が買ったのか、転売されていくダークウェブのお金の流れはもう分子レベルまで分解されてどこを漂っているのかさえわからなくなっており、息子の口座はすべて凍結されていたのでなんの証拠もなくなっていた。頼まれた男性も今となっては「そんなこと知らない」と繰り返すようになり圧倒的なグレーを維持したままである。

だからこそ働く人の仕事は以前と変わらず守られた。いや、斉藤の要求で、口止め料として末端スタッフの待遇は毎日のお昼が無料になる程度の改善がなされた。また不正は起こるかもしれないけれど、生活は続いている。

「おはよう、このスタッフさんどんな感じ？　ばっくれたまま？」

斉藤の件があってから、郡司は頻繁にＡＩ推進部に顔を出しに来るようになった。今まで放置し「クズ」と呼んでいた人たちに、少しずつ目を向けるようになってもいた。

郡司は最近、光沢のあるスリーピースのスーツを着なくなった。今日はコットン素材のジャケットを白いシャツの上に羽織るスタイルだ。前よりずっと似合っていて、今のほうがかっこいいと初芽は思っている。

「郡司くんは何を着ても結果的にはちゃんと着こなすよね」

山川が真面目な表情でちゃかさずに言う。

「ま、表面的な人間なんで」郡司は初芽のほうをちらっと見た。

「最近やけに優しいじゃん、営業成績は大丈夫なん?」

「まあ、俺ですから」

「その鼻につく感じは以前のままね」

駒子が言うと、

「けど、私は今の郡司さんが好きだな」

と絵里が笑った。郡司はちょっと赤くなって「まあね」と言う。

水田はいつものようにシロクマの水筒からお茶を入れて飲んでいる。水田の後ろにあるウンベラータが開けた窓の風を受けて丸い葉を擦り合わせていた。

何気ない日常が戻ってきていた。

今日も会社の隅に追いやられた部屋で、人から嫌がられる仕事をして——。

そして、この日常はもう終わる。

初芽はそんな景色を眺めながら、AI推進部に来てからの日々を振り返っていた。

夜通し交通誘導をしながらおじさんにからかわれたこと、問題が起きた飲食店の後始末にかけつけたこと、一日中倉庫で早歩きしたこと、無茶なクレームを受け続けたこと——派遣会社にいるからこそのバリエーション豊かな、人が嫌がる仕事の数々の経験が今後の人生に生かされるのだろうか?

それはわからない。

だってそれはわたしがこれからどんなふうに生きるか次第なんだから。

だけど、と初芽は思い出す。

田中さんに「ヒーローです」と言われて心が救われた自分を。

そして夜中の道路で立ちっぱなしで車を誘導をするおじさんに「ありがとうございます」と声をかけた時の、黄色い歯を見せてちょっと嬉しそうに笑ったあの顔を。

「でも、みんなこれからどうします?」

絵里が駒子に訊ねる。

「わたしは知り合いの会社がやっぱり難しそうで、とりあえず他の派遣会社で登録したから、まあ……掃除でも介護でも、なんせ全部経験あるしね」

と駒子の言葉が耳に入ってきた。

「山川さんはたこ八?」

絵里が今度は山川に訊いた。

「うん、ほんと僕だけ次も正社員なんて申し訳ないよ。土屋さん、実家に帰るんでしょ?」

「まあね、実家っていっても埼玉だし。資格の勉強しながら地元でパートでもします」

「スナックは?」と駒子が訊くと、絵里は首を横に振って冗談ぽく言った。

「男に媚びたくなんかなくて」

駒子が笑う。水田はさっきから黙ってデスクまわりを片付けている。年齢の一番高い水田がどうするのか、まだ誰も知らない。

「福田さんはどうするの？」

絵里が訊いてきた。全員の目が初芽に向かう。

「まだ何も考えてないんです」

「まあ、なんとかなるっしょ、若いし」

乾いた土に水を与えるような声で山川が言う。

「……俺も辞めようかな」

郡司がいつの間にか初芽の隣に来て、小さな声で言った。

「え、どうしてですか？　せっかく正社員で営業部でエースなのに？」

郡司は口をとんがらせる。

「人生は下りのエスカレーターを駆け上がることだと教えられてきたし、だから立ち止まると下がってしまうんだと思って、俺なりにがんばってきたけどさ。なんだかなって」

山川が口をはさんだ。

「郡司くんは生産性高いじゃない。俺らと違って」

「まあ……ね」

でも、と山川はやんわりと険しい顔になった。

「生産性って言葉、僕は嫌いなんだよな。なんでもかんでも世の中、それだけで人間を評価しないでほしいっていうか」

山川の声はいつもと変わらないけれど、それは言葉の中に潜んだ棘《とげ》を無理やり隠そうとしているような口調だった。

「自己投資して勉強して、自分の生産性を上げていくって大事なんだとは思うけどさ、そんな意識高い人には僕、なれないもん」

郡司は口をつぐんでいたが、ちらりと初芽のほうを見て言った。

「まあ、そんなところもありましたよね。ただ今は、それがすべてじゃないんだなって。だから……」

「でも」と初芽はとっさに声を上げた。

「わたしも生産性、生産性ってずっと言われて、自分には生産性がなくてもう嫌になって、そんなふうに人を評価する社会にうんざりしていたんですけど……」

「けど?」山川が訊く。

「わたし、本当は憧れていたんです」

そうだった。初芽は深く息を吸いこんだ。

「自分が生産性を上げられないから、それを否定していたんです。本当はわたしも結果を出せる人になりたいんです。わたしはどこかで諦めて、それを否定することで努力を怠ってきたんです。だから生産性万歳です。どう考えても努力してる人の方がすごいんです。だって山川さんも、本当は生産性を上げられる人になりたいでしょう? たこ八さんで」

山川は驚いてこっちを見ている。

またもや生意気なことを言った自分を一瞬悔やんだが、もういい。怖くて逃げるより、怖いからこそ向かう方が生きていけるとわたしは知った。自分の持ってないものを否定することでかろうじて勝った気になるのはみっともないと思った。

自分は変わったわけじゃない。内側にある声を知っただけだ。

山川はにかっと笑った。そして、

「ほんとだ、俺もなりたいわ。ちゃんと本読も」

とやけに素直に言った。

郡司の表情がぱっと明るくなった。初芽を見て何か言おうとしたが、その時AI推進部に野田が入ってきた。

その後ろに丸い顔をした、小太りで背の低い男性がいる。

仕立てのいいグレーのスーツを着ている。その男には「まゆげ……」と思わず呟いてしまうほどの、海苔《のり》がおでこに貼りついたような太い眉毛があった。

どこかで見たことがある……と初芽が記憶の引き出しを漁っていると、山川が「おぼっちゃまくん！」と叫んだ。その声をレシーブするかのように絵里が「社長だ」と繋ぐ。

「滅多に会社に来てないぼんくらがなんで？」と駒子が小声で言う。

野田が胸元でおにぎりを握っているように手を動かす。

「みなさん、普段は忙しくて会社には滅多に来られない社長が、本日はAI推進部のみなさんにご挨拶と今までの感謝を伝えに来てくださいました」

社長はボタンが弾け飛びそうなベストのお腹部分を円を描くようにぐるぐると触ったり、ベストの裾を何度も引っ張ってお腹を隠そうとしていた。

ようやくお腹にあった手がメモを開いたと思ったら、上手な棒読みのもごもごした声が聞こえてきた。

「み、みなさん、僕が父に代わってパンダスタッフ代表の社長を務めています。みなさん今までありがとうございます。今回AI推進部が解散となったことはとても残念ですが、ご理解をいただき心から感謝をしております。本日はみなさんがお辞めになる時のお礼金として、三十日分の賃金に加えて僕からお一人五万円の支給をさせていただくこととしました。またどこかでお会いすることがありましたら気軽にお声をかけてください。ではありがとうございました」

野田が大袈裟に拍手する。

「なんとお優しい！　みなさん、社長のお心遣いに感謝してください。で、今から配布する受領書にサインをお願いします」

野田から配られた用紙を見て水田がやっぱり……という顔をする。

「今回の解雇に対して受領しました」と書かれている。後々面倒なことにならないように五万円で手を打つということらしい。

「たったの五万……」駒子のため息混じりの声が聞こえた。

「みなさん、お名前が書けたらこちらに」

野田が普段とは違って丁寧な言葉を使っている。そして言われたようにみんな、従順に自分の名前を書いた。おそらくこの職場で書く最後のサインだった。

「社長、ご無沙汰しております」

その時、フロアの出入り口あたりで声がした。振り向くとそこに立っていたのは寺山だった。

彼はいつもと同じユニフォーム――白いシャツに黒い細身のパンツ――を着て、その上に今日はチャコールのニットを着ていた。社長は寺山を見て一瞬笑顔になり、首を前にやって上目遣いで頭を下げた。どうやら顔見知りらしい。

「あ、寺山さんもう来ないと思っていたよ」

「というか、もう会えないと思っていました」

「なんか痩せましたか？」

みんなが口々に言った。

「なんかさ、こういうタイミングでの登場ってドラマっぽくない？　救世主現るみたいな。まあ、ドラマならなんかのネタを持ってるんですけど」

山川がそう言うと、寺山は感情を一切シャットアウトした顔で、

「ええ。持っています」とあっさり言い放った。

「へっ？」

野田もわけがわからないという顔で社長と寺山を交互に見ていると、社長が手をもじもじさせながら言った。

「長く話すのは得意じゃないのでできるだけ手短に話します」

「私も聞かせてもらいます」

今度は石黒までやってきた。彼は今日もブルーにストライプの線が薄く入った光沢のあるスーツを、伊勢丹メンズ館のスーツ売り場の店員よりもかっこよく着こなしていた。

「けど俺らもう辞めていくわけだし、今さらドラマが始まってもなあ」

山川がおどけたふりをするが、しかし緊張した空気は解れない。

張り詰めた気配をゆるませるように、社長は軽く咳払いをして言った。

「僕はもともと農業に興味があって、今も新潟で米を作っています。父は人見知りの僕が土いじりをしている時が一番楽しいことを理解してくれていたのですが、数年前急に体調を崩して引退してしまい……。それで僕が急遽社長に就いたんですが、僕は経営のことはまったくわからないので、石黒さんたちに一任していました。会社の成長はみなさんのおかげです。父は三年前に亡くなりましたが、彼、寺山さんは、父が生きている時に紹介してもらいました。父は今度AI推進部という新しい部署をテストで作るから、運営をこの寺山さんに任せると……」

「寺山くん？」

水田が驚いたような声をあげた。野田はさっきから出番をなくして頭の毛と同じようにずりずりと後退している。

「あとは僕のほうからざっと説明します」寺山が淡々とした声でざわつきを制した。

寺山の説明は非常に端的だった。

入社前に通っていた釣り堀で、偶然引退したばかりの元社長と出会ったこと。寺山が派遣された先の介護施設で起こした問題がわかると、ぜひパンダスタッフの正社員になって欲しいと頼まれたこと。入社したら社内を変革して欲しいと頼まれたこと。そこで元社長は、社内変革のためにこのＡＩ推進部を作ったこと。この部署にいる人たちの行動のデータを寺山が密かにとっていたこと。そしてこの部署には何よりも目的があったこと。

「データ？」

山川が不思議そうに訊いた。

「はい。この部署は、事情を知らない社員の間では姥捨山のように言われていますが、設立された本当の目的は違います」

誰一人声を出さず、寺山の話に耳を傾けていた。

「この部署は、石黒さんの率いる営業部と真逆の価値を見出すために生まれました。売上や数字ではない『見えない価値』を重要視する人たちです。その人たちはおそらく会社ではやっかい者だろうから、辞めさせられないよう一時退避場所とすること」

石黒も野田も、じっと聞き入っている。

「そして、この部署の人が関わった案件で間接的に上がっている価値を可視化することを指示されました。あくまで実験的な意味があったので、僕は口外しないように言われていました。あいにくこの部署が発足して間もなく元社長はお亡くなりになったので、僕としては誰にも言えないまま業務を遂行するしかありませんでした」

　寺山がスマホでなんらかの数字を入力すると、スクリーンに細かな数字が現れた。斉藤のところで見たものよりも細かい。寺山はキーボードに何か打ちこむと、スクリーンにグラフが投影された。

「こちらのデータは、ＡＩ推進部の方々の〝生産性〟です。ＡＩ推進部の価値基準は人を助けることで間接的に誰かを豊かにすることです」

　スクリーンには右肩上がりで伸びているグラフが出てきた。

「水田さんは……」

「山川さんは……」

「三浦さんは……」

「土屋さんは……」

「福田さんは……」

　と、それぞれの入社してからの貢献度が数字として明かされていった。

「こちらのデータは日報をはじめ、僕がこの部署にいる間に直接見たり聞いたりした情報、元社長が生前につけていた記録、水田さんが丁寧につけているみなさんの記録、そして実際に僕が現場の派遣スタッフにインタビューして集めたものです。明確な売上数字などは一切ありませんが、この目に見えないことを僕は数字に変換しています。みなさんとの邂逅《かいこう》によって誰かの人生が逆転したさまざまな要因を、長期的な変動要因である〝未来好転率〟としてまとめています」

長く勤めている水田はダントツの一位だった。お金にならない親切。仕事に遅刻するスタッフ、お金に困っているスタッフをいくら助けても、直接的な売上にはなっていない。営業部からは最大最悪の無駄と思われていることが、ここでは〝未来好転率〟として評価されていた。

「たとえば、前に福田さんが総務の人たちに頼まれてシャケのお弁当を三つ買ってきて野田さんに怒られたでしょう？　唐揚げがよかったと言われて」

「はい」

「あれは、売れ残っていたからでしょう？　頼めば唐揚げ弁当くらい作ってもらえたのに、お店の人に『こっちだと安くします、どうですか？』と頼まれたからだよね？」

「そうですが……」

野田が初芽を見る。

「これは全然計算には入っていないけど、僕はたまたまお弁当屋さんにいて、福田さんが来る前に最後の唐揚げ弁当を買っていた。あのお弁当屋さんはあの日が創業記念日だったから、お店で売れ残りがでなかったらスタッフはそれぞれ千円もらえる約束をしていたんだ。だから福田さんのおかげでスタッフの五人は千円をもらえた。福田さんは優しい気持ちを使って五人の人に千円ずつ稼いであげたことになった。まあ、それは僕がたまたま見ただけで、きっとこんなふうに、測れないことをたくさんここにいる人がしているはず」

スクリーンには水田がスーツを貸した案件が生み出した経済効果、山川がたこ焼きを無料で配った時の経済効果、駒子が窃盗の罪を被った時の経済効果、そして初芽が遅刻をよくする斉藤亮を信じ続けた経済効果。無駄なことをして……と言われていたことが価値を創造していく、誰かを幸せにしていく証が、可視化されたデータとしてそこにあった。

「元社長はおっしゃっていました。この会社に十年後のヒーローを育てたいと」

「十年後？」

石黒が訊き返す。

「はい。今月の結果、今年度の結果だけでその人の本当の生産性は測れないと。本当に大事な人材は、今、この社会の仕組みでは負けてしまうような人ではないかと。もちろん何もしないでサボっている人は論外なのですが、面白いようにそういう人はこの部署から去っていきました。というか、僕に権限があったのでどちらにも当てはまらない人には辞めてもらうように誘導しています」

「え、そうだったの？」

「え、どんなふうに？」

「今、そのことに関しては関係ありませんので説明を省きます」

寺山は部員たち一人一人に視線を向けた。

「とにかくここに残っておられる方は、元社長が求めた十年後のヒーロー……の、可能性があるということです」

「可能性……」

「はい、未来は誰にもわかりません。そういえばこの部署の名前、出入り口のドアのプレートは《AI Depertment》と書かれていますが……本当は『AID Depertment』だったんですよ。助けるという意味の『AID』です」

そして、と寺山は続ける。

「前社長は、『価値を残している人たちは解雇しない』と言い遺《のこ》していました。そのため、彼らを解雇するかどうか、あとは現社長とみなさんの判断次第です。社長、それでよろしいですか？」

「ほう、そんな研究をしていたんですね、すごいなあ」

社長が目を輝かせて顔をほころばせた。

「この会社に必要な人たちなら、ぜひ続けてください」

社長が大きく頷き、その後ろで郡司が小さくガッツポーズした。

石黒が前に出てきて、ふうと息をつく。

「社長が言うのなら、解雇は撤回になります。あとはみなさん自身のご判断です」

その口調はやけにすがすがしかった。

「あの、この五万円は？」と絵里が訊くと「会社に残るのならお支払いはなしです」と石黒にすげなく返答される。石黒は寺山の前に立つと、

「どうしようもない奴らを、よくもまあ、リサイクルしてくれたな」と言った。

けれど、その顔がほんの少し笑っていたのを、初芽は見逃さなかった。

「なんで教えてくれなかったんですか？　寺山さんもここの店の常連さんで、しかもわたしの勤め先がパンダスタッフだってことも知っていたなんて、なんかもう……」

初芽が上気した顔で肩を上下させると、大森はいつもどおりのペースであははっと笑った。

「最初は知らなかったよ。でも話を聞いている途中であれ？　って気がついたんだけど、なんかもう言い出しにくくって」

大森はばつが悪そうに頭を掻いた。

「うん、はい」

初芽は水槽の隅っこでひたすら掃除をしている小さなエビを見た。その横で以前いじめられていたアカヒレが大きくなって泳いでいる。大きくなったというか、体重六十キロくらいの人がいきなり体重三桁に突入したくらいの急成長に見える。

「これ、本当に、いじめられて隅っこにいたあの子なんですよね」

「見える世界が変わると、どんどん成長するよね」

「信じられない」と初芽は言ってから、しばらくして今度は「でもそうですよね」と自分で肯定した。

「おっさんはさ」と大森が言う。

おっさんというのは彼が釣り堀で出会った、パンダスタッフの元社長だ。今の社長の父親で、三年前に亡くなってしまったというその人だ。

「ほんとに偶然釣り堀で会ったんだよ。それでいろいろとアドバイスを受けたり、寺山くんとも知り合った。まあ、釣りしながらの雑談だよ」

寺山が釣り堀で元社長と出会ったのは、大森が言うところの「おっさん」と親しくなった頃だったらしい。寺山は大学卒業後から転職を繰り返していた。忖度できない性格の彼は、大森と同じく会社に馴染めていなかった。

寺山は介護施設で起こした一件を知った元社長から正社員の打診を受け、リサーチのためいくつかの部署を経験したあと、創設されたばかりのAI推進部に入ったのだった。

「寺山くんが介護施設でやったことを聞いた時、君のやったことは本当は素晴らしいことなんだ、すまないって深く頭を下げたんだけど、それが深すぎて魚の入ったバケツに顔いれるんじゃないかって思うくらいだったんだって……。俺は、釣り堀でよく会うおっさんとしか思ってなかったけど、ある日さ、座って釣り糸垂らしている俺の隣で『大森くん、私は何も見えてなかったのかもしれない』って海を見るような目で小さな釣り堀見ながら言うんだよ。『え？』って言ったらクマみたいな顔に涙を浮かべてて」

「クマみたいな人……」

「そう、そのクマみたいなおっさんが泣きながら言うわけ。世の中の基準、会社の基準、その期待に当てはまらない人であっても、別の世界では彼らのほうがよほど正義だったりする。『自分にとっての白は相手にとっての黒なわけだから、白と黒はどっちも大事だよね、陰陽のような……』みたいなこと言うから、おれが『パンダですね、色合いが』って言ったんだ」

「あ……」

「すごくいい人だったよ、いい人で片付けたくないくらい」

大森が笑顔の量を増やしながら言った。

「なんか、おっさんなのに輝いていたんだよ内側から。ほら、あこや貝ってさ、自分の体内に入った異物の痛みをやわらげるためにそれを包む成分を出すんだ。そうしているうちに真珠ができる。内側から輝いている人って痛みを抱えているんだなって思うよ」

コーヒー豆の缶を開けながら大森はそう教えてくれた。

大きくなったアカヒレを見ながら、初芽は自分の内側を観察した。

大森が初芽に訊く。

「で、これからどうするの？」

コポコポと水槽から音がする。大森は続ける。

「会社に残れることになったのはよかったけど、これからの人生を本当にそこで過ごすかは君次第だから」

初芽は水槽を端から順番に眺めた。

魚たちは自由はないが安全な世界で泳いでいる。水槽の中はそれだけで小さな一つの世界だ。

だけど一歩引いた視線から見ると、彼らが「世界」と思っていたものは、お店にある一つの小さな水槽になる。そしてそのお店は商店街の一つで、その商店街は東京の一つで、東京は日本の一つの街だ。日本は地球の中の一つの国で、地球は宇宙の中の一つの惑星だ。

もっと大きな場所へ、もっともっと大きなステージへ。そんなふうに生きなければいけないと思っていた。

もっともっと売上を、もっともっと会社を大きく、もっともっと有名に。

その先を目指しても目指しても、そこは小さな世界に過ぎないのだとしたら。

「わたし、勘違いしてたんです」

「何を？」

「こんな理不尽な世界がすっかり変わってしまえばいいのにって」

大森はまっすぐに初芽を見て頷いた。二人しかいない店内に泡の生まれる音が響いた。

「でも、この世界が何一つ変わらなくても、わたしの全部が変わっていくことがあるんだなって」

「……そうだね」

初芽は共感をもらって安心した。ほっとした途端、思っていたことが溢れだした。

「変わるって、最初は転職するとか、出世するとか、違うことを始めるとか、そういうわかりやすい変化が起こることだと思っていたんです。でも、もしそうだったとしたら、人はずっと環境を変え続けないと進化できない生き物だということになっちゃいますよね。だけど、きっとそうじゃないんだって。本当の変わるというのは……」

初芽は考えながら、もう一度水槽の魚たちを見た。

この魚たちは、もっと大きな海を知らないことを不幸だと思っているだろうか。水槽の中で一生懸命に生きる彼らの世界は、初芽にとってはいつまでも見飽きない奥深さがある。今の自分が立っている場所ももしかしたら、まだまだ奥行きがあるかもしれない。

大森はじっと初芽の言葉を待っていてくれた。

あの……と声を出してからようやく初芽は話を続ける。

「同じ場所で同じ仕事を変わらずやっていても、心が……心がちょっとでも感じ方を変えたら、全部が変わっていく気がします。古めかしいデスクも、あのしんどい仕事も、通帳の残高も、嫌味を言う人も、昨日とまるっきり同じままでも。わたしの心が変わったら、周りは何も変わっていなくても、見える景色も、受け取る感情も、全部が変わっていく。本当の『変わる』って、きっとそういうことなんじゃないかって」

言いながら声が詰まり、初芽は涙がすぐそこに来ているのを感じた。

「自分の今いる場所は、思っていたよりずっと、奥行きがあって、深くて……わたしはここでまだたくさんのことができるから」

でも、気がつくと初芽は笑っていた。それは涙より先にやってきた感情だった。

「だから、わたしは辞めません」

大森は一つ頷くと、楽しいことが始まったかのような足取りで、水槽のほうに歩いていった。

この世界で生きるかぎり、理不尽な波はまたやってくるだろう。

でも大丈夫。わたしは前より泳ぐのがうまくなったんだから。

へたくそな犬かきでも前に進めたらそれでいい。

たとえ大勢の人から注目を浴びなくても、たくさんの褒め言葉をもらえなくても、そんなことでもう自分を諦めることはないだろう。

大森の背中を初芽は見つめた。

水槽のコポコポという音の溶けこんだ彼の背中の向こう側には、どこまでも続く深い海があるように見えた。

本書は書き下ろしです。

双葉文庫

わ-10-02

それでも会社《かいしゃ》は辞《や》めません

2023年10月11日　第1刷発行

【著者】
和田裕美《わだひろみ》

【発行者】
箕浦克史
【発行所】
株式会社双葉社
〒162-8540 東京都新宿区東五軒町3番28号
［電話］03-5261-4818（営業部）　03-5261-4831（編集部）
www.futabasha.co.jp（双葉社の書籍・コミックが買えます）

【印刷所】
大日本印刷株式会社
【製本所】
大日本印刷株式会社
【カバー印刷】
株式会社久栄社
【DTP】
株式会社ビーワークス

【フォーマット・デザイン】
日下潤一

ISBN978-4-575-52698-1 C0193
Printed in Japan